A QUEM DE DIREITO

MARTÍN CAPARRÓS

A quem de direito

Tradução
Lucia Jahn
Heloisa Jahn

COMPANHIA DAS LETRAS

Copyright © 2008 by Martín Caparrós

Grafia atualizada segundo o Acordo Ortográfico da Língua Portuguesa de 1990,
que entrou em vigor no Brasil em 2009.

Obra publicada com apoio da Direção Geral do Livro,
Arquivos e Bibliotecas do Ministério da Cultura da Espanha.

Título original
A quien corresponda

Capa
Mariana Newlands

Foto de capa
© Bettmann/ Corbis (DC)/ LatinStock. Argentina, junho de 1969.

Preparação
Maria Fernanda Alvares

Revisão
Erika Nakahata
Ana Maria Barbosa

Dados Internacionais de Catalogação na Publicação (CIP)
(Câmara Brasileira do Livro, SP, Brasil)

Caparrós, Martín
  A quem de direito / Martín Caparrós ; tradução Lucia Jahn,
Heloisa Jahn. — São Paulo : Companhia das Letras, 2011.

  Título original: A quien corresponda.
  ISBN 978-85-359-1845-8

  1. Romance argentino I. Título.

11-02948   CDD-ar863.4

       Índice para catálogo sistemático:
1. Romances : Literatura argentina   ar863.4

[2011]
Todos os direitos desta edição reservados à
EDITORA SCHWARCZ LTDA.
Rua Bandeira Paulista, 702, cj. 32
04532-002 — São Paulo — SP
Telefone (11) 3707-3500
Fax (11) 3707-3501
www.companhiadasletras.com.br
www.blogdacia.com.br

Para Teo, amorzinho

Os valores cristãos estão ameaçados pela agressão de uma ideologia rechaçada pelo povo. O país tem uma ideologia tradicional, e, quando alguém pretende impor um ideário diferente e estranho, a Nação reage como um organismo munido de anticorpos diante dos germes, e assim surge a violência. Nesse caso o direito deverá ser respeitado na medida do possível.

Monsenhor Pío Laghi, núncio apostólico,
Buenos Aires, 1977

A história é essa disciplina onde nunca se pode começar do princípio.

Jacob Burckhardt, historiador,
Basileia, 1877

Esta narrativa deveria ser pura ficção. Seria fantástico.

1.

A morte foi noticiada em todos os canais. A morte irrompeu como irrompem essas coisas, no noticiário das oito da noite, sem o menor aviso, com a confiança dos que conhecem seus direitos; é verdade que não foi a matéria principal, já que naquela tarde o presidente assinara um convênio para aumentar em quatro vírgula sete os benefícios dos aposentados, mas mesmo assim a morte foi ao ar antes de dois assaltos à mão armada com feridos, da venda de um atacante do time campeão, de uma bomba com dezenas de feridos em algum lugar do Oriente Médio, do fracasso de mais uma vacina contra a aids.

O padre Augusto Fiorello nunca teria imaginado tanta publicidade: se alguma vez tivesse discutido com alguém os detalhes de sua morte — e se esse alguém não tivesse sido seu confessor, o bispo Mallea, diante de quem seus relatos, codificados por séculos de fórmulas cristãs, incluíam os detalhes mais íntimos de sua vida narrados sem paixão, como se tivessem acontecido com outra pessoa —, certamente teria se contentado em expor suas esperanças de uma agonia serena que lhe permitisse confessar-se pela última vez, receber a extrema-unção e morrer na paz do Senhor. Se por acaso o padre Augusto tivesse tido com quem manter uma conversa desse teor, se a conversa tivesse sido inusitadamente franca ou excessivamente regada por um daqueles vinhos artesanais da Colônia favorecidos pelo padre, ele teria falado de seu medo de não morrer com a dignidade cristã que tantos anos de sacerdócio lhe impunham: seu temor de que todos aqueles anos de preparação não lhe servissem para morrer como devia; nesse caso — calaria — alguma coisa básica teria falhado. Ou quem sabe, inclusive, agasalhado pelo vinho ou pela intimidade, o padre Augusto teria falado de todas aquelas mortes que sua prática o obrigara a presenciar. Teria dito que muitas vezes se sentira inútil diante de moribundos a quem não pudera confortar com suas rezas, suas mãos, suas promessas; sem mais detalhes, teria falado de um homem que gritava que não o deixasse sozinho, que o haviam deixado sozinho de repente, que tinha medo de ficar sozinho, e de como ele lhe dissera várias vezes que o Senhor nunca o deixaria sozinho, que, ao contrário, estava esperando por ele, que ao lado dEle nunca ficaria sozinho, mas que o homem gritava cada vez mais e que em seus gritos havia cada vez menos palavras, cada vez mais espanto. E teria se assustado diante do surgimento daquela cenografia que, até mesmo em sua mente, enquanto contava aqueles fatos — sem especificar o cenário em que se davam —, teria modificado para que ficasse tolerável: outra lembrança que preferia não recordar. Ou, para mudar rapidamente de lugar, teria falado daquela mulher que olhava para ele em silêncio, cheia de ódio, como se fora ele que a estava matando, e que apertava sua mão com tanta força e que no fim lhe perguntara se Deus tinha mesmo que fazer aquilo com ela. Ou daquele menino de quinze ou dezesseis anos que estava morrendo sem entender o que se passava com ele, e como ele, padre Augusto, tivera um momento de dúvida e desalento que o fizera voltar para a mulher: se Deus tinha mesmo que fazer aquilo com ela. Não era uma conversa fácil: se o padre Augusto a tivesse mantido teria dito para si mesmo que estava falando demais. E, mesmo assim, sem dúvida teria calado sobre muitas coisas.

De todo modo, o padre Augusto jamais teria podido imaginar que aquela morte que talvez tivesse discutido — talvez não — pudesse um dia tornar-se tão pública.

É estranho como certos fatos — certas pessoas — que pareciam destinados ao âmbito estreito de um povoado como Tres Perdices podem de repente tornar-se acontecimentos nacionais, sem que nada os tenha preparado para isso. A melhor razão para essa desrazão continua sendo, por mais que nos desagrade, a violência de uma morte fora de tempo ou de lugar.

Ninguém diria que a morte do padre Augusto Fiorello havia chegado fora de tempo: com seus sessenta e oito anos, já havia vários que o padre estava convencido de que o Senhor o chamaria a qualquer momento — e nem por isso lhe guardava um rancor especial: considerava que, se o fizesse, tinha todo o direito de fazê-lo e, por vezes, chegava a estranhar que ainda não tivesse se decidido. Ninguém diria tampouco que era uma coisa fora de lugar: qual outro teria sido mais adequado do que sua modesta residência, a casinha de três aposentos encostada na igreja que administrava havia anos, no final de Tres Perdices, bem onde antes terminava o povoado e onde agora uma penca de cabanas meio construídas esboça o subúrbio pobre de uma cidade que não estava planejada para ter subúrbios? Portanto não é questão de tempo ou lugar. O que não entrava em nenhuma conta foi a violência da faca.

2.

No meio disso tudo, o que mais me preocupava era que ele descobrisse quanto eu esperava por aqueles almoços. Nos encontrávamos a cada duas ou três semanas; às vezes acontecia de passar mais tempo sem que nos víssemos. Era eu quem telefonava, mas isso nunca foi um problema: supostamente Juanjo era um homem muito ocupado — Juanjo era um homem muito ocupado — e ter de ligar para ele não me desmerecia. Eu respeitava os prazos — nunca liguei para ele sem que tivessem se passado pelo menos quinze dias desde o último almoço — e ele muito raramente me dizia que não podia: o esquema funcionava. Não precisávamos negociar tempo ou lugar: nos encontrávamos na hora de sempre no restaurantezinho de sempre.

— Cara, você está com um ótimo aspecto.

— Não se preocupe, Juan, não precisa mentir para mim.

O garçom nos perguntou se queríamos o de sempre e respondemos que sim, é claro: Juanjo, seu bife à milanesa à napolitana com fritas a cavalo — dizendo, como sempre, que aqui sim sabiam fazer à napolitana como nos velhos tempos — e eu, meu bife borboleta com salada mista, só que agora quase sem azeite. Ocupávamos, como sempre, a última mesa da parede das janelas.

— Não, seu pentelho, por que eu haveria de mentir para você? Sério! Achei que...

Disse e se interrompeu. Eu não quis perguntar o que ele havia achado — não quis deixá-lo numa situação difícil — e perguntei se estava satisfeito com sua lei dos aluguéis, que acabava de ser aprovada. Juanjo me olhou, surpreso: não venha me dizer que agora se interessa por essas coisas!

— Por quê? O que deveria me interessar?

— Sei lá, você passa o tempo baixando o cacete no besteirol da politicagem, como você diz. Ai, Ruivo, que pena!

Talvez o que fosse uma pena era eu desprezar as atividades às quais Juanjo dedicava sua vida; talvez — mais provavelmente — eu desperdiçar a minha sem me dedicar a elas ou, inclusive, sem tirar proveito dos benefícios que elas poderiam me oferecer. Também não quis tirar isso a limpo e me calei: não estava fazendo minha parte do trabalho. Desde sempre — sempre eram os quinze ou vinte anos em que cultivávamos aquela rotina —, nossos encontros tinham por base o confronto, a batalha gentil dos que acreditam que podem dizer qualquer coisa um para o outro sem brigar; naquele meio-dia, por algum motivo, eu me empenhava em tirar o corpo fora: como se temesse que o mecanismo já não funcionasse. Ou como se estivesse decidido a acabar com ele de uma vez por todas. Juanjo, de seu lado, retomava os assuntos costumeiros:

— Carlos, falando sério, por que você não deixa de besteira e vem trabalhar conosco? Você é uma das pessoas mais capazes que conheci, poderia fazer muitas coisas; para ser sincero, não aguento ver você deixando a vida passar sem fazer porra nenhuma.

— Eu deixo a vida passar? Na minha opinião ela já passou.

— Não encha, Ruivo, você ainda pode brigar por ela. Sério! Agora mais do que nunca, venha trabalhar conosco e vai ter um motivo a mais para brigar por ela. Já esqueceu como era a sensação de servir para alguma coisa, de ter um sentido? Você não imagina o bem que lhe faria.

Era sua oferta de sempre: nunca ficava mais de dois almoços sem fazê-la. Imagino que a fazia porque imaginava que era o jeito de me ajudar, de ajudar um amigo — e agora, como ele dizia, mais do que nunca. Ou talvez porque realmente precisasse poder confiar em alguém: o que não devia acontecer muito, ultimamente. Eu costumava me fazer de sonso, responder com piadinhas e evasivas. Até hoje:

— Com vocês, no governo? Você está louco, eu nunca trabalharia para o seu governo.

— Ruivo, não seja idiota. Todo mundo está nessa, venha você também. É como no nosso tempo, só que mais tranquilo e dá para fazer muita coisa...

— Não, eu nunca faria isso. Quanto mais agora.

— Por que quanto mais agora?

Juanjo perguntou, mas logo compreendeu — porém não quis avançar naquela direção. Insistiu para que trabalhasse com eles, disse que valia a pena, que dava para fazer coisas. De repente me ocorreu que talvez o incomodasse eu ficar de fora, manter meu direito de criticar, de julgá-lo. Ficaria mais tranquilo se eu estivesse dentro, na mesma lama: seria uma forma de me calar.

— Vale a pena, Ruivo, sério. Nunca imaginamos que teríamos outra oportunidade...

Algum dia saberia: talvez o que não suportei foi ele falar em outra oportunidade; talvez tenha sido alguma coisa no tom, no gesto, no nó da sua gravata, no jeito como ele olhou para seu bife à milanesa. De todo modo minha resposta escapou sem querer:

— Outra oportunidade para o quê, Juan? Para ficar falando idiotices sobre os desaparecidos e continuar agindo igualzinho a todos os outros? Para falar dos mortos heroicos para justificar o fato de continuar vivos e não fazer porra nenhuma daquilo que os mortos queriam fazer? Para usar os anos setenta para esconder o que não podem nem querem fazer agora?

Juanjo me olhava com a boca cheia de pão, aberta como uma esfera. Eu não conseguia parar de falar:

— Vocês passam o tempo todo falando dos anos setenta em vez de se preocupar com o presente, com o futuro. Usam esse passado para dar importância a si mesmos: não acreditem no que estão vendo, não somos isso que está aqui, não somos nós, somos aquilo que fomos há trinta anos, somos os outros, os que morreram há trinta anos e não tiveram a possibilidade de se tornar outros — como nós.

Eu não queria ser tão contundente: a etiqueta de nossos encontros tolerava que se dissesse qualquer coisa, mas sem deixar de lado certa distância irônica, o desapego. Eu estava perdendo ambos e não sabia o motivo. Para ajeitar as coisas, tratei de me incluir no naufrágio:

— Você não acha que já não temos o direito de fazer mais nada?

Juanjo tinha o rosto muito bem barbeado e uma papada que ultrapassava bastante o colarinho da camisa; um babado roçava o nó excessivamente grande da sua gravata vermelha. Já não tinha muito cabelo, mas o arrumava para que cobrisse boa parte do crânio. Quando, como agora, eu olhava para ele sem reconhecê-lo, forçava-me a evocar minha própria imagem no espelho do banheiro.

— Como assim?

— É muito fácil. Me desculpe a franqueza, mas como você faz para não se considerar um completo fracasso?

* * *

Somos uma merda. Eu não conseguia parar de repetir para mim mesmo que somos uma merda. Que somos uma merda que passa a vida dizendo que somos uma merda. Que somos uma merda que levou até o indizível as mil e uma maneiras de dizer que somos uma merda, que transformou isso em arte, que canta, pinta, recita que somos uma merda — e nos achamos muito talentosos porque imaginamos que ninguém consegue fazer isso tão bem quanto nós. Que somos uma merda que se imagina esperta — uma merda esperta — porque ficamos o tempo inteiro dizendo que somos uma merda.

Somos tão covardes: acreditamos que a palavra nos redime. Imaginamos que basta dizer certas coisas para nos colocarmos acima dessas coisas. A rua está esburacada e uma tabuleta diz atenção pavimentação defeituosa: a rua continua esburacada, mas ninguém pode dizer que não avisaram. O país desmorona um pouquinho e filmes livros músicas peças teatrais fazem o relato; o país continua se desmantelando, mas sua queda fica bem relatada e nos admiram. As palavras, digo: se multiplicam em nós. Como escreveu um poeta: os poetas ficam sem colhões nos momentos culminantes do carinho;/ não é problema, escrevem um versinho/ para a posteridade. Somos uma cambada de poetas, um bando de fracassados charlatães. Nunca soubemos fazer nada, mas declaramos esse fato com tanta aplicação — e, às vezes, inclusive, com alguma elegância. Isso é o que não pode faltar: ninguém sabe chafurdar na derrota com a elegância que temos nós, argentinos.

É estranho: sempre fomos assim, acho que sempre fomos assim e no entanto houve um tempo em que acreditávamos que não apenas a derrota nos pertencia. Sempre fomos charlatães melancólicos tangueiros, mas de vez em quando passávamos pelo susto de sentir que estávamos fazendo as coisas bem. Um bom país, quase conseguimos acreditar que estávamos fazendo um bom país. Sim, chegamos a acreditar nisso, foi o mais estranho: imaginamos que tínhamos tudo para fazer bem-feito e que só precisávamos de tempo e de um pouco de esforço para conseguir, mas que conseguir estava escrito na nossa história como se já tivesse acontecido. Eram tempos esquisitos: nossa habilidade para a derrota — para fazer da derrota uma arte — se misturava e entrava em contradição com a ideia de que alcançaríamos grandes triunfos. Era como se, naqueles tempos, não nos atrevêssemos a ser totalmente o que éramos: o que somos. Depois aquele momento ficou para trás: perdemos, afundamos no melhor dos naufrágios e a contradição acabou de se desfazer. Essa foi nossa vitória: nos dedicamos totalmente à derrota, sem fissuras, e agora chegamos à plenitude de nosso ser nós mesmos: uma merda.

— Sério: como é que você faz para não se considerar um fracasso completo?

Juanjo me olhou com interesse, imaginou que eu estava retomando meu papel. Vacilou: me pareceu que tinha a resposta na ponta da língua, mas quis saber um pouco mais antes de jogá-la no campo de batalha. Minha pergunta continuava saltitando entre nós, como saltitam certas palavras quando um silêncio as atiça. Pediu-me que explicasse melhor.

— Não sei se alguma vez eu já lhe disse. Pode ser que não. Acho que só agora, com a confusão dos dias que correm, consegui entender direito. Foi uma espécie de revelação, essas coisas que surgem de repente e que você não sabe como pôde demorar tanto tempo para perceber.

O garçom chegou com o bife à napolitana e o bife borboleta, meio litro de vinho da casa, soda e gelo. O garçom devia ter a mesma idade que nós — e sempre trabalhou ali. Às vezes trocávamos algum comentário de ocasião: o futebol, o governo, o tempo, o futebol. Sabe-se lá o que ele teria feito naqueles tempos. Um dia me ocorreu que tinha pinta de ter sido policial, e ri: era uma reação de antes, uma observação que já não combinava comigo. Juanjo olhava para mim calado, esperando que eu falasse de minha grande descoberta; também me calei.

— Vamos, Ruivo, conte.

— Sabe o que foi? De repente me lembrei do Tucumano. Você se lembra do Tucumano, um cara que militava na faculdade de direito e que acho que não cursou nem uma só matéria? Aquele que andava com a Marita da medicina?

— Acho que me lembro, mas não tenho certeza... Um cara alto, com gomalina no cabelo?

Não era. Minha relação com Juanjo estava construída sobre esse tipo de mal-entendido. Na verdade, toda vez que nos encontrávamos em algum momento eu me perguntava por que continuava a vê-lo: por que era tão importante para mim estar com ele. Tínhamos nos conhecido no fim dos anos oitenta, por acaso, e construíramos uma amizade baseada em fazer de conta que fôramos muito amigos nos anos da militância, que havíamos compartilhado os momentos mais difíceis — e que os avatares da história nos haviam separado durante algum tempo, mas que, felizmente, conseguíramos nos reencontrar. Nós dois fingíamos acreditar nisso — eu, pelo menos, fingia acreditar nisso na maior parte do tempo: me deixava levar. Mas sabia que não era nada daquilo: na verdade havíamos construído uma amizade feita de lembranças de que quase nunca nos lembrávamos. Nós dois nos lembrávamos dos cenários, do clima da época, de algumas pessoas: não era difícil nos incluirmos nessas cenas e fazer de conta que sempre havíamos sido muito próximos. Quantas vezes me perguntei por que fazíamos isso. Eu deixara de ver as pessoas daquela época: suponho que, a partir de certo ponto, precisei daqueles encontros para recuperar o passado. Ou para fazer troça dele. Ou para recuperá-lo fazendo troça dele. Juanjo, no entanto, continuara ligado àqueles anos por sua profissão de advogado e por sua carreira política. Acho que minha utilidade para ele era recuperar aqueles anos sem a interferência de suas artimanhas atuais, sem que as lembranças se misturassem às alianças e vantagens que essas lembranças podiam lhe oferecer.

— E então, Carlos, não vai terminar o que estava dizendo?

— Na verdade eu estava lhe perguntando uma coisa, e me desculpe a obviedade da pergunta: se você tivesse que resumir tudo numa frase, o que diria de nossa famosa geração?

— Ah, então era isso! Uma frase é sempre muito difícil...

Juanjo ganhava tempo. Eu evitava olhar para ele para que ele não se sentisse pressionado, para que não sentisse a corda apertando seu pescoço.

— Olhe, em pouquíssimas palavras eu diria que é uma geração que entregou tudo, que deixou pelo caminho seus melhores representantes, mas que agora finalmente tem condições de fazer um pouco do que pretendia fazer...

— É uma forma de ver as coisas, de fato. Me diga: o que ela pretendia fazer?

— Você vai me aplicar um diálogo socrático?

— Não enrole, me diga: o que pretendíamos fazer?

— Óbvio: construir uma sociedade melhor.

— Uma sociedade melhor?

— Não encha o saco, Carlos, você sabe tão bem quanto eu: uma sociedade sem exploradores nem explorados, uma coisa tipo socialismo, embora hoje em dia seja tão complicado falar em socialismo. Enfim, um país mais justo, mais igualitário, não é isso?

Juanjo tomou um gole de vinho com soda e olhou para o copo como se acabasse de perceber o que era, uma bebida que já não combinava com ele. Perguntei, com um sorriso:

— E conseguimos?

— Não encha o saco.

— Não conseguimos?

Talvez não fosse o caso de declarar aquilo: talvez devesse continuar pensando sozinho, em silêncio, em vez de entrar feito um elefante na cristaleira da memória dele. Que direito eu tinha de entrar feito um elefante na cristaleira da memória dele? Se nos encontrávamos de vez em quando, não era porque compartilhávamos, pretendíamos compartilhar essa memória? Muitas vezes, nos dias que se seguiram àquele almoço, pensei que deveria ter ficado calado. Mas já havia calado coisas demais por tempo demais.

— O que foi, não gostou do bife?

— Gostei, amigo, não se preocupe, o bife está ótimo.

O garçom se afastou com seu sorriso profissional — ou talvez estivesse preocupado de verdade, eu nunca soube distinguir fingimento de preocupação autêntica. Se é que as duas coisas são, afinal, tão diferentes: quem finge preocupar-se já está de alguma forma se preocupando.

— E então, não conseguimos?

— Você sabe que não, Carlos, é evidente. Aonde quer chegar?

— Querer, querer, a lugar nenhum.

Juanjo resfolegou: você está se divertindo? Respondi que menos do que ele estava imaginando, e achei que não podia continuar adiando o golpe final:

— Não só não conseguimos, como o que aconteceu foi exatamente o contrário.

Fiz uma pausa, provoquei-o. Juanjo preferiu o silêncio.

— Há quarenta anos, quanto tínhamos quinze ou vinte anos de idade e estávamos começando a nos meter em política, a Argentina era um país bastante próspero. Isso todo mundo sabe, mas ultimamente estive olhando algumas cifras para ver se não estávamos enganados, se não era outra dessas lembranças que a gente fabrica para uso próprio. Não era: o desemprego não era grande, a desigualdade não era tão violenta, havia pobreza mas não miséria, as escolas e os hospitais públicos funcionavam, havia aposentadorias decentes, havia até mesmo um futuro. Já não era o país prepotente do início do século, mas ainda estava bem. Tínhamos indústrias para valer, fabricávamos carros, geladeiras, aviões; havia trens que iam para todos os lugares, uma frota mercante, as melhores editoras em castelhano... Evidente que havia industriais e proprietários de terras riquíssimos e operários e camponeses pobres, evidente que havia diferenças escandalosas, injustiças brutais, mas a maioria dos argentinos, mal ou bem, levava uma vida boa.

Eu teria preferido falar tranquilamente, como quem enumera fatos irrefutáveis; devo reconhecer que falei atropeladamente. Tratei de baixar o tom:

— Nesse momento apareceu nossa famosa geração e decidiu que este país era um desastre. Evidentemente, tínhamos razão. Não é justo que um sujeito possua mil vezes mais que outro. E, claro, encontramos razões para justificar o que estávamos dizendo: afinal, com algum esforço é possível justificar qualquer coisa. Assim explicamos tudo muito adequadamente, e, visto que o país era um desastre, era preciso mudar tudo, de cima a baixo...

— O que você está fazendo, me contando a história de Chapeuzinho Vermelho? Será que não está esquecendo algumas coisas?

— Estou, claro. O espírito da época, por exemplo. É verdade, não estávamos fazendo nada de original: aquela mesma ideia, de que era preciso inventar um outro mundo, circulava pelo mundo todo, principalmente pelo terceiro. Quem não acreditasse num mundo socialista era um idiota, alguém que não merecia ser considerado um homem. Eu sei, Juanjo, não estou dizendo que nós é que inventamos tudo aquilo. Não chegamos a inventar nada.

— E as injustiças que havia, a revolução libertadora, o exílio de Perón, a repressão, os golpes, as ditaduras... Não estávamos lutando só por lutar. Nossa luta começou porque não nos deixaram outro caminho. Ou será que você já esqueceu?

— Não, Juanjo, como eu ia esquecer? Estou velho mas ainda não estou caduco. Na verdade talvez eu esteja morto, mas caduco não. Já sei disso tudo, e mais: montamos um pacote coerente, demonstramos que a Argentina voltara à situação de colônia — colônia, como todos os outros países da região —, como no tempo dos espanhóis. Você se lembra das palavras de ordem: pátria sim, colônia não; libertação ou dependência, toda aquela lenga-lenga. Agora, que era uma coisa inteligente, isso era. Tínhamos aprendido na escola que nossos próceres nos libertaram dos espanhóis e fundaram a pátria lutando de armas na mão: Belgrano, Castelli, Guemes, San Martín. Então, se demonstrássemos que a pátria voltara a ser colônia, lutar de armas na mão era não apenas legítimo como praticamente uma obrigação.

Juanjo respirou com força. Estava havia uns dias sem fumar — outra de suas tentativas costumeiras — e parecia a ponto de ceder ao vício. Imaginei sua luta: além de buscar argumentos para me responder, ou para descartar o que eu estava dizendo, também precisava encontrar razões para não pedir um cigarro ao garçom. Quando falou, sua voz saiu alterada, irritada; seu rosto estava vermelho.

— Não me venha com lições de história, Carlos. Aonde você quer chegar com essa coisa toda?

— Você sabe muito bem aonde quero chegar. É um sujeito inteligente, já está percebendo. Por isso se irrita, claro. Mas é melhor ir ponto por ponto: quisemos inventar de novo aquele país que achávamos intolerável. Escolhemos as metas e a forma que nos pareceu mais adequada. Apostamos tudo para chegar lá; foi para valer, nos empenhamos a fundo, fomos generosos, fizemos todo o possível. E agora, depois desse tempo todo, de todos os companheiros que morreram ou tiveram de ir embora ou se ferraram, a Argentina está pior do que era antes. Bem pior, irmão, um desastre. Você consegue imaginar alguma forma mais contundente de fracasso?

Juanjo não respondeu. Não sei se pensava no cigarro ou em minhas frases. De toda forma, nenhuma das duas coisas parecia tranquilizá-lo.

— Sério, Juanjo, pense bem. Agora a gente passa o tempo todo se lamentando por causa da situação do país. Se o país está do jeito que está, não seria porque nós falhamos e eles não? Não digo que está do jeito que está por nossa causa; digo que, quando estava melhor do que hoje, quisemos melhorá-lo, e o resultado foi que criamos as condições para que eles o tornassem muito pior do que era antes.

Talvez, me ocorreu, continuássemos nos encontrando porque ainda podíamos dizer "nós" e "eles" e saber — imaginar que sabíamos — do que estávamos falando: nada cria maior proximidade que ter um "eles" e um "nós". Juanjo ergueu a cabeça e olhou para mim. Eu tinha de concluir a ideia e me interrompi um momento para pensar em como fazer para não soar grandiloquente demais. Achei que não conseguiria.

— Em resumo, o que estou lhe dizendo é que, sem querer ser grandiloquente, só que não me ocorre outra maneira: somos a geração mais fracassada dessa longa história de fracassos que é a história argentina.

Ficamos os dois em silêncio. Juanjo olhava para mim e parecia a ponto de dizer alguma coisa, mas não disse. Eu dissera tudo o que queria — e um pouco mais. O silêncio durou vários minutos; pela primeira vez, em todos aqueles anos de palavras, nos calamos.

— Sério que você acredita nisso?

Perguntou, depois de algum tempo. Não percebi que preparava sua vingança.

— Faz trinta anos que não acredito em nada mais sério do que isso.

Depois que falei, ele deixou o silêncio se prolongar um pouco para destacar o que estava por dizer:

— E não lhe ocorreu pensar no que Estela diria se pudesse ouvi-lo?

3.

Digamos que ela não tenha conseguido suportar isso que chamamos atortura. Atortura é uma forma barata de denominar aquilo: gentileza para com o leitor ou interlocutor, uma forma de deferência ou de covardia: uma dissimulação. Chamar aquilo de atortura não supõe nenhuma descrição, não mostra um corpo vivo amarrado a uma corda pendurada no teto e o corpo por sua vez pendurado na corda enquanto os braços vão se esticando, desconjuntando, desfazendo no esforço de sustentar o corpo que já não é sustentado por nada, de que só os inimigos precisam; não mostra um corpo vivo amarrado que uma mão segura pela nuca para afundar a cabeça na água ou numa água cheia de sujeira merda bichos para que ele veja como conseguem transformar seu ar em água, seu fôlego em sufocação, sua vida num momento, como conseguem alterar seu mundo num momento, desenhar num momento um mundo onde aquele corpo não pode mais ser o que era; não mostra um corpo vivo de pés e mãos amarrados a uma cama de ferro, nu, muito nu, os braços estirados separados, as pernas estiradas separadas, aberto, mais que aberto, que recebe descargas implacáveis estrondosas tremendas nas orelhas lábios olhos pescoço gengivas mamilos seios barriga ovos glande vagina e se contorce e não consegue nem mesmo contorcer-se, amarrado, tão aberto, e se contorce sem nem mesmo; não mostra um corpo vivo amarrado muito nu obrigado por mãos e braços de outros corpos a se apresentar de quatro com a cabeça abaixada contra o chão, amassada contra o chão por um sapato ou uma bota com as mãos amarradas para trás das costas, com as pernas flexionadas separadas e os quadris para cima, o cu para cima para que nele entre o pau a faca a garrafa que torna o interior desse corpo uma zona disponível para o ataque, um lugar de fora: que deixa de fora sem defesa o que estava defendido dentro, que revira o corpo. Chamar isso de atortura não mostra que aquele corpo pertence a um homem uma mulher que estão ali, prisioneiros daquele corpo, reféns daquele corpo, nus daquele corpo sofrendo-o aos gritos, contorcidos dentro de um corpo contorcido, presos num corpo que gostariam de esquecer, abandonar, perder — esquecer, esquecer, esquecer —, desesperados com o fato de ser um corpo que se transforma em dor pura, um inimigo, fonte de um sofrimento que nunca teriam podido imaginar: afundados no terror daquilo que nunca. Chamar isso de atortura não mostra sobretudo — não mostra sobrenada — esse modo extremo de transformar um corpo num corpo cristão, no que todo corpo é para os cristãos: o inimigo, o caminho que leva à condenação. Chamar isso de atortura mostra ainda menos que ao redor desse corpo há dois, três, cinco homens — sempre homens, não mulheres — vestidos muito vestidos que sustentam os fios com a mão, espancam com as mãos, espancam com instrumentos, queimam amarram introduzem afundam arrancam gritam ameaças, sussurram ameaças, gritam perguntas, sussurram perguntas, gritam e sussurram insultos desdenhosos você não é ninguém não existe ninguém se importa com você já está morto, você já está morto idiota e não lhe contaram, que dirigem a aplicação da energia elétrica as pancadas rupturas ameaças perguntas os insultos, que mostram ao homem à mulher do corpo amarrado à cama de ferro pendurado pelos braços empalado sufocado sacudido que agora são os donos de seu corpo até limites que esse homem essa mulher nunca supuseram, que são os donos daquele corpo e portanto da vida e da morte do ocupante daquele corpo, do antigo dono daquele corpo, do refém daquele corpo, que podem fazer com ele com ela o que lhes der soberanamente na telha, o que quiserem. Absoluta, completamente o que quiserem: o poder. Chamar isso de atortura não mostra — não permite sequer vislumbrar, em seu esplendor raivoso — a cena de maior poder que um homem pode exercer sobre algum corpo: tanto poder que só pode ser exercido sobre um corpo alheio.

você não é ninguém não existe não tem importância para ninguém já está morta, você já está morta idiota e não te contaram

Digamos que Estela não tenha conseguido, então, suportar atortura. Normal. Na verdade, acho anormais os que conseguiram, aqueles que imaginamos que conseguiram. Sempre me surpreenderam a fortaleza, o orgulho, a obstinação, a inconsciência de alguém que, amarrado pendurado empalado eletrizado contorcido, confrontado à comprovação de que seu corpo se transformou em sua prisão em seu inimigo na ameaça mais terrível — num corpo cristão —, encontra maneira de pensar que, em vez de fazer aquilo que lhe dizem que deveria fazer para recuperar um mínimo de controle — um mínimo de intimidade, de identidade, de trégua com seu corpo —, continuará fazendo o que antes pretendia. Digo: alguém que, confrontado ao mais impensável, a essa cena além dos limites, a uma situação que não pode ter imaginado quando tentou planejar o que faria diante dela, permanece capaz de pensar o mesmo que antes, e calar-se.

Digamos que ela não tenha encontrado a maneira de fazer isso — assim como eu, certamente, não teria encontrado — e que, com alguma lógica — dentro de uma situação que desafia toda e qualquer lógica, que se instala voluntária, deliberadamente fora do campo da lógica —, cedeu. Havíamos vivido vários anos juntos e eu acreditava conhecê-la: imagino que tentou pensar, com todas as suas forças — que não terão sido muitas —, que nada do que estava acontecendo com ela estava acontecendo com ela; que tentou imaginar que era tudo um erro, uma confusão, um pesadelo mal contado até que, apanhada por aquela extrema realidade, realizada, aterradoramente realizada, reclusa de seu corpo não mais seu, não pôde mais e se abandonou. Não sei exatamente em que pode ter consistido essa cessão, sua entrega. Mas eu acreditava conhecê-la: Estela deve ter tateado, deve ter procurado descobrir quanto precisava entregar para deter atortura, primeiro — para ter uma trégua, para que a esquecessem por algum tempo em algum canto onde seu corpo deixasse de ser uma ameaça ou um inimigo para passar a ser um familiar enfermo de quem é preciso cuidar com toda a dor de vê-lo naquelas condições, um pesar insistente mas não um grito vivo. Tinha uma justificativa indiscutível: o medo de que, se atortura não cessasse, seu filho — nosso filho — pudesse sofrer as consequências. Deve ter sido mais fácil para ela, naquela situação tão difícil, pensar que o que estava fazendo era por ele, mais que por ela.

mas sei, em todo caso, que foi seu amor que salvou

* * *

Talvez tenha percebido, na voz de algum de seus torturadores, uma inflexão que a fizesse pensar que aquele homem — com certeza um pai de família — não seria totalmente impermeável às inquietações de uma grávida. Talvez tenha pensado que bastava fornecer-lhes determinados nomes, fornecendo-lhes, assim, uma desculpa para que pudessem interromper a tortura sem por isso sentir-se fracos, quem sabe o nome de alguém que acreditasse a salvo — evadido, já detido, morto, alguém a salvo da ameaça de cair devido a suas palavras —; quem sabe algum endereço onde acreditasse que já não havia ninguém; quem sabe outro estratagema que não sei. O que sei, em todo caso, é que mesmo nessa situação extrema seu amor por mim sobreviveu. Sei disso, com toda a certeza: houve horas — como depois saberia, na ocasião ignorava — em que estive nas mãos dela, horas em que, sem querer entender o que acontecera com ela, ou quem sabe pondo sua resistência à prova, pondo-a à prova, ou quem sabe arriscando-me para de alguma maneira acompanhá-la, fiz um trajeto que já havia feito com ela, fui até um ponto que ela conhecia, passei pela casa onde havíamos vivido juntos por quase um ano. Sei — é praticamente a única coisa que sei — que ela resistiu à tentação possível de me entregar: que foi seu amor, nessas circunstâncias, que salvou minha vida. (Embora seja difícil fazer uma afirmação tão absoluta quanto "foi seu amor que salvou minha vida". Também salvou minha vida o fato de chegar uns minutos atrasado à esquina onde ela foi presa, por exemplo. Minha vida foi salva porque tive suficiente presença de espírito para, ao ver a patrulha naquela esquina, dobrar discretamente na rua anterior e continuar caminhando como quem vai ao correio — e tantas outras coisas salvaram minha vida: não há opinião mais forte do que escolher uma causa entre as milhares que cada coisa tem.)

Quer dizer, ela deve ter fornecido a eles alguns nomes sem maior importância, que lhe proporcionaram aquelas horas de trégua. Até que, depois de enviar os soldados no encalço de novas presas e de vê-los regressar sem elas, porque aqueles nomes não tinham serventia, terão voltado à carga. Nesse momento Estela deve ter descoberto que a sanha com que a atacaram da segunda vez era diretamente proporcional à medida que se consideravam enganados, e que nada seria mais imprudente do que tentar aquilo de novo. Digamos que foi aí que compreendeu que não podia continuar brincando de delatar, que precisava tomar uma decisão definitiva. As horas de segurança que a organização recomendava a seus membros em caso de queda já haviam transcorrido: o tempo necessário para que os companheiros mais próximos buscassem esconderijos mais seguros. O problema dos de fora, pensaria Estela, teria diminuído; o seu, contudo, só fazia crescer. Continuava à mercê daqueles homens que transformavam seu corpo num inimigo — e o de seu filho, nosso filho ainda por nascer, num morto sem passar pela vida. Estela pode ter pensado, é claro, que em semelhantes circunstâncias o melhor para o bebê era não nascer, mas não acredito — eu a conhecia — que aceitasse essa ideia. As pancadas — os choques, os afogamentos, as fraturas? — continuariam: Estela entendeu que a única forma de evitar que a situação seguisse por um caminho sem retrocesso era seguir por um caminho sem retrocesso: mostrar-lhes que havia se rendido. Estela sabia onde era a casa em que se guardavam determinadas armas; aquela casa caiu nas mãos do Exército três dias depois que a apanharam.

à mercê daqueles homens que transformavam seu corpo num inimigo e seu filho em nosso morto sem passar

* * *

A casa era uma presa apetecível. Não porque o Exército precisasse dela, na época já tinham conseguido destruir quase completamente nossa organização, mas era de seu interesse continuar realizando ações que os justificassem; aquela ação, aliás, permitiu que confirmassem que sua prisioneira era confiável ou, dito de outra forma, que a haviam derrotado. Tanto que, àquela altura, talvez tenham tomado a decisão de deixá-la viver por algum tempo, pelo menos até que parisse. (Mais cedo ou mais tarde Estela descobriria que os militares argentinos se interessavam muito por aquelas crianças brancas, filhas de pessoas desencaminhadas, mas social e racialmente convenientes, que podiam entregar sem pejo aos amigos estéreis. Estela descobriria que aquele filho, que no momento d'atortura fora sua fraqueza e, quem sabe, sua justificativa, agora lhe servia para permanecer viva — por algumas semanas. E terá esperado o parto sabendo que com aquela vida nova se acabava a sua: que o ciclo da vida se interrompera.)

Terá parido. Sabe-se lá em que circunstâncias, de que forma terá parido, sempre preferi não pensar nisso. Foi difícil aprender a não pensar nisso, no começo eu não conseguia pensar em outra coisa. Mas, com o tempo, consegui, é o que acontece quase sempre. O filho — deve ter sido um filho — terá sido entregue, sua função chegava ao fim. A menos que naqueles meses de trégua Estela tenha conseguido realizar seus principais objetivos: demonstrar sua obediência, sua submissão, a tal ponto que decidissem mantê-la viva. Nós, agora, sabemos o que aqueles homens e mulheres tiveram de ir aprendendo dia após dia, o preço do pior desastre: que, nos últimos meses de seu esforço por salvar a pátria do demônio, alguns militares tivessem decidido manter diabinhos vivos para mostrar de outra maneira, ainda mais absoluta, seu poder: que não só eram capazes de dar a morte como também a vida, que não só eram capazes de destruir seus inimigos como também de transformá-los em outros, em amigos, que nada resistia a seu poder transformador. Para, ao mesmo tempo, justificar-se perante algum recanto de suas consciências aflitas: quando matávamos, não matávamos porque quiséssemos, mas porque não havia outro remédio; agora que é possível, deixamos que fiquem vivos. Para, enfim, assegurar-se de que alguém contasse suas façanhas e que essas façanhas servissem de exemplo e advertência: eis o que acontece com aqueles que duvidam de nosso poder, da posição que compete a cada um.

ou seja que Estela ainda estava viva, estivera viva esses anos todos, gozou, sofreu

Digamos que Estela, talvez, entenderia isso e tentaria isso. Havia muitas maneiras: a mais imediata — para uma mulher — consistia em iniciar uma relação sexual — amorosa? — com um de seus novos senhores. Já se escreveu muita coisa sobre isso, muita bobagem. Mas, desde o início, comecei a imaginar que fora isso o que ela fizera. Estela tinha — e como sei! — tudo o que é necessário para seduzir a quem bem entendesse. Eu não quis imaginar detalhes, não suportava imaginar esses detalhes, apesar de mais de uma vez ter me surpreendido imaginando-os com uma precisão que suscitava perguntas que eu não queria escutar. Mas imaginei que esse processo lhe serviria para sobreviver e a obrigaria — obrigaria? — a ir atrás de outra vida: fazendo-a pensar que a mulher que recorrera àqueles mecanismos não era mais ela, e sim outra, que não queria — ou não podia? — tornar a ser a de antes; imaginei que pediria a seu novo homem que lhe oferecesse — presente de casamento? — uma identidade completamente nova. Teria ido, então, digamos, viver em algum ponto do mundo, com outro nome, com — sei lá — seu novo homem, profundamente decidida a nunca mais ser aquela que não conseguira continuar sendo como imaginara que era. Por isso, pensei, eu nunca mais tinha ouvido falar nela. Era uma opção: a que mais me doía e a mais capaz de tranquilizar-me. Tinha vantagens: Estela continuava viva, continuara viva ao longo de todos aqueles anos, gozara, sofrera, envelhecera aos poucos, vira filmes franceses, voltara a acreditar em seu deus, se esquecera de sua história, voltara a lembrar-se dela, comera seu chocolate branco aerado — ou quem sabe conseguira mesmo tornar-se outra. Era uma opção que me aliviava, embora eu preferisse não imaginar como teria sido sua vida com aquele nome novo, aquela pessoa nova, aquele país ou bairro de que eu nunca ficaria sabendo. Eram imagens que poderiam ter se transformado em obsessão, aprendi a evitá-las. Era uma opção perigosa, mas, insisto, a que costumava preferir: uma opção que, além de dar-lhe vida, não me deixava transformado nesta merda, neste fracasso que não soube morrer por ela, pela causa. Uma opção que me aliviou porque me permitia dizer para mim mesmo que de alguma maneira ela fizera o mesmo que eu.

Mas como saber.

4.

Primeiro me surpreendeu que mandasse a secretária me ligar — "sua assistente pessoal", disse a mulher. Depois me surpreendeu que pedisse com insistência — "o doutor gostaria de convidá-lo", disse a mulher — que eu passasse por seu escritório no ministério tão logo possível, sem restaurante, sem almoço, sem respeitar os tempos: completamente fora dos prazos que mantínhamos havia tantos anos. E por fim me surpreendeu que a secretária aceitasse sem discussão o horário que eu sugeri, no dia seguinte no meio da tarde — "vou estar reorganizando a agenda do doutor para encaixar sua visita", me disse. Apesar de que muitas dessas surpresas se desfizessem agora, na antessala do escritório de Juanjo, ao calor de um bom tempo de espera.

Na antessala havia retratos que talvez fossem de antecessores, um vasto tapete escuro e uma *boiserie* de antes dos naufrágios. A secretária, sentada numa salinha contígua, parara de olhar para mim: suponho que meu aspecto, que decerto não coincidia com o de alguém de quem seu chefe pudesse necessitar com tanta urgência, a decepcionara. Sei que já não agrado:

durante muito tempo soube ou achava que sabia que se passava o oposto; agora a única coisa que eu gostaria de saber é quando, por que não é mais assim — se é que alguma vez realmente foi.

— Carlos, venha, entre.

Foi o que disse Juanjo, camisa impecável de abotoaduras, gravata, em pé na porta de sua sala portentosa. Ande, venha, se mexa: como se estivesse com muita pressa e eu não percebesse, fazendo-o perder tempo. Eu não quis lembrá-lo de que ele é que me fizera ir até lá sem me explicar o motivo — e depois me deixara esperando numa poltrona de veludo azul gasto.

— Você nunca tinha vindo aqui?

— Não, por que teria vindo?

— Sei lá, não mando ninguém seguir você. Bem que eu imaginei que você nunca tinha estado aqui.

Juanjo disse e se calou, esperou que eu opinasse sobre seu cenário. Eu não disse nada. Para mim era estranho vê-lo sentado naquela cadeira de couro atrás da escrivaninha vetusta, a bandeira da pátria num dos cantos, a bandeira da província no outro, o retrato de San Martín de uniforme e a foto do presidente atrás. Mas estava perfeitamente mimetizado: sobretudo a manicure das unhas.

— Não quero tomar muito do seu tempo, Ruivo. Talvez pareça estranho ter lhe pedido que viesse até aqui.

Na verdade, parecia mesmo; desde a véspera eu estava me perguntando o que ele queria. Quem sabe fazer-me uma proposta mais concreta de trabalho: passar das insinuações e comentários casuais a uma oferta precisa. O engraçado foi que a ideia me alegrou e, por momentos, cheguei a me perguntar se não poderia aceitá-lo. No fim decidi que não, que seria uma boa oportunidade de mostrar a ele minha firmeza de princípios.

— Acontece que eu não estava suportando a situação. Antes de mais nada, preciso lhe pedir mil desculpas. Desculpas para valer, peço de coração: o que eu disse sobre Estela foi uma estupidez, eu jamais poderia ter lhe dito aquilo.

Disse e fez cara de aflito: mas não funcionava, ficava forçada. Tratei de sorrir para tranquilizá-lo: não saiu direito. Era difícil abandonar nossos papéis habituais. Mas ele retomou o dele: antes que eu pudesse dizer qualquer coisa, levantou uma mão gorducha para me deter e disse que não, que eu não dissesse mais nada, que ele sabia que a culpa era toda dele e que a assumia e que havia pensado muito em como se desculpar e me ressarcir, até que encontrara a maneira:

— Com a política de direitos humanos que agora estamos implantando, dispomos de muita informação. Pus um cara trabalhando no assunto e ontem ele me telefonou para me dizer que afinal encontrou uma pessoa que conheceu Estela no *chupadero*.*

Por um momento não entendi aonde ele queria chegar — fiz força para não entender. Juanjo percebeu:

— Uma pessoa que pode lhe contar coisas de Estela lá dentro, Ruivo, que pode ajudar a reconstruir um pouco a história dela.

Juanjo sabia que eu nunca quisera "reconstruir a história dela": eu já lhe dissera isso muitas vezes. Era bem o estilo dele: para se tranquilizar, para sentir que compensava uma suposta brutalidade, me dava um presente que eu nunca quisera receber. Estive a ponto de dizer isso a ele; me dei conta de que não podia: diante da possibilidade tão concreta de saber como minha mulher teria morrido ou deixado de morrer — minha mulher? —, deixar de aproveitá-la teria sido me declarar um covarde ou um traidor. Sem dúvida eu era, mas não me ocorreu nenhuma forma de dizer isso a ele.

---

* A palavra pode ser traduzida por "sumidouro"; designa centros clandestinos de detenção durante a ditadura militar argentina de 1976-83. (N. T.)

— Um colaborador nosso, Giovannini, vai telefonar para você e combinar um encontro. Se você preferir, se assim fica mais tranquilo, nosso colaborador pode acompanhá-lo. Talvez seja melhor, não é mesmo?

— Não.

— Que foi, Ruivo? Ainda está chateado com o que eu disse?

Embora aquela versão não fosse a única possível: havia muitas outras. A casa onde estavam as armas talvez tivesse sido entregue por outro militante, e isso abria um leque de opções. A mais banal era a mais trágica: que Estela não tivesse querido — não tivesse sabido, não tivesse podido — ser, naquela situação aterradora, outra. Que tenha mantido suas convicções anteriores — suas ideias anteriores do mundo e de si mesma, que atortura não tivesse sido suficiente para torná-la outra — e que ela tenha buscado abrigo no orgulho de sua ideia correta: no silêncio. Que tenha recusado com desdém — ou mesmo com tristeza — as possibilidades de atenuar a alienação de seu corpo que seus torturadores — aqueles que o alienavam — lhe ofereciam ou simulavam oferecer-lhe e que, depois de algumas horas ou alguns dias de esforços sem nenhum resultado, aqueles homens tenham acabado por matá-la. Que ela tenha entregado a casa onde estavam as armas um pouco tarde, quando não adiantava mais. Ou que tenha dado o endereço errado: que — perdida em tanto sofrimento — não tenha conseguido lembrar-se dele. Ou, evidentemente, que de fato tenha entregado o aparelho e que seus algozes tenham decidido que já não havia por que preservá-la do destino comum da maioria de seus companheiros, matando-a algumas horas depois. Ou alguns dias ou algumas semanas ou alguns meses depois: o tempo, naquele período, para eles não era problema. O tempo estava claramente do lado deles porque haviam vencido: quem vence ganha, sobretudo, a possibilidade de não se preocupar com o tempo. Quem perde o sofre. Eu não quis imaginar aquelas esperas: não quis imaginar Estela naquela espera. Mas havia, ainda, a possibilidade de que o erro tivesse sido deles: que, iludidos pelo orgulho incontrolável de fazer seus vassalos andarem pela linha muito fina que separa a vida da morte, tenham se equivocado em alguns volts de descarga elétrica, alguns segundos de imersão, alguns centímetros de penetração ou de corte: que a tenham apagado sem querer, como contribuição à estatística de falhas que toda profissão de risco tem.

As opções, sem dúvida, eram muitas: nenhum fato — nenhuma história, nenhum corpo — as refutou ou corroborou ao longo de todos aqueles anos, e dei um jeito de não saber. Num momento que recordo — passados alguns meses, já evadido, já refugiado na calma relativa da nova distância, numa noite muito úmida — tomei a decisão de que não saberia: saber, pensei na ocasião, era simplesmente confirmar hipóteses horríveis. Saber não podia, em nenhum caso, ser mais que aprender um novo modo de espanto — e preferi ignorá-lo.

O cheiro. Aquele cheiro.

Como se eu tivesse partido em viagem, havia muito tempo, numa época em que as comunicações não eram como agora e, por aqueles dias, meu pai tivesse morrido. Como se quatro dias tivessem se passado antes que me encontrassem para me dizer que meu pai havia morrido. Durante aqueles quatro dias, para mim, meu pai teria continuado vivo: eu teria continuado me lembrando dele, evitando-o, lamentando-o, temendo-o como quando vivia: ele teria estado perfeitamente vivo para mim. Sei que ele não estaria vivo para si mesmo — que não teria estado vivo na realidade, que não teria se movimentado, não teria respirado pensado comido esperado viver mais esquecido a morte durante aqueles quatro dias. Eu sei, é inegável; mas, para mim, ele teria continuado vivo.

Talvez fosse verdade que tudo começou com aquele cheiro.

O tal Giovannini me telefonou dois dias depois:

— Alô, Carlos? Nossa, não imagina como foi difícil encontrar você. O ministro não me deu seu celular... Olhe, aproveitando, por que não me passa o número, para a próxima vez?

— Não tenho celular.

— Ah, desculpe, tudo bem. Bom, eu queria propor que encontrássemos Velarde amanhã às seis da tarde no El Cisne, na esquina da Belgrano com a San Martín.

— Velarde?

— Isso, claro, o homem de quem o ministro lhe falou.

Fazia dois dias que eu esperava aquele telefonema — e esperando que ele não acontecesse e esperando que acontecesse: esperando sem saber o que esperava. Dois dias dando voltas e mais voltas em torno daquela história que deixara para trás — que acreditava ter deixado para trás — tanto tempo antes. Que agora reaparecera, tão perto do final, imperativa: deixando-me sem argumentos para olhar em outra direção. Passados aqueles dois dias, tornara-se impossível para mim dizer que não, Giovannini, obrigado, mas diga ao ministro que não vou poder encontrar o homem, diga a ele que não posso. Nada disso, concordara, dissera que El Cisne estava bem, mas que queria lhe pedir que fosse embora assim que eu chegasse, que me deixasse sozinho com o tal Velarde:

— Não é nada pessoal, não se ofenda. É que essa coisa toda me deixa um tanto nervoso e eu preferiria falar com ele a sós, apenas isso. Mas agradeço muito o que está fazendo, acredite.

— Tem certeza? Talvez não seja conveniente.

— Sim, Giovannini, tenho certeza. Não se preocupe, sério, obrigado.

Eu quis acreditar que foi o Mal. Quis acreditar que não foi o que Juanjo me oferecia, sua pressão, mas o Mal. Ou, melhor dizendo: não sei se queria acreditar nisso, mas era difícil para mim acreditar em outra coisa, e já fazia tempo que preferia acreditar em coisas que não fossem difíceis demais para mim. Já passara por todos aqueles anos — digo todos aqueles anos e não necessito precisá-los para que fique claro de que anos estou falando: é humilhante ver como uns poucos anos de minha vida se destacam de forma tão nítida dos demais que basta dizer aqueles anos, é triste ver como esses poucos anos ainda continuam a defini-la —, digo: passei aqueles anos acreditando em coisas nas quais, vistas destes, ficava impossível acreditar. De modo que agora eu preferia acreditar no que fosse mais crível ou, dito de outra forma, no mais óbvio: que quando soube que trazia o Mal comigo decidi que não podia adiá-lo mais.

Digamos que por fim me resignei a saber.

Velarde era excessivamente magro: como alguém que não quer dissimular a própria caveira. Desconfio de gente assim; em Velarde, ainda por cima, me incomodou que se esforçasse por me agradar. Supostamente era ele que estava me fazendo o favor de vir me contar uma história que supostamente eu estava querendo saber havia anos. Velarde parecia um vendedor de seguros — um clássico: blazer azul de escudo no bolsinho, camisa azul-clara com colarinho branco, uma gravata sem alardes. Mas o pescoço de frango, o pomo de adão muito sobe e desce.

— Não, o prazer é meu. Desde que Giovannini me disse que você queria me ver, falei que estava à disposição.

O fato de ele me tratar por você me pareceu um pouco apressado, mas não fiz nenhum comentário: era em momentos como aquele que eu me sentia muito fora da cultura dominante ou, dito de forma mais direta, velho. Afinal de contas, a familiaridade com que ele me tratava tinha certa lógica: se o sujeito estivera no mesmo *chupadero* que Estela, eu e ele já compartilhávamos, de cara, a condição de antigos companheiros — ou, pelo menos, de vítimas — daqueles anos.

— Olhe, antes de mais nada eu queria lhe dizer que, se falar no assunto lhe faz mal ou incomoda de alguma forma, não fale, por favor. Eu não gostaria de complicar sua vida. De verdade.

Talvez eu ainda esperasse que ele dissesse que sim, que obrigado, que não podia fazer aquilo, que não aguentava mais ficar falando daqueles dias, que a angústia de voltar a percorrer aquelas cenas era mais do que estava disposto a suportar para atender a um desconhecido como eu. Que reviver o horror se transformara numa atividade quase profissional e que temia que o horror se transformasse em anedota: numa série de lugares-comuns. Que havia uma injustiça intolerável no fato de que tivesse de lembrar-se uma e outra vez, interminavelmente, ao longo de anos e anos, daqueles dias. Que não queria se conformar e submeter-se também ele à evidência de que aquela temporada de espanto e aflição fora o mais importante — o mais memorável — que lhe acontecera na vida. Mas Velarde apoiou a mão no meu braço para me tranquilizar:

— Não, de forma alguma. Devo isso a você. A você, a todos: devo-lhes meu testemunho sobre aquilo tudo. E me faz bem falar, não se preocupe. É difícil, mas me faz muito bem.

* * *

Na mesa à minha esquerda duas senhoras de outro filme tomavam chá, quilos de pó de arroz nas bochechas. Pareceram-me muito velhas — até que calculei que deviam ter minha idade. À minha direita um pai mãe dois meninos turistas entediados jogavam cartas; ultimamente a cidade transbordava de estrangeiros que vinham às compras aproveitando o câmbio e que, para sentirem-se melhor, visitavam um ou dois museus e assistiam a algum espetáculo supostamente cultural. Pela janela à minha direita via-se um desses cartazes que enchiam as ruas naqueles dias: "Outro País É Possível". Velarde começou a me dizer que por mais que vivesse mil anos nunca se esqueceria do horror do Aconcagua, um dos piores *chupaderos* do país: parecia que já dissera aquela frase muitas vezes — e eu já ouvira suficientes relatos daquele horror: pormenores minuciosos do espanto. Mais uma vez pensei que a Argentina estava cheia de gente que queria conhecer aquelas trevas com uma precisão muito maior do que a que dedicava, por exemplo, ao emprego do irmão, aos programas do futuro governo, às cláusulas de seus contratos de aluguel. E que, sem dúvida, sentia prazer com o acréscimo de consciência cívica e sensibilidade humana que o fato de escutar aqueles relatos lhe proporcionava. Eu não era uma dessas pessoas — e por isso houve vezes em que me senti um desertor; depois me tranquilizei dizendo para mim mesmo que o que necessitava saber eram as grandes linhas políticas, não as minúcias sanguinolentas. Não sei se consegui me convencer.

— Como dizer? Era um lugar que devia dar vergonha a Deus. Ali não havia ninguém que se salvasse, ninguém. Nem os culpados nem os inocentes, nem as vítimas nem os carrascos.

As velhotas maquiadas tinham parado de falar e ostentavam suas melhores caras de nada para nos escutar com aplicação:

novas vítimas do glamour do espanto. A família turística, em compensação, continuava jogando cartas sobre a mesa de fórmica cinza. Velarde me disse que nunca havia conseguido chegar a um número confiável, mas que calculava que em Aconcagua deviam ter matado mais de duzentas pessoas: terrível, me disse, realmente terrível, não?

— Sim, claro. Agora, me desculpe a pergunta, mas você, como escapou?

— Já lhe conto, espere. Estou disposto a contar-lhe tudo, não se preocupe. Mas me dê um pouco de tempo.

Ele estava certo: eu não tinha o menor direito de apressá-lo. Pedi o segundo café; Velarde não queria mais nada. Usava um anel com um escudo, dourado, grosso, na mão ossuda — e um jeito de vendedor de seguros pouco seguro de si. O El Cisne transbordava de gente; fiquei surpreso ao perceber que não se ouvia nenhum ruído.

— Sério: nunca na vida vou esquecer aqueles gritos, aqueles rostos. Havia um garoto de uns quinze, dezesseis anos que fazia o tempo todo um gesto de espanto, de surpresa, como se não conseguisse entender que porra estava acontecendo com ele e não achasse ninguém a quem perguntar. Às vezes ele me lembrava minha irmãzinha no dia em que a levamos pela primeira vez ao trem fantasma: ela se assustou e chorou e depois, quando fomos embora, perguntou várias vezes aos nossos pais por que a tinham levado a um lugar tão horroroso. Ela confiava neles e eles a tinham enganado, entende?

Eu não queria mais escutar o que ele dizia: estava ali sentado para que ele me falasse de Estela, não de seus pesadelos. Mas não sabia como fazê-lo parar.

— E aquele menino não me deixava dormir, de verdade. Às vezes me pedia água e eu levava escondido. Mas ele continuava apanhando feito saco de pancada e eu não podia fazer nada.

— Claro, o que você ia fazer?

— Não é bem assim. Às vezes dava para fazer alguma coisa. Salvei algumas pessoas, por incrível que pareça.

— Como você conseguiu salvar alguém?

— Consegui. Você não acredita?

— Não, não é que não acredite. Mas não entendo como. Já é bastante estranho você mesmo ter conseguido se salvar, quanto mais salvar outros!

— Espere aí, desculpe. Giovannini lhe explicou direito como era o assunto?

— Explicou. Bom, acho que explicou. Ele me disse que eu ia encontrar você porque você esteve no Aconcagua e poderia me contar alguma coisa sobre minha mulher.

Velarde — seu corpo magro, seu pescoço finíssimo, seu pomo de adão móvel — esfregava as mãos suadas: se incomoda se eu acender um cigarro? Não, fique à vontade. Velarde chamou o garçom, pediu uma genebra com duas pedras de gelo e começou a me contar sua história: filho de um capataz de fábrica — severo, entusiasta, peronista — que conseguira com muito esforço educar os três filhos e convencera o mais moço a se matricular na escola de suboficiais para usufruir das seguranças e benefícios da carreira militar. Velarde seguiu seu conselho — como em quase tudo, me disse, sorrindo para salientar o quase — e se formou como cabo da infantaria em 1968, em pleno governo militar. Seus primeiros postos, me disse, foram sacrificados: um quartel na selva de Salta, um posto no norte de Neuquén, junto à cordilheira. O que viria em seguida já estava muito evidente, mas eu ainda não queria ver: imaginei que ele me contaria como seus próprios companheiros, anos depois, haviam descoberto sua militância e o tinham prendido, torturado e finalmente perdoado em respeito aos seus anos de milícia. Seu relato, de todo modo, se detinha em detalhes, como se ele não quisesse chegar a lugar nenhum. Velarde bebeu meio copo de genebra num gole glutão. O sobe e desce de seu gogó me incomodava. Ou seria a forma como ele olhava para mim enquanto falava, quase suplicante?

Velarde era delicado e, me disse, submisso: eu era capaz de cumprir qualquer ordem, qualquer uma, até as mais chatas — me disse, como quem se antecipa ao que virá: eu era um bom produto de toda essa educação, sabe como é, formam você para isso. Mas sua carreira não avançava; em 1975, me disse, um de seus chefes em Neuquén ligou para ele de Buenos Aires e disse que tinha o trabalho perfeito para ele: um cargo confidencial, disse — confidencial, repetiu Velarde, com um gesto que eu não soube como interpretar —, em que poderia mostrar sua vocação de militar e seu ardor patriótico, em que poderia subir na carreira — quando tudo terminasse, lhe disse, quando voltasse a normalidade — rapidamente e, também, ganhar um bom dinheiro extra. Velarde não quis nem perguntar do que se tratava: pareceu-lhe, disse-me, que o mero fato de perguntar seria uma forma de desvalorizar seu compromisso, e respondeu que com muito prazer meu capitão, tudo o que for para servi-lo e à nossa pátria.

Mas tudo começou com o cheiro. Quer dizer, não sei, na verdade, se tudo começou com o cheiro, mas a primeira coisa de que me lembro é o cheiro: aquela noite em que senti aquele cheiro de podre que vinha de algum lugar e percebi, depois de alguns minutos de busca, que essa parte estava dentro do meu corpo.

Eu já não olhava para seu rosto; olhava para suas mãos, para as minhas sobre a fórmica cinza, para as janelas do Cisne, para o Outro País Possível, para a rua mais adiante. E de repente compreendi, e não queria ouvir mais: não tinha a menor vontade de escutar a continuação ineludível de sua história, os militantes, os sequestros, os assassinatos, contados com a voz e o gesto compungido de quem quer convencer o outro de que aquilo tudo foi um erro.

— Bom, me desculpe, mas você não pode ir direto para o assunto do Aconcagua?

— Tenha um pouco de paciência. Para que eu consiga contar, preciso que você saiba quem sou, entende?

Eu não queria saber quem ele era. Detestava saber quem ele era. E não entendia por que continuava sentado com ele — um repressor, um torturador, um assassino, eu dizia para mim mesmo —, por que continuava a ouvi-lo, tratando-o como se ele fosse uma pessoa normal. Não entendia, sobretudo, por que não olhava para ele com todo o ódio do mundo, por que não planejava ou imaginava pelo menos algum destino horrível: uma vingança.

— Fiz todo tipo de cagada. Sim, é verdade. Não há por que contá-las a você. Você não vai querer escutá-las, eu entendo. Mas tem uma coisa que quero lhe dizer. Não sei por que estou contando essa coisa a você, mas quero que você saiba sobre ela. Nas primeiras vezes foi foda. É foda ver que você tem o poder de fazer qualquer coisa, que pode enfiar um metro de pau no cu de um sujeito e ninguém vai falar nada. É complicado, pode acreditar, é muito estranho saber que todas essas coisas pelas quais os outros pagam muito caro você pode fazer tranquilo, de graça. Você pira, fica se sentindo importante, privilegiado, alguém que está acima de todos os outros e nessa hora que você pode entrar em órbita, acreditar em qualquer coisa, perder os parâmetros. Aí você se sente como se já não fosse você, como se tudo estivesse muito diferente. Mas isso é nos primeiros dias, nas primeiras vezes. Depois você se acostuma, e as mesmas coisas que lhe pareciam tão estranhas, que para os outros parecem um delírio, para você são o que há de mais normal, são a rotina, e você começa a fazê-las como quem opera um cronograma. É fácil: alguém lhe dá uma ordem e você a cumpre. Você faz o que lhe dizem para fazer, na boa, tranquilo. Eu não precisaria lhe dizer isso, mas, sabe o quê?, foi o período mais tranquilo da minha vida, por que não dizer o mais feliz: eu fazia o que tinha de fazer e assim era competente, me pagavam, ficavam satisfeitos comigo, eu me dava bem, e para completar tinha a sensação de que estava fazendo uma coisa importante. Não como na maioria dos trabalhos, que servem para ganhar a vida; não, era um trampo que fazia uma diferença, que ia salvar o país do caos, do desastre. Nesse ponto nós dois éramos parecidos: vocês também tinham essa sensação, não é verdade? Claro, você vai me dizer que não é a mesma coisa, que o que fazíamos eram coisas horríveis, mas vocês também às vezes tinham de fazer coisas assim, e você sabe que depois das primeiras vezes a pessoa já nem pensa mais no assunto: você se acostuma com a ideia de que é aquilo que faz. E vou lhe dizer uma coisa, obedecer ordens é uma bênção: quando era preciso fazer determinada coisa, eu fazia a tal coisa, quando era preciso fazer tal coisa a tal sujeito, eu fazia a tal coisa ao tal sujeito.

Eu olhava para ele — agora sim, olhava, com vergonha, com curiosidade — e não sabia o que fazer. Tinha de fazer alguma coisa, mas não sabia o quê. Talvez fosse o caso de me levantar e ir embora; talvez devesse dizer a ele tudo o que pensava — o que eu pensava? — sobre sua conduta e suas histórias; quem sabe levantar-me da cadeira e gritar para todos no El Cisne que aquele senhor era um torturador. Mas não fiz nada disso. Por um momento pensei na pomba enfeitiçada pela dança da serpente, uma imagem gasta, brega, improcedente. Velarde não pretendia me comer. Na verdade, eu não sabia o que ele queria.

—Acredite, eu estava em paz. Vai ver que eu poderia ter continuado assim e sabe lá o que teria acontecido comigo, talvez agora fosse rico ou estivesse criando ovelhas no Zimbábue, sabe lá.

* * *

O estranho era aquela sensação de que estava me despedindo. Via pessoas e pensava que elas iam morrer e que eu não as veria nunca mais: olhava para elas como se olha aquilo que se olha pela última vez. Mas o que me levou a vê-lo foi o cheiro. O erro fora meu: ir consultar um médico, assustado, irritado pela persistência do cheiro.

Velarde continuou falando, falando, falando; por um momento me ocorreu que falar comigo era, agora, sua forma de tortura: você necessita uma coisa de mim, quer que eu lhe diga uma coisa que deseja saber, então me escute, imbecil, aguente que eu lhe conte como matava os sujeitinhos iguais a você. De repente me pareceu que enfim estava encontrando as forças e as razões para virar a mesa na cabeça dele, gritar, chutar a cara dele até que não sobrasse mais nada. Até ele me dizer que nunca entendeu o que aconteceu com ele quando apareceu aquela mulher.

— Nunca consegui entender, sério, por que com aquela mulher foi tudo por água abaixo.

— Qual mulher? Estela?

Minha reação foi descontrolada; na mesma hora me arrependi de haver falado. Não, me disse, não, uma mulher de quem nem o nome fiquei sabendo. Era uma mulher alta; no Aconcagua a chamavam de Russa, me disse, porque tinha muita pinta de judia e não, não se parecia com sua mãe nem com nenhuma namorada nem com ninguém que ele tivesse conhecido. Não — tinha pensado nisso muitas vezes —, não era porque ela fosse parecida com alguma pessoa querida. E não, ela não era suave nem delicada nem indefesa, era uma mulher dura, convencida: uma irrecuperável que passava as tardes xingando, de debaixo do capuz que lhe cobria o rosto, a todos eles. Por um momento imaginei a cena com prazer: uma quadrilha de filhos da puta donos do mundo, donos da vida e da morte de seus prisioneiros e que não encontram uma forma de fazer calar uma senhora que os desafia. Ou, melhor dizendo: que por alguma razão — orgulho?, desenfado? — querem calá-la de uma forma que não seja a de sempre: procurar a maneira de obrigá-la a ficar em silêncio, de conseguir que os acate.

— Você não imagina, tentamos de tudo. Ela nos desesperava, aquela mulher, nos deixava loucos. Mas não tinha jeito. No fim me mandaram aplicar nela a injeção para depois mandá-la para o rio. Era lógico, ela mesma tinha nos obrigado a fazer aquilo. E não entendo por que fiquei daquele jeito. Não sei, estou falando a verdade, até hoje não consigo entender.

A partir daquela noite, disse Velarde, foi tudo para o caralho. Não que tivesse ficado aniquilado assim de repente, disse, não: foi aos poucos, quase sem que eu me desse conta, as coisas que costumava fazer foram se tornando cada vez mais estranhas, mais incompreensíveis, até que acabaram ficando insuportáveis.

— Me mandavam sair numa ação para apanhar um sujeito qualquer, coisa fácil, sem riscos, e eu ficava com medo, saía achando que iam me matar. Mas tudo bem, isso dá para aguentar. O pior era quando eu tinha de aplicar choques, por exemplo, quando tinha de conseguir alguma informação minha mão tremia; eu ficava com a sensação de estar na cabeça do outro, de conseguir entender a dor, o pânico, você não sabe como é, terminava aquilo destroçado. A tortura é muito foda.

As senhoras maquiadas não existiam, a família turista não existia, El Cisne não existia, Outro País também não: eu só conseguia ver o rosto suarento de Velarde, seu gogó sobe e desce e, ao redor de nós dois, uma espécie de escuridão confusa que parecia a imagem convencional — de filme barato — de um local de torturas. Há lugares, situações que a pessoa só consegue pensar em termos de filme barato.

— A tortura é muito foda. Sério.

Dizia o torturador. Eu não conseguia pensar coisa nenhuma: não conseguia, sobretudo, explicar-me por que continuava a ouvi-lo. Teria sido fácil dizer para mim mesmo que era para saber alguma coisa de Estela: fácil e barato. Eu ficara muitos anos sem querer saber: minha vontade — minha necessidade? — de saber não justificava que continuasse ali sentado com um torturador, com aquele pobre idiota. Era, pensei, que não conseguia odiá-lo: que não sabia como fazer para odiá-lo pelo que fizera trinta anos antes. E me sentia um lixo.

— Você não sabe as coisas que tive de passar naqueles anos.

Velarde me falava de seu arrependimento, de como havia sido difícil sua vida desde então, sempre com aquelas imagens na cabeça, com as recriminações intermináveis, com a vontade de se matar que ia e vinha, e que sua única salvação era contar sua história àqueles que a merecessem, àqueles que precisavam dela — para ter a sensação de que pelo menos servia para alguma coisa.

— E eu queria lhe explicar. Giovannini me disse que você, apesar de ter uma esposa desaparecida, é um cara inteligente, compreensivo, e achei que seria capaz de me entender.

De repente tudo me pareceu muito claro: era, mais uma vez, o velho truque católico da confissão — mas eu não queria ser o padre. Nem nenhuma outra coisa:

— Me desculpe, mas se você quer um padre vá procurar um padre. Eu não sou nenhum padre; sou o marido de uma mulher que você ajudou a matar.

Velarde fez de conta que não tinha ouvido aquelas palavras. Fiquei surpreso por tê-las pronunciado: uma mulher, matar.

— Isso mesmo, um padre. No começo eu achava que um padre poderia me ajudar. Quando fiquei com essas dúvidas, no começo, fui falar com nosso capelão lá da unidade. E o cara me disse que deixasse de besteira, que meu dever era servir a pátria do jeito que a pátria me ordenasse. Na segunda ou na terceira vez que fui falar com ele, ele me disse que se eu continuasse com aquelas asneiras ele seria obrigado a contar para o oficial encarregado. Belo filho da puta, aquele padre.

— Você ouviu o que eu lhe disse, Velarde? Disse que sou o marido de uma mulher que você matou.

— Não, eu não, não se engane.

Foi o que ele me disse, e disse que Estela chegara ao Aconcagua quando ele já estava completamente desmoronado, tentando se ver livre de tudo o que o obrigasse a agir com violência. E me disse que, embora passasse tanta gente por lá — me disse: embora passasse tanta gente —, dela ele se lembrava: alta, boas formas — me disse —, cabelo castanho curto, eu gostava do sorriso dela.

— É mesmo, que lindo sorriso o dela.

Eu ia perguntar com que direito ele me falava do sorriso que ele e seus amigos haviam apagado para sempre, mas me contive; antes de pedir mais detalhes, tinha uma pergunta urgente:

— E a criança?

— Que criança?

— Como assim, que criança? O filho de Estela. Meu filho.

— Mas ela chegou sozinha, não tinha filho nenhum.

— Quando ela caiu, estava grávida.

— Como?

Foi o que disse Velarde e em seguida se arrependeu de ter dito. Houve um silêncio, uma ou duas caretas estranhas. Velarde percebeu que ficara a descoberto; eu percebi que passara uma hora escutando a história de um torturador que me usara para continuar se limpando e que nem mesmo sabia quem era Estela. Velarde me olhou com cara de cachorro batido: como imagino que às vezes suas vítimas olhassem para ele lhe pedindo que parasse.

— Desculpe, acho que me confundi. Sabe, com a bagunça de todos esses anos, às vezes me acontecem dessas coisas, me perco, me confundo. Você não sabe o que é viver assim. Olhei o teto por um momento. Eu tampouco via muito sentido no soco na cara, nos gritos, no escandalozinho de confeitaria. Estava, antes de mais nada, muito cansado. Velarde me disse que não ficasse chateado com ele, que ele fizera o possível, que tinha a maior boa vontade, mas que se enganara. E que, para demonstrar suas boas intenções, ia me falar de duas pessoas que talvez pudessem me ajudar. Uma era o major — na época ele era major, me disse, agora não sei qual será sua patente — Urriolabeitia, que era quem tomava conta dos livros, um sujeito organizadinho, um sujeito que tinha tudo anotado. E o outro era o capelão: aquele filho da puta sabia tudo.

— Todos íamos contar as coisas a ele e o padre ficava perguntando, gostava de saber, pedia detalhes. E tinha uma memória de elefante, lembrava-se de tudo. Aliás, agora que estou pensando nisso, ele sempre andava com as grávidas. Não tenho certeza, mas acho que era ele que entregava os bebês... Não sei, quanto a isso não tenho certeza. Mas que sabia, o padre sabia de tudo.

Fiquei em silêncio. Velarde também, como esperando que eu lhe perguntasse mais alguma coisa sobre o padre. Eu não tinha por que fazer isso. Ele não se deu por vencido: sim, eu gostaria de saber mais alguma coisa sobre o tal padre, o que acontecera com ele, verdade que era um tipo incrível, um grande filho da puta. Padre Fiorini, era o nome dele, ou Fiorello, não me lembro bem. Isso, Fiorello, acho que era isso: padre Justo Fiorello. Esse sim poderia lhe dar a informação que você está procurando.

Era evidente que ele já não tinha nada para me dizer, que a farsa terminara sem nenhum resultado. Ele não me dera nenhuma informação, eu não lhe dera a absolvição procurada. Levantei-me sem dizer nada, avancei para a porta; minha ínfima vingança foi que ele teve de pagar aquele café.

Sei que, se não fosse o Mal, eu não teria passado tanto tempo escutando o que aquele sujeito dizia. O médico me dissera sinto muito, o mal de que o senhor sofre é um mal sobre o qual não sabemos quase nada. Como um mal, doutor? Bom, uma doença que aparece muito raramente, como dizer, uma enfermidade estranha, disse, e continuou falando. Horas mais tarde, já em minha casa, diante de um copo de vinho, quando construí na cabeça aquele discurso que definira minha vida, finalmente entendi que ele me dissera que eu estava condenado. Mas naquele momento, enquanto o médico tratava de envergar sua melhor voz de galã maduro para me tranquilizar, para suavizar de alguma forma o intolerável que tinha a me dizer, eu só conseguia pensar nesta forma: "o Mal". Ele me dissera que eu carregava um mal; me dissera que o Mal finalmente estava em mim.

Finalmente estava curado.

5.

A sra. De Frías diz que nunca na vida — diz: "nunca em toda a minha vida" — conheceu uma pessoa mais perfeita que o padre Augusto. Ela não diz boa, amável, abnegada, caridosa, cálida; não, diz perfeita:

— Nunca em toda a minha vida conheci uma pessoa mais perfeita que o padre Augusto.

Diz a sra. Elba Leguizamón de Frías e limpa as mãos no avental que sempre usa sobre uma saia que deve estar mais limpa. A sra. De Frías não era uma das frequentadoras mais assíduas da igreja; desculpa-se dizendo que tem nove filhos e que, embora os maiores já estejam crescidos — já estão feitos, diz —, ainda sobram os quatro menorzinhos para cuidar e ainda por cima o trabalho da casa e as empanadas que prepara para que a nora leve todos os dias ao mercado para vender aos feirantes. A sra. De Frías diz que, no entanto, às vezes dava um jeitinho de ir à igreja — "porque, se não for isso, que outro consolo eu tenho?" — e que aos domingos, a não ser que chovesse demais, dava um jeito de levar os filhos que pudesse: que assistir à missa do padre

Augusto era um de seus melhores momentos, porque dava para perceber que ele falava com o coração, não era como os outros. Me emocionava, diz, eu tinha a sensação de que ele estava falando diretamente para mim. Por isso, diz, estou lhe dizendo que ele era um padre perfeito:

— Sabe quando alguém fala exatamente o que você está precisando que lhe digam?

A opinião da sra. De Frías não seria relevante — suas opiniões nunca foram, é claro, o que se costuma chamar de "relevante" — se não fosse o fato de que sintetizam, de um jeito seco, sem enfeites, o que pensa a maioria dos habitantes de Tres Perdices sobre o padre Augusto: que era um padre invejável, uma das raras riquezas do vilarejo. Por isso, dizem uma e outra vez, repetem — como um lugar-comum, como toda oração memorizada — que não entendem por que foi acontecer aquilo com ele.

Seria uma estupidez — não um lugar-comum, como se costuma dizer: uma verdadeira estupidez — dizer que num vilarejo como Tres Perdices nunca acontece nada. Em Tres Perdices sempre acontece de tudo — e tudo passa.

— Eu sou a única pessoa que tinha alguma informação sobre o passado dele.

Diz o sr. Raúl Abrassi, proprietário do armazém com balcão de bebidas bem em frente à estação ferroviária — pela qual não passou um único trem em anos. O sr. Abrassi fala com expressão compungida — pálpebras baixas, boca aberta apenas o suficiente para falar — mas dá para perceber certo orgulho em suas palavras: todos comentam isso, porém aqui o único que pode falar com alguma autoridade sou eu, venham e escutem.

— Mas nunca vou lhes contar nada, porque um amigo morto continua sendo um amigo.

Muitos — quanto é muitos num povoado como Tres Perdices? — chegaram a ouvir o padre Augusto dizer que um padre não deve ser uma pessoa com sua história, suas necessidades, suas fraquezas; que para seus fiéis ele tem de ser a encarnação da fé, a fonte onde eles vão beber e a sombra onde eles se refugiam. E que ninguém pode ser isso se tem de carregar uma história: que por isso os sacerdotes devem ir deixando seu passado para trás em cada missa, em cada batismo, em cada extrema-unção, para ficar sendo um pouco mais ou menos como o resto dos homens. Dizia "um pouco menos" para completar a frase, para evitar o pecado da soberba: dava para perceber, dizem os que o ouviram, que o que ele queria dizer era "um pouco mais".

O padre Augusto tinha sessenta e oito anos — que o haviam marcado. Era um homem magro, quase frágil, com a pele das mãos e do rosto cheia de manchas de velhice, a pele do pescoço pendurada como o bucho de um galo; sobre o crânio — sobre as manchas de velhice do crânio — alguns poucos cabelos brancos, lábios finos, nariz em gancho, olhos azuis miudinhos que os anos haviam tornado opacos, mas vivazes, penetrantes. O padre Augusto se barbeava todas as manhãs, mas algo em seu rosto fazia pensar em descuido; seus passos vacilavam mesmo que ele não tivesse bebido — e quando bebia, muito mais.

— Além disso, lhe digo: nunca um homem tão bom viveu neste povoado. Se ainda tem alguma dúvida, vá até lá perguntar. Vai ver.

A lista dos que querem contar as excelências do padre Augusto é quase tão extensa quanto a dos moradores. Naqueles dias de comoção e nervosismo, em que a rotina de Tres Perdices se viu alterada pela notícia — e enquanto tantos agradecem, envergonhados, em silêncio, que alguma coisa tenha aparecido para sacudir aquela letargia —, a principal atividade dos tresperdiguenses ou simplesmente perdiguenses é, sem dúvida, fazer todo tipo de comentário sobre o padre. Claro que todos querem falar da morte dele; claro que todos começam suas conversalhadas com alguma lembrança amável: a enfermeira González, encarregada da Sala de Primeiros Socorros, lembra que, antes da chegada do padre, seus pacientes podiam estar bem atendidos, mas lhes faltava apoio moral; que depois, quando tudo estava em falta, até gaze, o padre costumava passar tardes inteiras — e às vezes alguma noite — segurando a mão de um doente, de um acidentado. A senhora Julia, que mora num dos ranchos novos, na área mais precária do povoado, lembra quantas vezes o padre Augusto foi até aquelas casas — até minha casa, diz, é verdade, o padre não se incomodava de entrar na minha casa — com uma panela de ensopado, um pacote de mate, balas para os pequenos: era um santo homem, diz, estava na cara que não tinha medo da pobreza. O delegado Giulotti — o delegado, por razões óbvias, é a pessoa a quem todos ouvem com mais atenção e ansiedade, mas, pelas mesmas razões, a mais reticente — lembra como o padre sempre estava à disposição deles, como os estimulava a fazer seu trabalho na missa anual que lhes oferecia no dia da instituição, e nada diz sobre nada mais, nem mesmo sobre o alívio que sentia depois de lhe confessar alguns pecadilhos. Até o Bruno, diz Adela, a cabeleireira, mãe do garoto, chorou quando eu disse a ele que ele não poderia continuar tendo aulas de catecismo com o padre: até um menininho como o Bruno, veja só.

* * *

— Mas não lhe contaram o que aconteceu na missa há dez dias?

— Não, que nada. Não me contaram nada.

— Não acredito.

— Bom, então me conte, conte de uma vez, não me deixe curioso.

— Não, se ninguém lhe contou...

Quando chegou a Tres Perdices, em agosto de 1983, o padre vinha substituir um padre robusto quarentão de sobrancelhas ruivas que não soubera honrar seu apostolado. As más línguas disseram, na época, que não era verdade que ele tivesse sido designado para outra missão, mas que pendurara o hábito para se juntar com uma viúva da cidade; alguém, inclusive, chegou a dizer que ele não pendurara nada, mas sim que seus superiores o haviam mandado de castigo para uma igreja de Puna. E um boato que nunca chegou a ser confirmado afirmava que na verdade ele fora obrigado a fugir porque andava metido em coisas estranhas. Ninguém explicava o que eram "coisas estranhas": provavelmente não fosse necessário. Não foram muitos, de todo modo, os que acreditaram naquela explicação: todos conheciam as histórias de seus encontros com a viúva naquela confeitaria da cidade. Seja como for, o padre Augusto contava, desde o início, com a vantagem de ocupar um lugar que estivera mal ocupado durante muito tempo. Mas não se contentou com isso: desde o início deixou claro que, para ele, a paróquia de Tres Perdices era o centro do mundo.

Quando o padre Augusto chegou a Tres Perdices, tinha cabelo e muitos quilos a mais — e o povoado não tinha luz elétri-

58

ca. O padre estava gordo e não parava de comer; no início, alguns moradores da comunidade o levaram meio na gozação. O povoado era, como tantos outros, resultado da ferrovia: uma estação que os ingleses plantaram no meio do nada no fim do século XIX e que, por sua própria condição deserta, atraiu alguns imigrantes bascos e piemonteses que instalaram uma padaria, um açougue, um armazém de secos e molhados. No início eles abasteciam os campos das redondezas; com o tempo, outros povoadores se reuniram àqueles pioneiros, e o povoado inaugurou sua primeira escola, seu posto de primeiros socorros, seu correio.

Mas, quando o padre chegou, Tres Perdices era um povoado de quase mil habitantes que via com espanto como a cidade se desenvolvera a ponto de quase engoli-lo. Tres Perdices se defendia como podia: primeiro, uma comissão de moradores notáveis tentara se opor à construção de uma estrada asfaltada que a deixaria a meia hora do centro. Diziam — e ninguém em Tres Perdices duvidava — que nada de bom poderia vir daquela integração. Quando os primeiros forasteiros começaram a chegar — os pobres que se instalaram perto da igreja do padre Augusto —, houve quem vendesse a casa e partisse; outros combinaram dar um gelo neles. Foi o padre quem teve de chamá-los à ordem, lembrando-lhes que a caridade cristã condenava aqueles atos de sobranceria. Mas não foi essa — como se disse — a única razão pela qual o padre Augusto ganhou a gratidão incondicional dos moradores pobres.

— Coitado, tanto que ele os defendeu. Com certeza foi algum deles.

— Como, ainda não soube da notícia?

6.

A garota que me chupava tinha um piercing na boca — machucava. A garota que me chupava nem sempre me chupava, mas ela sempre encontrava um motivo para fazê-lo. Às vezes, quando me achava especialmente desanimado, me chupava porque achava que era uma forma de clarear meus pensamentos mais sombrios, como quem chega com uma flor na mão para encontrar uma namorada por quem já tem pouco interesse; às vezes, quando achava que eu estava contente e eu dizia a ela, por exemplo, que ia levá-la para ver um filme no shopping da avenida, me chupava porque queria contribuir para minha alegria ou, talvez, para conseguir que não fôssemos, para me contradizer — para me mostrar que não era só quando eu fazia coisas que a incomodavam que se rebelava: que também não estava disposta a me dar bola quando eu propunha coisas de que ela deveria gostar. Também me chupava, claro, em outras circunstâncias — quando achava que estava chateada comigo e queria provar o contrário, quando se sentia superior demais e precisava se ajoelhar diante de mim para se tranquilizar, quando estávamos tão entediados um com o outro, tão distantes, que me chupar era uma forma de me mostrar que não precisava de nenhuma intimidade para me chupar: que me chupar não significava grande coisa para ela —, mas não me lembro de nenhuma vez que tenha chupado meu pau só por chupar, sem que eu pudesse atribuir algum sentido peculiar ao fato. Como quase tudo o que fazia, chupar meu pau era uma mensagem.

Isso tornava a coisa interessante. Porque eu não ficava especialmente empolgado com o fato de que me chupasse — ela estava convencida do contrário —, mas eu não tinha coragem de dizer isso a ela. Não dizia porque não tinha coragem ou, talvez, porque sabia que se dissesse teria de explicar por quê. Então a deixava me chupar: era mais fácil deixá-la pensar que eu gostava daquilo do que lhe fornecer outras explicações — que, certamente, ela não entenderia: que eu não entenderia.

Mas, para além dessas minúcias, me impressionava sua argola na boca — no lábio inferior. Valeria tinha muito orgulho de sua habilidade para chupar — pelo menos para me chupar, em todo caso. Ou seja: para ela, chupar um pau não era um fato casual, contingente; parecia ser, até onde eu podia entendê-la — entendê-la? —, uma coisa constitutiva de sua autoimagem. E mesmo assim ela pusera aquela argola: me arranhava, raspava, riscava, ela me desafiava o pau com a argola, e toda vez que eu sentia o frio de sua argola em minha cabeça — talvez não toda vez, mas muitas vezes —, tornava a pensar na tristeza de sua geração: uma geração que precisa desmanchar esses momentos estridentes da carne com o roçar de um pedaço de metal.

Eu sabia, ainda por cima — tinha certeza disso —, que meu pau cheirava mal, e o gosto era pior ainda.

* * *

Ela era um deles: uma geração triste que precisa desmanchar esses momentos harmoniosos da carne com o roçar de um pedaço de metal. Era a primeira coisa que me ocorria quando pensava neles: um rebanho de excitados infelizes que nunca conheceram a excitação de mudar o mundo, que nada sabem de onipotência, que aprenderam a desejar com moderação, que foram treinados a esperar tão pouco que, mesmo no momento do prazer mais almejado, misturam o roçar daquele troço — como se, mesmo nesse transe, se resignassem a aceitar a imperfeição de tudo. Mas depois me ocorria que talvez fosse uma geração mais complexa, mais sofisticada que a nossa; uma geração que encontrou as formas de misturar o prazer e a dor: de pôr a impureza em cena. Acreditávamos que éramos capazes de obter valores perfeitos, absolutos: todo o prazer, sem mácula. O prazer de definir o curso da história, é claro, ou o de desfazer tudo o que nossos pais haviam feito eram completos, mas também era completo o prazer que atribuíamos ao sexo como uma expressão do amor de companheiros que se amam para construir juntos um casal diferente num mundo ideal, o homem novo — que de alguma forma incluía uma nova mulher. Tudo besteira: a forma mais prazerosa da estupidez, a mais estúpida do prazer. Eles, em compensação, sabem que não existe pureza e tentam se virar: fazer dessa impureza, dessa incompletude, não um erro, mas um modo de vida. A astúcia deles consiste em saber que são imperfeitos — como quase todos sempre souberam. No fim se constataria que nós é que havíamos sido idiotas ao tentar esquecer o fato: foi no que deu. Fomos anjos, quisemos ser deuses, caímos como caem os deuses: com um estrondo altissonante e breve. Alguns, uns poucos, permanecem. Em algum momento eu deveria averiguar por que, como permanecem os deuses que permanecem. Nós não pensamos em pensar nisso: tínhamos certeza absoluta de que não era preciso. Ela sabia, e me chupava de piercing na boca, o roçar do pedaço de metal para me dizer que não acreditasse. Sua mensagem era mais inteligente; menos grandiosa, sem dúvida, mas muito mais inteligente.

Era bem inteligente.

E ainda por cima eu tinha certeza de que aquele piercing não combinava com a idade dela: que era uma maneira — mais uma — de obedecer ao preceito de sua geração que consiste em dar um jeito de parecer sempre mais jovens: de acreditar que envelhecer equivale a deixar de ser a única coisa que acontece com eles.

— Carlos, aconteceu alguma coisa? Está se sentindo bem?

Valeria me perguntou se eu estava sentindo alguma coisa, se estava bem, e me olhou com cara de preocupação. Digo: Valeria me perguntou se eu estava sentindo alguma coisa, se estava bem, e fez todos os gestos necessários para que eu entendesse que isso a preocupava. Eu a teria matado sem pensar duas vezes — se não fosse pelo fato de que matar uma pessoa deve ser um trabalho complicado.

Nos filmes é tão fácil matar. Nas histórias é tão fácil matar. Naqueles tempos alguns companheiros falavam em matar como se fosse fácil, mas eu costumava desconfiar de que quem dizia isso eram os que não haviam matado; para mim, em todo caso, sempre pareceu muito complicado: um trabalho manual muito complicado. Mesmo que a bala entre de uma só vez, rasgue de uma vez, acabe de uma vez com o morto sem mais esforço que uma ligeira pressão do dedo indicador sobre um pedaço de metal, a morte do morto obriga o que mata a tomar um monte de decisões num período muito curto, muito urgente: complicado. De toda forma, eram bobagens: eu nunca mataria Valeria por nenhuma razão e menos ainda por fazer sua cara de preocupação e me perguntar se eu estava sentindo alguma coisa.

Embora, claro, entre tudo o que eu detestava nela não houvesse nada que detestasse tanto — que me ofendesse tanto — quanto sua piedade.

— Carlos, aconteceu alguma coisa? Está se sentindo bem?

— Não, nada de especial. O de sempre, nada.

— O de sempre?

— Não, nada. Exatamente isso: nada.

Ela vinha às quintas-feiras, toda quinta-feira, porque quinta é o dia de Jove, me dizia: do Velho. Eu sabia que ela passava todas aquelas quintas-feiras — dezenas e mais dezenas e mais dezenas de quintas-feiras — esperando que eu lhe perguntasse o que fazia nos outros dias da semana. Não que tipo de atividade tinha — isso eu sabia ou, pelo menos, sabia o que ela dizia que fazia —: o que ela esperava era que eu lhe perguntasse com quem se deitava nos outros dias, que outros paus chupava, que outras bocas, se costumava dormir sozinha, se isso a deixava triste ou alegre. Eu, evidentemente, nunca cedi à tentação — à humilhação? — de perguntar nada a ela. Como não perguntava, não perguntava nem a mim mesmo por que continuava a vê-la ou, até, por que ela continuava a ver-me.

64

* * *

Houve um momento em que achei que o motivo de sua insistência era evidente: Valeria era errônea. Ou talvez errônea não fosse bem a palavra: ela era enganosa. Valeria — seu nome era Valeria, se apresentava como Vale — parecia, à primeira vista, uma bela garota. Não há nada pior que uma promessa que não se cumpre: uma primeira vista que, depois da segunda, o faz pensar que se enganou, que foi uma besta. Ou, conforme o tipo de pessoa, que a tal para quem você olhou se aproveitou de sua confiança e boa-fé para enganá-lo desde o começo, imperdoável. Valeria tinha as narinas dilatadas, muito abertas, como um cavalo que resfolega ou um porco que respira mal ou um velho que se assusta: dois buracos que não correspondiam ao resto do seu rosto e o estragavam, faziam que todo o resto de sua fisionomia parecesse uma armadilha, um equívoco. Valeria, à segunda, à terceira, à quarta vista, se transformava naquelas narinas tão abertas que destoavam por completo de seu semblante oval, do cabelo preto levemente encaracolado, dos lábios que pareciam traços, do pescoço comprido demais e dos olhos pequeninos, afundados na carne; Valeria era magra, ossuda e, no entanto, tinha pernas gordas, quase retas, joelhos tomados pela carne, tornozelos tomados pela carne. As carnes de Valeria pareciam muito desconfortáveis, como se ainda estivessem — fugindo a toda lógica — em busca de um lugar no seu corpo.

Não era o caso de dizer — é verdade — que Valeria fosse claramente feia: nada nela levava ao espanto ou à admiração que a feiura pode produzir; era — talvez pior — uma ausência dessa sensação ou de qualquer outra. Mas, mesmo assim, foi estranha a tarde em que seu engano me pareceu a razão evidente para que voltasse todas as quintas-feiras. Foi o que pensei, daquela vez, por alguns minutos, até lembrar-me de algo ainda mais evidente: eu era muito pior.

* * *

Pior: se ela insistia em chupar meu pau — o meu, toda quinta-feira —, era que lhe faltava alguma coisa.

Eu era — sou, ainda que não por muito tempo mais — um velho sem nenhum atrativo. Ou, talvez, com muito pouco atrativo: alguma coisa em mim fazia pensar — falaz, enganosamente — que eu fora, lá atrás na minha juventude, aquilo que chamam de um cara interessante. Ainda assim, mesmo caindo nesse engano bobo, dava para ver que tudo aquilo havia passado: eu era, havia muito tempo, um velho sem nenhum atrativo. Às vezes me olhava no espelho e me perguntava como chegara a ser aquilo que via; às vezes, pensando em Valeria, esquecia o assunto, mas, passado esse momento de inconsciência de minha própria condição, as razões possíveis de suas visitas me espantavam. Talvez a trouxesse alguma forma de piedade: vou fazer para esse velho o que ninguém ia querer fazer, o consolo de seus últimos dias. Ou a pretensão de ir construindo em mim a dependência dela, de ir se apoderando — acreditaria ela — de mim, tornando-se indispensável, conseguindo que eu necessitasse dela como poucos haviam necessitado; ou o orgulho de supor que era a pessoa capaz de conseguir que meu corpo necessitado recuperasse por alguns minutos o impulso que tivera muito tempo atrás; ou o interesse de se esfregar numa parte da história que, sem dúvida — a julgar por suas perguntas incessantes —, a atraía especialmente, e a ideia, talvez, de que o contato físico era o preço que teria de pagar para ter acesso a um resíduo dessa história, eu; ou a perversão pura e simples de misturar sua carne confusa com uma carne em vias de decomposição, quase perdida, ou quem sabe que lembranças de um pai que não foi ou foi em excesso ou talvez, inclusive, o efeito suspenso de um acaso que sua determinação minguada não sabia ou não podia corrigir. Todas razões tristes.

— O que aconteceria se em alguma quinta-feira eu não aparecesse?

— Nada.

— Como assim, nada?

— Nada. Eu esperaria por você por um par de horas e depois pensaria que finalmente você havia entendido.

— Você é um idiota.

Nós dois sabíamos que estávamos mentindo: ela não deixaria de vir; eu não poderia descartá-la tão facilmente. Ou, na realidade, só eu mentia: ela sim deixaria de vir, algum dia, certamente sem me dizer nada, e seus motivos — aí sim — seriam evidentes. Mas, enquanto isso não acontecesse, preferi esquecer que algum dia procurara entender o motivo de que continuasse vindo e fingir — para mim mesmo, fingir — que não estava interessado em saber. Qualquer resposta me diminuía mais do que eu estava disposto a suportar. O problema das respostas é esse.

— É mesmo verdade que vocês estavam dispostos a fazer qualquer coisa para ganhar?

— O que você quer dizer com qualquer coisa?

— Não sei, qualquer coisa: matar alguém, por exemplo.

— Olhe, primeiro é que não era "para ganhar", como você diz. Não se tratava de ganhar ou perder, essa é uma ideia totalmente contemporânea que não tem nada a ver com aquela época. Não se tratava de ganhar: o que queríamos era mudar o mundo.

— Mas para isso tinham de ganhar.

— Já falei que ganhar não era a questão. Se você não tira da cabeça essa forma de pensar, nunca vai conseguir entender nada de tudo aquilo. E, aliás, será que você realmente quer entender?

— Claro, se não quisesse, por que estaria perguntando?

— Sei lá. Me ocorrem várias razões, mas nenhuma que valha a pena discutir.

Nossas conversas costumavam ter um tema recorrente e um formato repetido: ela me fazia perguntas sobre a militância dos anos setenta — "sobre essa história imbecil que vocês fazem tanta força para vender como heroica" — e eu respondia pouco, quase nada. Suas perguntas misturavam curiosidade e desprezo, como se seu interesse no assunto consistisse em encontrar razões para demonstrar que tudo havia sido uma tremenda besteira. E o pior era que me obrigava a assumir uma atitude defensiva em que acabava reivindicando métodos ou gestos que teria condenado perante qualquer outra pessoa — ou, pelo menos, perante mim, sem dúvida.

— Não, não vale a pena, isso é certo. Perguntei é se vocês estavam dispostos a fazer qualquer coisa, digamos, para mudar o mundo.

— Como o quê?

— Já falei: matar alguém, por exemplo.

— Ah, sim, matar. Sempre a mesma coisa. Parece que a única coisa que lhe interessa nisso tudo é se estávamos dispostos a matar.

— E você acha pouco?

— Não, acho equivocado. Matar não era um fim, era um meio, se fosse o caso.

— Mas um meio aceitável.

— Sim, mas sem alegria, não sei como dizer: era uma obrigação, provavelmente a pior de todas. Ninguém queria matar ninguém, não era isso; às vezes não havia outro jeito e você era obrigado a se conformar. Conheci gente que tinha mais medo de matar do que de ser morto.

— Ah, eram mesmo uns heróis.

Quando falávamos dessas coisas Vale não olhava para mim: olhava para as próprias unhas, com aquele gesto superbatido de quem quer que o interlocutor perceba que não quer olhar para ele. Acho que a compreendia, e o que compreendia me dava pena: eu também fui, de alguma forma — daquela forma —, um jovem rebelde, mas minha rebeldia consistia em muito mais que olhar para minhas unhas enquanto ficava de gozação com algum coroa. Talvez tudo consista nisto: qual é o cânone de uma época e, portanto, que rebeldias ele permite ou provoca. Eu, então, não queria ficar de gozação com os velhos: o que eu queria era desmanchar tudo o que eles haviam feito, inventar outro mundo. Deve ser dura a sensação, para esses meninos, de que sua opção é refugiar-se no sarcasmo.

— Ou seja, vocês matavam sem querer, sacrificando-se, enquanto eles matavam vocês por pura maldade. Quando vocês matavam eram heróis; quando morriam também, e os que os matavam eram a encarnação do mal. Você já pensou nisso?

— Pensei no quê?

— Nisso, no que eu estou lhe dizendo.

— Você está me dizendo alguma coisa? Ou na realidade está se regalando com a ideia de que é capaz de enrolar um velho idiota?

— Nossa, Carlos. Acredita mesmo que se eu achasse você um velho idiota estaria aqui?

— Permita-me não responder a essa provocação.

— Faça o que bem entender. Mas dá para responder ao que lhe perguntei?

— Você me perguntou alguma coisa?

* * *

Não eram diálogos: eram assaltos de esgrima — com sabres oxidados. Talvez Valeria tivesse razão — supúnhamos que nossas mortes fossem mais dignas que as deles —, mas eu não tinha a menor vontade de dizer isso a ela. Ela sim:

— Vamos ver: vocês, quando morriam, estavam dando a vida pela revolução, e tenho a impressão de que Che Guevara dizia que o melhor homem é aquele que dá a vida pela causa. Esse é o clássico. Mas me interessa a ideia de que matar também era um sacrifício. Tudo era sacrifício, então, para vocês?

— Não, eu nunca disse isso.

Dissera, sim, e não falei para ela que o autor da frase não fora Guevara, mas um tal São João, embora não estivesse falando em causa, mas sim em amigos.

— Pois eu acho que disse. Acho que é evidente.

Eu não quis dizer a ela que o mais difícil não era entregar a vida à revolução — ou seria o caso de dizer: pôr a vida à disposição da revolução —; o mais duro foi comprovar que aquela revolução para a qual queríamos entregar a vida não era uma passeata de bandeiras ao vento nem o grito de milhares de gargantas, nem mesmo um combate heroico de velhos fuzis contra metralhadoras na selva, mas o tédio de horas e horas em reuniões, de esperas tensas e tediosas, era a monotonia de executar todos os controles e trâmites para que de vez em quando, muito de vez em quando, parte daquilo que fazíamos se parecesse, por um momento, com a tal revolução sobre a qual havíamos lido, com que sonháramos, à qual queríamos entregar nossas vidas.

— O que acontece é que você está obcecada com a morte. O que não entende é que para nós o importante era a vida, a minha, a nossa, a de milhões de pessoas. Essas vidas eram tão importantes que estávamos dispostos a entregar as nossas para que elas assumissem seu verdadeiro valor. Você entende o que estou lhe dizendo? Mas ao mesmo tempo éramos pessoas muito alegres, muito apegadas à vida. Não pense que éramos um bando de suicidas andando pelos cantos atrás da morte. Ao contrário: vivíamos muito bem, intensamente, com uma intensidade que você não compreenderia. Você não sabe o que é viver com essa ideia, com essas esperanças: nunca vai saber, não tem a menor possibilidade de conhecer nada nem remotamente parecido. Esse é o problema. Já lhe falei isso muitas vezes: o que você não consegue entender é a excitação de pensar que se está a ponto de mudar o mundo. Essa é a diferença.

— Claro, e foi assim que vocês mudaram o mundo.

— Não seja idiota. Sabemos que não, mas já falei que não se tratava de ganhar ou perder. Claro que queríamos ganhar, mas o importante era a sensação de estar fazendo aquilo que havíamos decidido fazer, de estar sendo coerente com as próprias ideias até as últimas consequências.

— Ou seja, de que tudo era uma espécie de ego trip, em que o importante era ser coerente consigo mesmo? E todo aquele circo de vamos fazer um homem novo vamos mudar o mundo vamos construir o socialismo era efeito colateral dessa busca narcisista da coerência pessoal?

Às vezes, quando uma discussão se exacerbava, a voz dela escapava, tornava-se excessivamente aguda: insuportável.

— Você se dá conta do grau de idiotice do que está dizendo?

— Não, honestamente não. E me parece que se você está dizendo isso é porque ficou sem argumentos convincentes.

Dizia e sublinhava: parava de olhar para as unhas e levantava a cabeça num gesto de triunfo inverossímil: a cabeça, as narinas bem abertas ao vento que não havia — ao vento de uma história que havia deixado de soprar, digamos: a calmaria.

* * *

Como eu ia explicar essas coisas a uma pessoa que nem sequer havia nascido naquela época e que era, de todos os pontos de vista, um produto da cultura gerada por aquela derrota? Como ia fazê-la entender — fazê-la entender — o que eu tampouco entendia direito? Toda a minha incompreensão, todas as minhas inconformidades, todos os meus confrontos com as ideias que defendi naqueles anos funcionavam no campo de um afeto: eu poderia discuti-los com aqueles que também estavam envolvidos neles — a começar por mim mesmo. Também nós zombávamos daquelas histórias, mas não era a mesma coisa zombar entre nós, que tínhamos o direito de fazê-lo — porque aquelas eram as nossas histórias —, e escutar as gozações de uma pessoa totalmente externa. As gozações das pessoas de fora eram irritantes, mas também reveladoras: as discussões com Valeria me obrigavam a procurar explicações que, em princípio, teriam me parecido desnecessárias, explicações para as poucas coisas que eu ainda dava por evidentes: elas me obrigavam a descobrir que possuía um sistema de convicções onde estava convencido de só possuir dúvidas. Essas discussões com Valeria me revelavam que eu, o mais crítico dos companheiros daqueles anos — dos resíduos daqueles anos —, continuava sendo um deles — e isso me deixava aterrado. Vale — as discussões com Valeria — me punha, de alguma forma, no meu lugar.

— É, você já me disse milhares de vezes: ganhar ou perder não era o que importava. Mas acontece que vocês perderam. Você não ficou com vontade de se vingar?

— Não é que a gente tenha perdido, não é isso. Quem perdeu foi o país, digamos, todos perderam. Como é que um país faz para se vingar?

— Não diga idiotices, Carlos. Vocês perderam, não ponha o país no meio da história. Vocês perderam como quem perde a guerra, para falar de algum jeito. Você está tão destruído, tão derrotado que não tem nem mesmo vontade de se vingar?

Mas acho que vê-la tão violenta, tão segura, era uma coisa que me excitava. Gostava — acima de tudo — que ela fosse capaz de fazer afirmações tão contundentes, de uma solidez inverossímil. Eu não conseguia mais: já fizera muito isso, pagara um preço alto demais. Tentei dizer a ela que não fora só a derrota: que fora sobretudo o desaparecimento das ideias pelas quais lutávamos. Que agora os glorificadores daqueles anos querem reciclar e revender aquelas ideias transformadas em postulados gerais — a justiça, a igualdade, a democracia, os famosos direitos humanos —, mas nós não lutávamos por essas coisas: lutávamos porque estávamos convencidos de que só seria preciso um empurrãozinho para que o socialismo — o desaparecimento dos ricos, o governo dos trabalhadores, tudo para todos — se instalasse, que era coisa de dias, de uns poucos anos no máximo. Estávamos convencidos de que o amanhecer estava logo ali: era noite e lambuzávamos os braços com filtro solar.

Depois perdemos: foi espetacular o modo como perdemos. Não era que a batalha prosseguisse de outra forma, em outras frentes, em outros territórios: não havia mais batalha, o socialismo era um erro histórico, o futuro era um lugar vazio. Havíamos errado tanto que nos curamos para sempre das afirmações absolutas. Por isso, nas primeiras vezes que ouvi Valeria arremessar sua segurança na minha cabeça — sua segurança em me contradizer, em transformar-me num idiota de outro século, em me demonstrar que nem ideia eu tinha —, descobri que já havia um modelo de substituição: que já não éramos as últimas pessoas que acreditavam em algo radicalmente diferente. Primeiro eu quis saber de quê. Depois pensei que para mim dava no mesmo.

— Carlos, já perguntei quinhentas vezes: sério, você terminou tão destruído, tão derrotado que não tem nem mesmo vontade de se vingar?

7.

Talvez eu não tenha chegado tarde porque demorei sem me dar conta, aquela vez. Talvez eu tenha feito hora — enrolei, perdi tempo, ignorei-o —, tudo para não chegar àquele encontro. Pode ser, mas não tenho certeza.

Eu tentava pensar se hoje seria como naquele tempo: se o medo seria igual. Tentava lembrar como era aquele: aquela maneira de caminhar por uma rua na tensão extrema de quem sabe que qualquer distração pode lhe custar tudo: aquele modo do medo. Tentava lembrar como fazia para viver uma vida tão absolutamente diferente daquela que qualquer pessoa consideraria normal — da que eu mesmo, hoje, consideraria normal —, sem ter a impressão de que era assim: convencido de que aquela era a verdadeira forma da vida. Digo: uma vida em que morrer era uma possibilidade de cada dia, em que cada decisão podia ser paga com a vida ou dez anos de prisão ou o futuro, em que cada decisão era uma decisão para valer, decisiva, em que o que uma pessoa fazia tinha o sentido de mudar as vidas de milhões, em que a história dependia do que fizéssemos, em que nossos amigos ou nossa mulher ou nossos conhecidos podiam morrer a cada dia, em que de repente dois minutos podiam mudar completamente tudo. Tentava lembrar como era sair de casa de manhã repassando a lista do que era preciso fazer durante o dia e estacar naquele encontro na parada do 203 onde só teria de ficar ao lado de uma mulher que não conhecia, que estaria com a *Crónica* da tarde debaixo do braço, que me pediria um cigarro de tabaco escuro e que quando eu lhe dissesse que não, que não tinha, mas que podia oferecer-lhe um de tabaco claro, me diria que não fumava claros. Então, quando eu lhe dissesse que não custava nada experimentar, ela me diria um endereço, nada mais que isso — o nome de uma rua, um número de três ou quatro algarismos —, onde meu grupo deveria pôr uma bomba pequena — nada grave, nada que fosse ferir ninguém, um ato de presença, uma forma de dizer continuamos vivos — na noite seguinte. E tentava lembrar como era saber que talvez na parada do 203 não houvesse mulher alguma esperando para me pedir um cigarro escuro, mas militares ou policiais disfarçados, agachados para me agarrar se conseguissem ou, se não conseguissem, me dar um par de tiros. Tentava lembrar como era, em resumo, saber que em qualquer esquina, em qualquer curva de qualquer rua podiam estar me esperando para me agarrar se conseguissem ou, se não conseguissem, para o par de tiros; lembrar como era andar pela rua tentando ler cada pedestre, cada carro, cada gesto como um sinal de alerta. Tentava lembrar como era ver o mundo como um sistema de sinais que me informassem como continuar vivo: um mundo onde tudo transbordava de significados, onde qualquer movimento inesperado numa esquina podia significar a morte, onde percebê-lo podia significar a vida. Tentava lembrar como era, em geral, saber que o perigo dessa morte estava ali, presente o tempo todo, ameaçando. Ou, pelo menos, saber que os que faziam o mesmo que eu iam caindo um após o outro, dia após dia: que caíam — como dizíamos então para não nos dizermos algo mais preciso: caíam. Ninguém era detido, ninguém era morto: as pessoas caíam. Porque, em geral, também não sabíamos nada de mais preciso, e por isso eu também tentava lembrar como eram aqueles medos quando ainda não sabíamos o que podia acontecer conosco se nos agarrassem, quando não havíamos ouvido todas aquelas histórias de torturas e aviões e corpos no rio e corpos dinamitados e corpos perdidos desaparecidos: corpos sem um destino, talvez mortos, talvez só aprisionados. Tentava lembrar, digo, como era o medo quando não se sabia o que esse medo temia. Tentava lembrar inclusive essa ignorância, mas sabendo — lembrando — que ela não nos fazia pensar a morte como mais distante, mais ausente; tentava lembrar como era, naquela época, viver com a morte tão presente, e sobretudo tentava pensar se aquele medo seria igual a este: de viver com a morte tão presente, tão iminente, tão certificada. E achava que não, que era evidente: que naquela época a morte era uma ameaça perfeitamente extensa que incluía a esperança de eludi-la — e agora não. E que além disso a morte, naquela época, se chegasse, chegava porque alguém escolhera enfrentar essa opção e decidira que valia a pena, em troca da possibilidade desse futuro muito mais que perfeito, e que essa decisão enaltecia aquela morte e lhe dava, ainda por cima, um caráter provisório, que sempre poderia ser revisto: a ilusão de que, assim como a pessoa escolhera aquele caminho, também poderia se afastar dele, se resolvesse fazê-lo. E que por outro lado agora me cabe esta morte certa, definida, sem nenhuma razão especial, para nada, sem causas, sem efeitos, como uma loteria de cartões molhados, como um destino de caricatura.

* * *

Meu corpo se tornara minha ameaça. Mas eu não aceitaria que ele me chantageasse, que me fizesse de refém.

— Acho que tudo seria mais fácil se eu fornecesse os detalhes a uma pessoa da família, a alguma outra pessoa.

— Não existe nenhuma outra pessoa.

— Mas como vamos fazer para o tratamento? Eu já lhe disse que não há cura, mas é possível aliviar um pouco os...

— Não haverá tratamento, doutor, eu já lhe disse: nenhum tratamento. Não tem sentido.

— Isso o senhor não pode decidir. Tenho a obrigação de tratá-lo.

— O problema é seu.

— Não, olhe: entendo que o senhor esteja alterado pela situação, mas vamos falar sério.

— Nunca falei mais sério na minha vida.

— O senhor não pode decidir uma coisa dessas.

— O senhor tem certeza de que não posso?

— Não pode, está muito alterado, e eu entendo. Vou falar com alguém.

— Ah, é? Com quem?

Era estranho que o cheiro, agora, tivesse ficado suave: às vezes sumia.

8.

— É, mas imagine se você tivesse tido alguma morte que...

Disse isso, e se calou de repente: deu-se conta. Fiz que não tinha registrado, e ele, suponho, ficou agradecido. Mesmo assim não conseguiu evitar o rubor no rosto.

— Quero dizer, bom, digo: você é um cara muito razoável. Mas pense em outro tipo de pessoa, que pode ter se agarrado à ideia de se vingar ou...

Havíamos falado várias vezes a respeito da vingança. Ou, na verdade: falamos sobre a falta de vingança. Eu, é claro, transbordava de argumentos: costumo ter argumentos que parecem bons: alguns, às vezes, inclusive me convencem. Não me acontece com frequência, mas de vez em quando. E é curioso quando estou dizendo alguma coisa e tenho a sensação de que seria capaz de acreditar naquilo. O fato me alegra, me incomoda: nesses casos é muito mais difícil para mim desenvolver o argumento, porque devo tratá-lo com certo respeito: estou dizendo algo que poderia assinar embaixo.

Juanjo me dizia que não ter procurado vingar os crimes da ditadura — não ter procurado uma vingança individual, disse, como se houvesse outra possível naquelas circunstâncias — era uma demonstração de nossa maturidade, da disposição democrática que havíamos atingido, de como já havíamos deixado decididamente para trás certas aberrações — disse realmente aberrações? — dos anos setenta. Não recordo se lhe perguntei se estava me confundindo com algum jornalista de programa de televisão com pauta sobre o seu ministério ou com um idiota; talvez não tenha perguntado — não tenha lhe dito —, mas com certeza pensei: era o discurso mais óbvio, mais oficial, mais de gravador, e me parecia que uma conversa entre nós mereceria outra coisa. Foi o que eu disse: disse isso a ele, que uma discussão entre nós merecia mais que frases feitas, e Juanjo nem sequer se ofendeu: me disse que eu talvez tivesse razão, mas que era um assunto sobre o qual não tínhamos — disse não tínhamos, num de seus plurais que deveriam nos aproximar, que nunca eram claros — uma grande reflexão. Que talvez não soubéssemos por que não nos vingáramos e que as razões possíveis eram tantas que as frases feitas cumpriam seu papel sem dificuldade. Eu disse a ele que ele uma vez mais estava abusando da primeira pessoa do plural, mas que eu entendia: era sua deformação profissional de politiqueiro democrático. Que a vingança — a falta de vingança — dos crimes dos militares dos anos setenta era um caso claríssimo em que não havia plural possível, porque o que chamava nossa atenção não era a ausência de um grupo — um "nós" qualquer — que tivesse se lançado à vingança; o mais estranho era que ninguém, entre os milhares e milhares de entes queridos deixados por aqueles assassinatos, homens e mulheres tão radicalmente diferentes entre si, semelhantes apenas na perda de um filho, de um irmão, de uma mãe, tivesse tomado a decisão, sozinho, por conta própria, sem conexão com ninguém mais, de tentar uma vingança pessoal. Juanjo reagiu com uma vingança moderada:

— Estou achando estranho que logo você, Carlos, me venha com uma análise tão tosca. Quando muitas pessoas adotam uma conduta comum, por mais que não pensem em si mesmas como um grupo, para o observador elas constituem um "nós" que deve ser analisado como tal.

— Agora você vem para cima de mim com sociologia de livro de autoajuda para progressistas melancólicos?

Foi o que eu disse a ele, mas achei que ele tinha certa dose de razão. E pensei comigo mesmo que certa dose de razão era um conceito estranho, mas resolvi não prosseguir por aquele caminho que levava a lugar nenhum e me lembrei de uma história que havia lido dois ou três dias antes, sobre um padre alemão que estava em Hiroshima quando caiu a bomba.

— Era um jesuíta, e conta que o que mais o surpreendeu foi ver centenas de feridos gravíssimos amontoados num parque: ninguém chorava, ninguém gritava, ninguém se queixava. O que ele não conseguia entender era o silêncio em que aqueles homens e mulheres esperavam a morte. Os ocidentais nunca fariam isso, dizia o padre; porque os ocidentais não se calam, eles se queixam.

Eu disse isso a ele, e disse também que se isso fosse verdade nós, argentinos, éramos o auge do Ocidente: só nos queixávamos, sempre precisamos encontrar alguém em quem jogar a culpa de qualquer coisa, de cada coisa, e a vingança é a forma mais extrema de jogar culpas; acreditar tanto na culpa de outra pessoa que é preciso fazê-la pagar. E que por isso eu ficava ainda mais surpreso com a ausência de vinganças; perguntei se lhe ocorria alguma explicação para essa conduta grupal — uma explicação que fosse além das frases feitas — e ele me respondeu que a que mais o convencia era que o medo ou o tédio ou a decepção diante dos resultados da violência tivesse funcionado como um dissuasivo muito poderoso para voltar a exercê-la: que depois de ver o desastre produzido pela opção pela violência nos anos setenta não passaria pela cabeça de ninguém pegar em armas para se vingar. Eu disse a ele que os que não se vingaram não eram necessariamente os mesmos que haviam participado daquela política da violência e que ele estava enfiando gente demais naquele saco de "nós". Então Juanjo me disse que sim, que era preciso separar pelo menos duas categorias:

— Para começar, seria preciso distinguir duas grandes categorias de vingadores possíveis. A primeira são os parentes dos mortos, os familiares dos mortos: são os que instauraram a ideia da vítima como algo central no cenário político argentino.

— Por causa deles, nas últimas décadas a única forma de obter atenção, de legitimar uma reivindicação, é arranjar algum morto que avalize sua posição. Parece que se você não tiver algum morto não pode nem sair à rua. Desde as meninas do interior assassinadas pelos filhinhos de papai até os vagabundos executados pela polícia, passando pelos piqueteiros mortos, pelos jornalistas incinerados, pelos filhinhos de papai sequestrados, todos, todos. O morto é a grande insígnia atual: a etiqueta de lealdade comercial, o selo habilitante.

— Isso é apresentar a questão, como é seu costume, do jeito mais idiota. Você poderia descrever a mesma coisa dizendo que demorou, mas que afinal a sociedade argentina tomou a decisão de não permitir que continuem nos matando impunemente.

— Essa é uma outra discussão, Juan, e acho que, se formos por aí, a coisa vai acabar muito mal. Seja como for, essa potência dos mortos é o resultado da política dos direitos humanos, dos parentes. A ideia de que ser vítima legitima a pessoa era tão forte que não era impossível infringi-la matando um verdugo, transformando-o em vítima. Digo: legitimando-o. Este é o ponto: se você mata um verdugo, perde sua condição de vítima e também vira verdugo. E ser vítima é muito mais rentável.

Juanjo olhava para mim e eu caí na tentação.

— Neste país, para ser alguém é preciso morrer antes de completar quarenta anos, Juan. Aqui, só os mortos têm importância.

Juanjo olhou para outro lado e sorriu como se descartasse a piada repetida por uma criança incorrigível. Depois procurou um tom exageradamente calmo e me disse que o que eu lhe falara sobre a legitimidade das vítimas podia ser verdade se analisássemos grupos, comportamentos gerais.

— Mas sempre poderia haver um indivíduo que...

Disse-me Juanjo e achei graça: o argumento de que a resposta podia não ser grupal, mas individual, eu é que fornecera cinco minutos antes. Suponho que fosse isso o que me agradava — às vezes — em nossas discussões: apesar de nossas enormes diferenças, havia vezes em que nossos argumentos podiam se confundir. E outras vezes eu odiava que isso acontecesse.

— E depois temos um segundo grupo, digamos, embora ainda esteja um pouco esquemático: o dos companheiros, os militantes da época, que poderiam tomar a decisão de vingar seus mortos por isso ou por aquilo, também por vínculos familiares ou até para purgar a culpa de terem se salvado, de estarem vivos.

Foi o que disse Juanjo, e fez um movimento estranho com o pescoço para não me olhar. Eu lhe disse que era verdade, que àquele grupo se aplicava com mais força a ideia de que o recurso às armas se mostrara muito nocivo, mas que, além disso, havia uma questão de orgulho:

— Suponhamos que você vá lá e se vingue. Que localize um torturador que fez o trabalho com um companheiro que você amava e espere por ele atrás de uma árvore na entrada da casa dele e descarregue uma arma em cima dele. Muito bem, o que foi

83

que você fez? Nada, um gesto de desespero. Uma homenagem, inclusive, diria: vinte, trinta anos depois você está dizendo a ele que o que ele fez foi tão importante para você que você está arriscando a própria vida, tudo o que tem, para lhe dar algum tipo de resposta. É humilhante, Juan, é muito humilhante. E isso para não falar da humilhação suplementar, do corolário degradado: quando o sujeito matou sua companheira era porque ele e você e todos nós estávamos lutando para mudar o país, para construir um país novo. O sujeito venceu você, e não apenas venceu como o deixou sem uma causa. E aí você vai ser miserável a ponto de ir dar um tiro nele como quem dissesse isso mesmo, filho da puta, você venceu, venceu a tal ponto que a única coisa que me resta no lugar de tudo aquilo que eu queria e que vocês me tiraram é estourar sua cabeça? Que agora, em vez de querer fazer um mundo novo, o que eu quero é matar um filho da mãe? Sério, é humilhante, Juan, é voltar uma e outra vez à derrota.

Eu disse isso a ele daquela vez, quase aos gritos, surpreso pelo ardor que imprimi a minhas palavras: eu não costumava falar com tanta ênfase. E Juanjo sabia disso, e sorriu, e me disse com voz muito suave que, se eu levasse aquela colocação ao extremo, deter e julgar os que assassinaram também seria muito pobre, uma forma de vingança não pessoal, mas social.

— Bom, supostamente nesse caso não se trata de vingança, mas de restabelecimento de uma ordem jurídica: seria outra coisa.

— Ah, seria mesmo?

Disse-me Juanjo naquela ocasião, ou talvez tivesse sido em outra. Discutimos várias vezes o assunto. Mas só agora me dou conta de que o mais incrível era que eu sempre havia conseguido discutir de forma abstrata: sem tocar na história de Estela, sem permitir que ela me tocasse.

9.

— Quer que eu lhe conte o que realmente aconteceu comigo?

— Não.

— Não?

— Não. Acho que não aguentaria.

— Não seja filho da puta, Galego.

Para quê? Para que ela me contasse uma história de heroicidades e martírios como as que nos incendiavam naquela época, como as que convenceram muitos de nós a seguir aquele caminho, como as que servem ainda hoje para dar àqueles tempos seu odor de santidade? Para que me demonstrasse que ela sim estivera à altura daquele modelo digamos messiano-guevarista, o homem novo que se sacrifica pelo futuro de seu povo, que entrega tudo, que entra na morte satisfeito por ter sido capaz de realizar o que há de mais excelso — ao passo que eu não fora capaz, fugira, traíra a ideia que fazia de mim mesmo bem como todos os nossos pactos? Para que a banalidade desprezível de minha conduta — de minha sobrevivência — ficasse ainda mais exposta? Ou para que, ao contrário, Estela tivesse de humilhar-se contando-me como também ela se afastara do modelo e cedera às pressões terríveis, à irrupção do inimaginável que fizera todas as suas previsões sobre si mesma naquela situação tornarem-se, de repente, besteiras? Para que tivesse de rebaixar-se ao lembrar como o medo ou a dor ou o medo da dor haviam acabado com sua esperança de ser outra? Para que sofresse procurando na memória os detalhes esquivos — tão justa e sabiamente esquivos — de cada uma das miúdas tremendas selvagerias que acabaram quebrando sua resistência, de modo a poder, contando-as para mim, justificar o que fizera ou deixara de fazer? Para que me dissesse como, inclusive naqueles momentos de indefensibilidade extrema e de degradação final, inclusive entre os gritos e as convulsões e as rupturas, inclusive em pleno centro do inferno não deixara de pensar em mim, de preocupar-se com o que eu estaria sofrendo? Para que pudesse me perguntar, por sua vez, o que eu fizera naqueles momentos? Ou para que tivesse de embarcar num relato triste da morte como processo burocrático, sem o menor relevo, monótono, banal? Para que tivesse de me dizer que morrer pela pátria pode ser tão pobre quanto sobreviver sem ela?

— Não, não me diga nada.

Fazia anos que conversávamos, mas era a primeira vez que ela me propunha contar-me aquele momento de sua história. Nossos diálogos costumavam ter certa solenidade de compromisso, de ligeiro embaraço; tornaram-se mais frequentes — mais fluidos? — desde que o Mal se aproximou de nós, desde que me resignei a ir atrás da história dela. Eu começava a procurá-la; não estava, ainda, preparado para escutá-la. Cada vez mais, porém, tentava responder-lhe com amabilidade, com afeto, sem deixar transparecer em minhas entonações nada da dor ou da raiva ou da desesperança que nossas conversas nunca deixavam de me causar. Não sei se meus esforços funcionavam; desconfio de que não. Ela, em geral, olhava para mim surpresa: vê-se que não me reconhecia completamente, que não conseguia habituar-se totalmente a mim. Era lógico: eu mudara muito naqueles trinta anos de afastamento. Ela estava igual.

Era extraordinário que ela estivesse igual.

Continuaram sendo jovens. Todos vocês continuaram sendo jovens: ficaram jovens — de uma vez para sempre. Mais que jovens: adolescentes, quase meninos meninas que tentavam disfarçar a idade com a sombra de uma barba incipiente, o olhar de uns olhos pintados. Conseguiam, na época: achávamos que conseguíamos e nos sentíamos homens e mulheres da pátria, homens e mulheres capazes das maiores decisões que um homem ou uma mulher pode tomar. Nós as tomávamos. Mas agora, cada vez mais, ao ver suas fotos, sentia-me uma espécie de pai de vocês — ou o avô ou um tio boêmio ou um professorzinho —, marcado pela infâmia, pela vulgaridade de ter me transformado num velho enquanto vocês souberam conservar a juventude, o brilho, os corpos decididos.

Foi um dos preços — tantos preços — que tive de pagar por não ter feito o que vocês fizeram: por não ter avançado para a morte com a cabeça mais ou menos erguida, por não ter construído uma morte memorável para mim mesmo. Eu, o velho, o que não soube, o que viveu tantos anos como testemunha da degradação inevitável que vocês evitaram, e que agora sabia que meus dias — como se costuma dizer — estavam bem contados. Que já não teria muitos dias até aquele momento em que haveria de morrer, quem sabe, numa cama triste, sem nenhum brilho, sem sentido, como qualquer imbecil: ninguém escreveria um poema sobre minha morte de hospital, ninguém exibiria pelas ruas uma foto de meus vinte anos, ninguém diria ou gritaria que não fora em vão.

Vocês, em compensação — Estela, você, em compensação —, fizeram da vida de vocês uma história com sentido: a história de uma boa morte. Impuseram-se à lembrança com uma forma própria, inscreveram-se na lembrança com uma forma ineludível: obrigaram milhões de compatriotas displicentes a se lembrar de vocês como os melhores, aqueles que se atreveram. Imbecis: milhões de compatriotas displicentes que falam da entrega e do sacrifício e das mortes de vocês e que nunca jamais vão parar para analisar por que vocês morreram, o que queriam. Nem para se perguntar se eles próprios — os que falam da entrega e do sacrifício e das mortes de vocês — concordariam com essas metas: se, passado o estúpido deslumbramento que lhes causa a ideia de que haja pessoas dispostas a morrer por uma ideia, essas ideias — as dos entregues sacrificados mortos — lhes parecem distantes, próprias, interessantes, detestáveis. Mas, uma vez mais: são mortos jovens, são os que abriram mão de anos e anos de vidas que deveriam ter sido longas, e isso os impressiona: reconhecem neles — ou invejam neles? — o tipo de generosidade que se supõe numa morte assim, do mesmo modo como eu os invejo e reconheço que de fato vocês souberam evitar a lenta caminhada para lugar nenhum, uma vidinha.

— Você não sabe como me sinto ao vê-la, Estela.

— Como, Gale?

— Você não sabe, não tenho como dizer.

* * *

Quando éramos jovens — quando nós dois éramos jovens ao mesmo tempo —, Estela tinha um corpo com ossos, com arestas, que eu gostava de tocar porque era um corpo que não caía nesse lugar-comum da feminilidade que costumam oferecer as gorduras, as redondezas fofas, a hospitalidade de bolero mal cantado. Seu corpo nunca foi um refúgio; era, para nós dois, por razões diferentes, desafio. Para mim, porque era óbvio que nunca seria meu; para ela, porque parecia que nunca seria dela. Estela era alta, mãos grandes, ombros largos, e conseguira transformar seu tamanho em sua fraqueza. Estela tinha uma forma receosa de carregar o corpo, como se o protegesse, como se tanto corpo a tornasse especialmente vulnerável: como se tivesse corpo em excesso para defender dos golpes que ninguém queria lhe dar — que na época ninguém queria lhe dar.

Mais adiante quiseram: suponho que quiseram e puderam. E fui obrigado a me resignar à degradação de lembrar de seu corpo como o espaço daquelas pancadas, daqueles ataques indizíveis. De lembrar sua carne, seus recantos desejados como os cenários da desgraça mais extrema, os territórios do desastre: mãos do inimigo rompendo o que deveria ser cuidado, acariciado, sua força transformada em fraqueza, Estela, suas sensações, o pânico. Tentava lembrar-me de outros momentos: era difícil. E em nossas conversas nunca consegui vê-lo. Precisava vê-lo: queria saber — saber de verdade, e não forçar lembranças que me pareciam tão distantes quanto um filme qualquer — como fora a felicidade com aquele corpo: como haviam sido as felicidades que me ligaram a ela para sempre, e não as encontrava. Fazia força para recordar certos momentos e conseguia vê-la numa assembleia da faculdade rindo dos medos daqueles pentelhos malcriados — dizia: "daqueles pentelhos malcriados" —, num jantar com amigos em alguma cantina comendo raviólis com a voracidade de quem não pretende deixar nada para o dia seguinte, na rua em uma passeata, às vezes inclusive de mãos dadas comigo, numa imagem tão estereotipada que provavelmente não teria acontecido, mas nunca descabelada em cima de mim comendo-me aos gritos, nunca desabando exausta desarmada, nunca adormecida angelical desfeita, nem sequer naquela noite em que se virou e escondeu o rosto para me dizer que estava grávida: é, Galego, acho que estou grávida.

Não conseguia. Nunca, em nossas conversas, vi seu corpo: somente seu rosto, seu nariz afilado, seus olhos pardos semicerrados — como se ela tivesse de fazer um esforço para me ver —, sua boca que quase não se movia quando ela falava, que sorria um sorriso forçado, que fingia um interesse inverossímil em relatos que não tinham por que despertar seu interesse: às vezes me perguntava por minha vida depois de nossa vida e eu lhe contava bobagens, histórias sempre diminuídas, sempre privadas de detalhes prazerosos, porque eu não encontrava o jeito de lhe contar o que sua ausência — seu desaparecimento — me permitia. Não conseguia falar-lhe das outras mulheres, de meus trabalhos, de minhas decepções, de todas as banalidades que teriam completado esses quesitos: não sabia como, imaginava que todo e qualquer relato seria uma ofensa e uma tolice. Não consegui contar a ela sobre as duas gravidezes, de como elas me deram esperanças, de como me preocuparam, de como as perdemos. Não consegui contar a ela do horrível alívio de perdê-las, aquelas noites pensando que ter um filho era dizer a seus assassinos estão vendo?, consegui substituí-lo, tudo bem, foi azar, vocês me tiraram meu filho e a mulher que tinha aquele filho, mas posso fazer outro com outra mulher, mostrar-lhes que aquele filho não era tão importante porque eu podia substituí-lo. Como teria podido fazer isso, dizer que aquele filho que vocês tiraram de mim era uma coisa substituível? Me dava uma sensação de alívio, obscuramente me dava uma sensação de alívio em meio à dor de que eu deveria fazer parte, e ficava morrendo de vergonha de sentir aquele alívio e não conseguia contar isso a você, Estela, não conseguia nem começar a lhe contar, e então, para fugir a suas perguntas que não conseguia responder, falava-lhe dos anos que passamos juntos, da felicidade. Mas você era implacável:

— Galego, não se faça de idiota. Vai dizer que não se lembra de como brigávamos? A gente parecia cão e gato e agora você vem com essa história! Não se lembra de que você dizia que achava quase inexplicável estar comigo, que muitas vezes não me aguentava e que no entanto não conseguia se afastar, que ficava pensando no que fazer para acabar com tudo aquilo e viver um pouco tranquilo, depois ficava desesperado com a ideia e me procurava e me pedia perdão, Galego? Não se lembra de que eu dizia que comigo era igual e achava graça, e que dizíamos que era o destino, que estávamos unidos por alguma coisa que não conseguíamos entender porque nunca nos entendíamos, mas que de todo modo queríamos continuar juntos, e que acabamos chegando à conclusão de que aquilo era estar apaixonados? Vamos, Galego, francamente, é para mim que você vem contar essa história?

Aí eu dizia a ela que não, que não me lembrava daquelas coisas, ou então que não estava com vontade de me lembrar delas e que era verdade que partilhávamos muitas coisas, muitos gostos, muitos objetivos, e principalmente aquela vontade de dar tudo, e Estela me dizia que também não exagerasse, que estávamos muito decididos a ir em frente com a militância, mas que ela era quase como a nossa relação, que ficávamos o tempo todo vendo erros, discutindo críticas, xingando a direção pelas cagadas que faziam incessantemente.

— Magra, isso não é verdade. O que você está querendo? Me fazer acreditar que foi tudo para o espaço, que você morreu por nada? É nisso que você quer que eu acredite?

Havia momentos em que eu acreditava naquilo. Mas não conseguia tolerar que ela acreditasse. E sua teimosia me surpreendia, me irritava: não deveria ser tão difícil enganar os mortos.

Se é que Estela estava morta. Talvez não, daí a dificuldade de enganá-la.

Mas, claro, é evidente que nos enganamos. Nos enganamos como uns animais, para valer, sem atenuantes: nossas tentativas foram tão erradas que os que nos venceram as aproveitaram para conseguir que a Argentina fosse muito mais injusta e sórdida e estúpida que antes que nos propuséssemos a melhorá-la, e ainda por cima muitos de nós morreram naquele caminho. Os primeiros tiveram a sorte de morrer sem saber, acreditando que suas mortes aproximavam a vitória; os últimos não: você, Estela, acho que não, que já sabia, e no entanto você continuou, não quis sair fora, como eu mesmo pensei que não queria.

É claro que fizemos tudo para que desse merda, mas, se ninguém me escuta — ou apenas você, que é como nada e muito ao mesmo tempo —, eu teria de aceitar que esses erros me proporcionaram os tempos mais felizes da minha vida. É humilhante: pensar não apenas que "os tempos mais felizes da minha vida" — com perdão do léxico tropicaloide, mas supostamente agora somos mesmo irmãos latino-americanos — ocorreram há décadas, e que tudo o que continuou acontecendo comigo desde então — tudo, os trinta anos que se passaram para mim desde então — ficou tingido, irremediavelmente tingido por aqueles quatro ou cinco anos. É humilhante ser prisioneiro de alguém que, de acordo com certos dados convencionais, era eu; sei que não, que toda semelhança com aquele cara é pura coincidência. É humilhante continuar sendo em referência àquele que fui, tão breve, tão entusiasta, tão errado. Tão errado. É humilhante — e triste e cansativo — pensar que "os tempos mais felizes da minha vida" ocorreram quando eu estava engajado num tremendo erro.

É estranho. Já naquela época era estranho, mas agora, passados mais de trinta anos, é quase incompreensível que muitos dos jovens mais decididos, mais empenhados, tenham caído na armadilha de um milico aposentado: que, decididos a construir o socialismo, tivéssemos seguido um velho populista meio fascista. Que acreditássemos que para obter o que desejávamos seria conveniente renegá-lo tanto: foi estranho, nefasto.

Como era possível que fôssemos tão felizes, como é possível que eu tenha conseguido continuar pensando naqueles tempos como sendo os melhores se foram anos em que fizemos desastres, anos que terminaram nas mortes? Supostamente foi porque na época acreditávamos em coisas e éramos generosos e estávamos dispostos a fazer tudo — tudo era uma palavra que na época fazia sentido — para que essas coisas acontecessem. E ainda por cima estávamos convencidos de que estávamos fazendo história; até hoje estamos convencidos disso. Talvez fôssemos felizes porque estávamos tão mal-acostumados: crescemos numa época que vai estar nos manuais e pensamos que o mundo era assim, feito de épocas que estão nos manuais, sem saber que a maior parte das épocas — que quase todo o tempo — é um parágrafo solto, nota de rodapé, elipse nos manuais da escola. Não estávamos cientes disso porque entramos na idade da razão num momento em que tanta gente acreditava — acreditávamos — que estávamos fazendo história, e acreditamos que a vida era aquela sucessão de emoções irrefreáveis em que a cada dia assentávamos mais um tijolo da grande casa comum, e já conseguíamos avistar o fim da parede e o início do teto e as vigas, e a casa tinha janelas esplendorosas e a melhor luz de um sol que nunca se punha ou que, melhor dizendo, nascia para nós por nós, e tudo aquilo nós é que estávamos fazendo, dia a dia, porque finalmente a história estava chegando aonde sempre quisera ir — graças ao nosso esforço.

Era maravilhoso: tudo o que fazíamos era importante, decisivo. Incrível acreditar que o mundo fazia sentido. Que ia numa direção, e que nessa direção — fantástica, gloriosa — o acompanhávamos com nossa decisão, com nosso sacrifício. E, como ele ia naquela direção, uma miríade de pequenas coisas, pequenos atos, pequenas ideias — todas aquelas pequenas coisas e ideias, todos aqueles pequenos atos — eram pedras que pavimentavam o caminho: tinham um sentido. Era tão... tranquilizador? exaltante? agradável? viver num mundo com sentido — e não neste caos de sinais que se dispersam sem tom nem som de um lado para outro como formigas fugindo do formigueiro destruído, Estela, todas aquelas pequenas cenas bobas que você soube evitar. Mas isso é o que somos agora: formigas fugindo do formigueiro destruído da revolução, daquela estrutura tão bem pensada que nos alojou, alimentou, forjou, exigiu dedicação e esforço por mais de um século. Era fantástico viver — ou mesmo morrer, como você bem sabe, ou talvez não saiba, como saber — no formigueiro: quando optamos por ser formigas — e não soubemos, já sem formigueiro, ser nenhuma outra coisa. Era fantástico viver; não sobreviver, não vegetar, não se deixar levar pela correnteza: viver, formar um mundo.

* * *

Mas o melhor era fazer parte de uma coisa tão maior que eu, que você: dizer nós sem me perguntar do que estava falando.

Era fantástico, era um engano extraordinário, melhor impossível, e não tivemos nenhuma possibilidade — nenhuma possibilidade — de dar-nos conta de que a vida não era sempre assim, e aí, quando descobrimos — quando aqueles que como eu sobreviveram a essa impressão descobriram —, ficou tão difícil para nós viver no parágrafo solto, na nota de rodapé, na elipse: uma época que não se pensa a si mesma como algo importante, interessante, uns anos ou décadas ou sabe-se lá quanto tempo em que ninguém acredita que está fazendo história. Crescemos acreditando que o que estava por vir era grandioso e que chegaria hoje, amanhã: como viver nesta mediania, com esta sensação de que tudo vai permanecer igual até depois de tudo acabar?

Há alguns dias Estela ouvia uma canção de Bertolt Brecht: uma puta estava dizendo que quando chegasse a revolução deixaria de ser puta e se vingaria dos marinheiros e comerciantes que a haviam comido por um trocadinho: uma puta, para reivindicar-se, também estava à espera de que a revolução a libertasse. Todos nós esperávamos que a revolução nos libertasse, nos modificasse. Passamos um século vivendo na esperança do apocalipse. E agora, em compensação, ficamos sem nada: com a ideia de que tudo vai continuar sendo do jeito que é por muito tempo. É horrível pensar que as coisas vão continuar sendo como são. Tantas ideias, religiões e mais religiões foram inventadas só para que não tivéssemos de pensar que as coisas vão continuar sendo como são. E agora não sabemos como fazer isso.

Assim até nisso nos equivocamos: não soubemos que vivíamos um momento tão particular, não entendemos que não era que a história tivesse se acelerado e fosse ser, dali por diante, sempre assim, mas que mais adiante voltaria a ser pesadona, desatenta, tonta por muitos anos. É estranho: costuma-se pensar a felicidade como atributo dos momentos únicos; nós éramos felizes porque não sabíamos que estávamos vivendo um momento singular, porque acreditávamos que seria assim para sempre. E talvez também por isso tenhamos nos equivocado tanto e sofrido perdas tão graves — mas talvez também devido à derrota aqueles anos continuaram sendo "os anos mais felizes".

Será pela derrota? Porque depois não tivemos de reler aqueles anos à luz de uma vitória que nos tivesse obrigado a realizar o que dizíamos que queríamos? Porque nunca tivemos de contar a história de nossa luta pelo poder a partir do poder — obtido graças àquela luta? Será que fizemos, também nós, a Grande Guevara, que deixou o pobre Castro ditando regras e condutas durante meio século, apodrecendo no poder durante meio século enquanto ele, o esperto, o Homem Novo, ia se fazer de pôster em guerras cada vez mais perdidas de antemão? Será que foi essa a nossa guerra — a Grande Guevara —, com a pequena variação de que não havíamos vencido nada, sem deixar de manter a linha principal: os méis do sacrifício e da derrota como melhor forma de inscrever-se na história?

Eu falava e falava com ela: tentava evitar o assunto mas, quando começava, não sabia como fazer para parar. Estela, àquela altura, não me escutava mais. Ou então olhava para outro lado como se quisesse me dizer basta Galego já ouvi isso de você vezes demais.

Você tem razão: nossos diálogos nunca foram fáceis.

10.

— Mas é sério mesmo que você quer saber sobre esse padre? Por quê?

— Não, não é que eu queira saber sobre ele. Acontece que aquele tira que você me mandou disse que o padre poderia fornecer informações quentes sobre Estela, e preciso saber alguma coisa sobre ele antes de ir falar com ele.

— Velarde lhe disse para ir falar com ele?

— Já falei.

— E o que Velarde lhe contou não foi suficiente?

— Juanjo, o cara é uma enganação. Ficou me enrolando não sei por quanto tempo para no fim confessar que não tinha a menor ideia.

— Não tinha a menor ideia?

— Você vai ficar repetindo tudo o que eu disser?

— Desculpe, devo estar acostumado demais com o diálogo político. Mas tem uma coisa que não entendo.

— Uma coisa?

— Não encha, Carlos. É, tem uma coisa que não entendo: se você diz que Velarde é uma enganação, por que faz o que ele diz quando ele manda você falar com o tal padre?

— E o que você queria que eu fizesse? Acho que não tenho muitas outras maneiras de descobrir alguma coisa. E quanto a isso ele não teria por que mentir para mim.

— Não?

— Não. Pelo menos, não que eu perceba.

— E, pelo jeito, você está desesperado para saber alguma coisa.

— Juan, você é que me envolveu nessa história.

— Eu envolvi você nessa história?

— Foi! Puta que o pariu! Eu estava tranquilo, tinha acertado minhas contas; você é que levantou o assunto, remexeu a sujeira, me fez entrar nessa fúria revisionista.

— Como assim, você tinha acertado suas contas, Ruivo? Suas contas com quem? Não vou fazer nenhum comentário sobre a cafonice da sua frase, mas que contas são essas que você havia acertado? Na verdade acho que você havia esquecido da existência de alguma conta, não?

— Escute, e preste bem atenção: eu me virei como pude, e durante muitos anos funcionou e estava tudo bem. Você discordava da minha atitude? Problema seu. Ou será que você conhece as regras que cada um tem de seguir para bancar a própria história? Claro, sim, eu tinha esquecido que você faz parte da geração gloriosa que agora entendeu como recordar e fica o tempo todo nos dizendo: governando para os mesmos ricos que naquele tempo eram nossos inimigos. Isso sim é que é ter memória, não?

Eu ligara para ele para pedir sua ajuda: aquela não parecia ser a melhor maneira de consegui-la. Ou quem sabe aquele fosse o meu preço: para tolerar o incômodo — a vergonha? — de pedir-lhe ajuda, tinha de atacá-lo de alguma forma, mostrar-lhe que não estava disposto a dar nada em troca. Juanjo não me respondeu: ficou um momento olhando para o teto, ou para umas manchas no teto, ou para nada por perto do teto; depois, deu um jeito de armar um sorriso.

— Você estava precisando de alguma coisa?

— Desculpe, Juan. Deve ser essa história...

Quase digo: essa história do Mal, a ameaça constante. Mas nada teria me parecido mais baixo do que justificar minha grosseria — minha franqueza? — com o fato de que um médico me dissera que eu tinha um prazo.

— Nada, desculpe. Sim, estava precisando de uma coisa, já falei: quero saber o que for possível sobre esse padre Fiorello.

— Não vá arrumar confusão com a Igreja, Ruivo. Não vale a pena.

— Que confusão, Juan? Só quero saber com quem estou me encontrando quando for perguntar ao sujeito se ele tem alguma informação sobre Estela. Parece lógico, não? Não vai ser fácil, tenho de me preparar de alguma forma. Ou você iria sem nada? Imagine! Você não sai sem nada nem para falar com o jornaleiro...

Juanjo abriu uma agenda de couro bordô que estava sobre a escrivaninha, bem ao lado de um palm reluzente, e disse alguma coisa sobre o medo que produziam em você esses aparelhos que um belo dia se apagam e deixam você na mão. Eu não disse a ele que a vida era assim mesmo porque mais uma vez achei cafona, e, além disso, talvez não fosse: quem era eu para dizer como é a vida? Juanjo disse aqui está e apontou para um nome na caderneta.

— Coronel Mariano Díaz Latucci, chefe do terceiro regimento de Cavalaria Blindada...

— O quê?

— Um coronel, Ruivo, um coronel democrático, um bom sujeito. Quem você queria que lhe contasse alguma coisa sobre seu padreco? Um locutor de futebol? Esse com certeza tem informação e é um bom cara, não parece milico, você vai ver. Além disso, me deve uns favores. Não se preocupe, amanhã telefono para ele e digo que você vai ligar para falar com ele. Vá tranquilo, é um bom sujeito.

— Um bom sujeito?

— Não era você que dizia que é preciso esquecer essa história toda, que chega de viver no passado? E, por falar em passado, você se lembra do Cordobês e do Careca?

— Que Cordobês, Juanjo, que Careca?

— Ruivo, não se faça de idiota.

Foi o que me disse Juanjo, e também que de vez em quando os três saíam para jantar e que na última vez tinham falado de mim e que os outros haviam falado que era para me convidar, que seria muito bom me ver outra vez.

— Muito bom? Por que seria muito bom? Passamos trinta anos sem nos ver, é evidente que poderíamos continuar assim outros trinta ou quarenta...

— Ruivo, não encha o saco. Agora não é a mesma coisa. Agora finalmente a gente tem a impressão de que pode falar daquilo tudo sem problema.

— É, parece que pode. Mas você acha que devemos?

— Não é questão de dever, sua anta, é que assim podemos recuperar toda uma época de nossas vidas. O bom é isso: que agora sim vale a pena falar daquilo, que agora parece que tudo aquilo teve algum sentido, que deu algum resultado.

— Não vamos discutir isso agora, Juan, não me torre a paciência. E você sabe que para mim essa história de recordar os bons velhos tempos me enche o saco. Nessa eu não embarco.

— Ah é? E agora, o que você está fazendo?

Eu poderia ter explicado a ele o que estava fazendo. Poderia ter lhe explicado em detalhes e, inclusive, com certa violência — verbal, é claro. Mas de repente me pareceu que não valia a pena — e que certamente continuaria precisando da sua ajuda naquela busca. Então lhe disse que estava bem, que me avisasse da próxima vez em que os três se encontrassem, que de repente eu ia. Quando saí para a rua dei de cara com outro daqueles cartazes, enorme, letras azuis sobre fundo branco: "Viva a Mudança!" — assim, com um ponto de exclamação e nenhum outro dado. Alguém ou alguma coisa estava lançando uma campanha publicitária poderosa.

11.

Começara quase sem perceber, e agora embarcara numa busca que nunca havia procurado. Durante muitos anos tentei esquecer de tudo — e consegui bastante bem. Apesar de que esquecer é um verbo confuso: esquecer não consistia em negar o que acontecera, pretender que nunca havia passado pelos impasses por que passara, fazer de conta que minha vida tivera início em 1977, fingir que Estela nunca existira. Eu poderia ter feito isso: lá no Sul ninguém me conhecia e eu não conhecia ninguém que me vinculasse àquela história, mas não; esquecer significava, sobretudo, aprender a viver sem aquela exaltação. Quando parti, depois dos primeiros meses de escuridão e perplexidade, resolvi tentar construir para mim uma vida tranquila, onde as famosas "pequenas coisas" tivessem um espaço central. Decidi — decidi? — que a hipótese operística funcionara suficientemente mal para que fosse o caso de dar uma chance à hipótese balada. Encolhi-me — e, para minha surpresa, esse encolhimento foi para mim, se não prazeroso, bastante suportável: sentia-me confortável. Confortável era uma palavra que, alguns anos antes, eu teria detestado: de repente ela se tornou a chave de minha nova vida. Tudo o que pretendia então teria sido uma minúcia diante do que queria conseguir antes — e, também, mesmo que eu não quisesse admitir, diante do que perdera. Eu chegara a uma situação na qual nada do que fazia era importante: a quem podia interessar o que eu, um forasteiro naquele vilarejo, um homem sem interesse nem vínculos nem história, fizesse com os próprios dias ou noites? Como podia importar a mim, o forasteiro, o que aquele povoado fizesse, o que eu fizesse nele? Construí para mim uma vida que não importasse a ninguém: depois de tanto procurar, de me sentir tão procurado, aquele era o meu luxo. Às vezes acho que construí para mim uma vida que não me importasse: era um bom remédio.

Passados alguns meses consegui um trabalho interessante — que na época me pareceu interessante, representante comercial: viajava, vendia, ia embora e não chegava a lugar nenhum, ia e sempre voltava e de novo partia — e fazia isso com um afinco obstinado, só que não conseguia deixar de pensar em Estela. Estava convencido de que nunca mais amaria uma mulher: bastava me encontrar duas vezes com alguma para fazê-la competir com a que perdera — eu não a dava, na época, nunca, como morta —, numa competição em que todas haviam sido derrotadas de antemão; depois, pouco a pouco, quase sem perceber, fui me dando conta de que podia viver sem ela, e fiquei mais deprimido do que nunca. Era muito pior do que a dor de não tê-la: o alívio de saber que seguiria em frente sem ela acabava comigo. Dois anos depois conheci uma mulher que não teve de passar pela comparação e achei que tivesse me apaixonado; em alguns momentos me senti o pior dos canalhas mas, em geral, a presença dela me tranquilizava. Vivemos juntos, nos protegemos, construímos um lar, perdemos gravidezes; se ela tivesse tido um filho, quem sabe tudo tivesse sido diferente. Ter um filho é uma forma resignada, comum, da transcendência, mas uma forma no final do assunto: em vez de mudar a história — em vez de fazer história —, o pai — qualquer um, ao tornar-se pai — continua de alguma forma na história: garante a si mesmo certa continuidade.

Mas havia um preço. A condição para que eu me permitisse esses esquecimentos foi a vingança: prometi a mim mesmo que um dia. O que nunca revelei a Juanjo foi que a ideia da vingança era meu jeito de continuar fiel ao que havia sido: a vingança era meu modo de não pensar que havia claudicado. Não acredito que algum dia tenha pensado seriamente em realizá-la, mas, se não tivesse prometido a mim mesmo que a realizaria, não teria me permitido aquela forma modesta, radical, de esquecimento. Eu era — dizia a mim mesmo que era — alguém que entendera os próprios erros, que começara de novo levando-os em consideração, mas que sabia que algum dia teria de pagar por aquela passagem.

Eu mantinha uma esperança: tudo seria diferente quando regressasse à minha cidade. Era fácil acreditar nisso — e nunca, em todos aqueles anos de distância, imaginei ficar por lá. Retirara-me do jogo, mas era apenas um parêntese — que teria fim com a volta. Encontrara, de novo, um objetivo, a promessa de um futuro venturoso. Uma vez mais a realização não precisava ser imediata, já que estava projetada para mais tarde, mais adiante. Nada me tranquilizava mais que o mecanismo com o qual sobrevivera desde menino. Depois voltei: minha cidade já não se parecia com minha cidade, nem eu com minhas esperanças.

Se eu não sentisse tanta vergonha contaria a você. Ou se, pelo menos, soubesse do que sinto vergonha. Se foi por supor que você estava naquele tugúrio, se foi por estar ali, se por ter de confessar-lhe que a imaginava num lugar tão lúgubre. E você sabe como foi que me dei conta, Estela, de que era alucinação? Estava cansado, é verdade que estava muito cansado. Tinha passado o dia inteiro na estrada, as vendas haviam funcionado mais ou menos e eu disse para mim mesmo que merecia um bom uísque. Você sabe como é isto: a gente diz para si mesmo que é um uísque, não pensa, faz de conta que não pensa em todo o resto. Então, digamos que foi porque estava cansado e aquele uísque e a luz avermelhada e sem dúvida as maquiagens e até a música horrorosa, mas só me dei conta de que não podia ser você quando percebi que aquela mulher não tinha a idade — o aspecto, o rosto — que você teria tido naquela noite, mas sim a que você tinha naquela época, mais de dez anos antes, antes, antes. Não era você, Estela, com certeza não era, mas você não sabe o desalento de acreditar que era, que você estava me vendo naquele boteco de quarta, envelhecido, malvestido, de imaginar como você teria ido parar naquele pardieiro, de me perguntar por que você não queria falar comigo, de responder-me, de pensar em alguma maneira de abordá-la. Você não sabe o alívio e a inquietação quando compreendi que não era possível que fosse você: quantas coisas tive de explicar-lhe. Acho que foi naquela noite que voltamos a nos falar, depois de tanto tempo.

A vingança que eu me prometia era confusa: algum jeito de dizer aos que haviam levado — torturado, matado? — minha mulher e meu filho que eu não permitiria que tudo aquilo ficasse de graça. Não interessava o que eu pudesse dizer a Juanjo sobre a questão: isso não tinha nada a ver com as repercussões públicas, com as políticas desse ou daquele setor, nem mesmo com a humilhação de continuar tributando uma história cada vez mais passada. Eu brincava com a ideia e era realmente uma ideia, não um projeto, não um relato, nem esse consolo de percorrer com a imaginação um caminho futuro. Era um conceito: algum dia eu me vingaria — sem saber de quem, nem como. Talvez, pensei depois, fosse por isso que eu não queria saber exatamente o que acontecera com Estela: esse conhecimento teria dado uma forma precisa à minha vingança. Eu tinha tanto tempo pela frente que a abstração dessa ideia não a desmerecia. Mas esse tempo foi passando. E, depois que o médico me anunciou o Mal, passou a ser pura contagem regressiva.

Ela estava se dissolvendo como eu me dissolvia. Em breve não restaria o menor rastro dela nem de mim. O menor rastro de nós. Entendi: a vingança é uma forma extrema da lembrança, o jeito desesperado de avivar uma pegada que se apaga.

12.

Não foi difícil encontrá-lo: o anuário da diocese informava que o padre Fiorello nascera em 1939 em San Jacinto, província de Buenos Aires, que acabara o secundário em dezembro de 1957, que entrara para o Seminário de Tandil em 1961 — não havia dados sobre esses anos, entre a formatura no colegial e a entrada no seminário: talvez alguma coisa que se quisesse esconder — e que pronunciara seus votos em 1967, quando passara a fazer parte do Exército argentino na qualidade de capelão auxiliar castrense. E que agora, havia mais de vinte anos, era o responsável pela paróquia de Tres Perdices, consagrada a Nossa Senhora da Consolação, a menos de uma hora de minha casa. Seria fácil ir até sua igreja numa tarde qualquer, logo depois da sesta, naquela hora em que os padres estão sozinhos ou quem sabe fartos da companhia da beata mais insistente, e pedir-lhe uns minutos de seu tempo. O padre não teria por que se negar — não poderia negar-se: os padres devem estar sempre disponíveis para atender a seu rebanho. Eu não diria a ele que fazia parte de seu rebanho: não por um prurido de honestidade, mas porque não me agradava começar nosso diálogo colocando-me nessa posição de submissão e, de toda maneira, não seria preciso dizer-lhe nada para que aceitasse sentar-se comigo em seu escritório da sacristia — eu imaginava um pequeno aposento despojado, uma mesa de madeira ou mesmo de fórmica, um par de santos de almanaque na parede descascada — dispondo-se a atender a algum dos pedidos habituais: horário para um casamento ou batismo, conselho numa questão familiar, ajuda na organização de uma quermesse. Talvez o padre se surpreendesse, no início, ao ver um rosto diferente: ele devia conhecer a maioria de seus fiéis e não conseguiria localizar-me, mas num instante faria a conjectura de que eu talvez fosse um morador novo, que não para de chegar gente ao povoado e que Tres Perdices já não é o que era antes. Talvez ficasse surpreso, mas disfarçaria: não faria mais que a obrigação.

Até eu lhe dizer. O padre Fiorello se surpreenderia para valer quando eu lhe dissesse a razão pela qual fora falar com ele. Esse seria meu primeiro problema: como dizer aquilo a ele? Não podia apresentar-me diante dele, em sua igreja, sem saber quem ele era, como era, e perguntar-lhe de chofre por uma mulher que ele certamente ajudara a matar — por uma criança que ele talvez tivesse ajudado a entregar a sabe-se lá quem. Foi então que pensei que se quisesse conversar com ele primeiro teria de verificar algumas coisas.

Não sou investigador de nada. Mais: sempre acreditei que os detalhes são as árvores que não permitem que se entenda o bosque; que não há nada que defina melhor a cultura contemporânea que a insistência nos detalhes, essa invocação aos detalhes como forma de disfarçar o fato de que nunca entendem nada. Ou, melhor dizendo: o fato de que não procuram entender, de que não engendram mecanismos de compreensão mas de descrição supostamente meticulosa, de puro acúmulo de detalhes que não conseguem formar um todo inteligível. Sempre fui contra essa noção de pesquisa e de detalhe: por isso — com essa justificativa — eu não fazia a mais pálida ideia de como orientar minha busca, mas continuava achando que o padre poderia me abrir algum caminho.

Não sei por que essa ideia de que o padre poderia me abrir algum caminho. Não sei se de fato acreditava nisso.

13.

— Você está ouvindo?

— Sim, estou, claro.

Nunca compreendi por que os ruídos dos pássaros nos parecem agradáveis, desejáveis, enquanto os ruídos dos carros, por exemplo, não. Os carros fazem ruídos interessantes: rugidos que falam de potência e de possibilidades e de modernidade e de distâncias conquistadas. Daria para ouvir tudo isso no motor de um carro como se ouve paz, bucolismo, liberdade no ruído de um pássaro. Mas até agora ninguém mitificou os ruídos dos carros. É o mecanismo da cultura imbecil: consumir aquilo que já tem um mito bem estabelecido. Eu sabia disso — pensava isso — e, no entanto, gostava quando os pássaros da cidade vinham pousar no balcãozinho do meu apartamento. Um dia tive a ideia de pôr um prato com alpiste para atraí-los mais. Era quinta-feira, Valeria estava lá, e comentei com ela. Foi um comentário tão conjugal que me pareceu bastante fora de lugar, mas quando percebi já estava feito.

— E você acha que, se eu puser, vão mesmo aparecer mais pássaros?

— É só por isso que você quer pôr?

Pareceu-me uma pergunta idiota, suspicácia falida, outra de suas ofensivas contra moinhos de vento, mas não falei nada. Mais de uma vez eu me apressara na interpretação daquilo que ela me dizia e talvez estivesse ficando prudente. Era uma ideia horrorosa.

— Sim, claro, por que mais seria?

— Não lhe ocorreu que uma razão para oferecer alimento a eles seria se preocupar com a alimentação deles?

Não respondi, olhei para ela como quem diz não diga besteiras. Mas era verdade que eu não havia pensado naquilo e detestei que fosse ela a dizer-me.

O truque dela era me fazer falar de mim. Eu sabia, mas às vezes me confiava. E aí vinha, sistematicamente, a bordoada.

E depois tornava a pensar as mesmas coisas, a comentar as mesmas coisas. Antes eu me lembrava de tudo: as coisas ficavam registradas. Era capaz de me lembrar de cada diálogo durante meses, anos. Agora tudo se esfumava: lia uma coisa, no outro dia me lembrava de tudo confuso; dizia algo, esquecia o que era. Era pura piedade: quando eu era jovem, as coisas precisavam durar mais; agora, no entanto, para que tornar duradouras as coisas que não teriam onde durar?

Ela continuava me perguntando por que estava comigo — se é que se podia chamar aquilo de "estar comigo" — e continuava desconfiando das mesmas ninharias, e me dizia que o problema era dela. Teria sido problema meu se eu tivesse querido mantê-la. Os amantes procuram saber por que seu amor os ama — por que traços ou gestos ou supostas qualidades — para insistir nesses gestos, acentuar esses traços, na esperança de que os amem ainda mais, mais longamente — e, em geral, conseguem o efeito contrário: ou bem se equivocam em sua análise e destacam alguma coisa que o outro não apreciava, ou bem acertam mas destacam tanto aquela coisa que a tornam caricatural. Nunca me ocorrera esta bobagem: mantê-la.

Às vezes escutávamos música. Sentávamos um ao lado do outro, roçando-nos mas sem tocar-nos, no sofá de curvim verdoso. Valeria trazia a música: canções que eu desconhecia, locais, recentes, levemente barulhentas — que, dizia ela, não se ouviam nas rádios —, com vozes destemperadas falando em tédio, em falta de metas, em algum crime, em amores sem importância. Eram seu jeito de me contar o lado dela, sem falar; eu nem sempre a entendia — às vezes não entendia as palavras, às vezes as ideias —, mas me deixava embalar pela sensação inesperada de que estávamos fazendo alguma coisa juntos, de que quase — num sentido obscuro — estávamos juntos, e alguém gritava *ellos no saben lo que tengo en la panza/ cuando la agarro me la calzo y me mando;/ ni medio gramo ni una teta una danza/ son tan calientes como salir de caño./ Sí, de caño,/ síiiii, de daño...* Então, às vezes, Valeria me olhava com uma expressão estranha, como se desculpando — ou lamentando alguma coisa. Naquela tarde pensei que ela lamentasse o fato de sermos de culturas tão diferentes, e no começo pensei que não eram tão diferentes, e depois pensei grande coisa.

— Gostou?

— Você pôs para que eu gostasse?

— Ai, Carlos.

Mas seu golpe de mestre foi pretender que sentia ciúme de mim — tão bem que eu acreditei. Era uma jogada de risco: o ciúme incomoda qualquer um — principalmente alguém como eu, que já manifestara a ela meu pretenso horror a qualquer vínculo firme — na mesma medida em que envaidece.

Na primeira vez ela me perguntou se era verdade que eu ainda via aquela mulher que conhecera ao voltar do Sul, como alguém lhe dissera. Respondi que por que caralho ela achava que aquilo era da conta dela — falei: "da sua conta" —, e não tornei a lhe dirigir a palavra durante o resto da noite. Mas na vez seguinte mencionei a tal mulher duas ou três vezes, quase por acaso. Ela deixou passar. Eu entrara como um cavalo; a cena — com suas variantes — se repetiu mais de uma vez. Suponho que me sentisse envaidecido, até que entendi: como era possível que eu tivesse realmente acreditado — acreditado de verdade — que Valeria sentia ciúme de mim, um velho decadente resmungão insuportável. Ela sentia ciúme, se fosse o acaso, da possibilidade de domínio sobre mim: manifestar ciúme talvez lhe parecesse uma arma de sedução — que podia chegar a ter um toque de realidade quando algum detalhe lhe sugeria que alguma coisa em mim estava fora de seu controle. Valeria sentia ciúme de tudo o que pudesse amenizar o poder que desejava estabelecer — não sei por quê, pelo mero prazer de estabelecer poder — sobre mim.

Embora ela às vezes quisesse saber por que eu continuava a vê-la. Ou melhor, encontrar razões precisas, apresentáveis, para explicar-me as razões pelas quais eu continuava a vê-la. Valeria era uma menina quando tudo aquilo aconteceu; às vezes ela queria saber se a razão não seria essa — a atração exercida por alguém perfeitamente limpo, completamente alheio àquele momento —, e me dizia que não, que esse não devia ser um dado suficiente. Valeria era magra, apesar de seus joelhos. Valeria me ouvia dizer coisas que eu não sabia que queria dizer. Valeria não estava ansiosa para que eu a comesse: na verdade, eu nunca a comera. No começo eu não tentava: pedia-lhe, sem palavras, que me chupasse. Depois, quando quis comê-la, ela se negou. Sem violências, somente esquivando o corpo. O fato me tranquilizava, isentava-me de responsabilidade. Eu acreditava ter sido um bom amante, mas sabia que era, sobretudo, um produto da moral sexual culposa dos anos sessenta: quando comecei a escutar histórias de sexo, piadas de sexo, palavras de sexo na escola primária, trepar era coisa de homem, trepar era dominar as mulheres, trepar era um serviço que se pagava com dinheiro. Com efeito, debutei com uma puta — e continuei assim até os dezessete, dezoito anos. Depois, quando comecei a me instruir, quando o espírito da época me atropelou, supus que deveria agir com grande delicadeza para evitar toda semelhança com aquele modelo condenável. Por isso me transformei num fodedor generoso. Ou pelo menos foi no que sempre acreditei: o hábito de trepar pensando no prazer da mulher mais do que no meu, a ideia dos anos sessenta de que a mulher merece atenção — mistura de *women's lib* com cortesia medieval: as damas primeiro, segundo Masters e Johnsons. Até que me dei conta de que fazia aquilo porque era uma das poucas coisas que oferecia para que elas me amassem: trepo com você de forma atenta, amável, me ame. Ou porque sentia orgulho: olhe só como eu sou quando trepo com você. Ou porque nunca aprendi a gozar de fato, porque na verdade meu prazer com o coito nunca me deu prazer, e então, assim, pelo menos aquilo servia para alguma coisa.

* * *

— Você disse que ia me dizer por que usa essa argola.

— Não vá dizer que ainda não percebeu.

No começo o que me atraía era o desafio da garota, gostei que ela viesse. Era fácil pensar que tinha a ver com o poder: exercer o poder da experiência, da história sobre uma pessoa que supostamente não os tem. Era fácil pensar que tinha a ver com não ser questionado. Era fácil pensar que tinha a ver com a recusa da passagem do tempo, a busca do viço ou da juventude estilo Báthory. Era fácil pensar: pensar sempre foi fácil. Era fácil pensar que era mais fácil manipular uma garota, mas eu achava o oposto: as mulheres mais velhas têm medo de ser abandonadas, se apavoram com a solidão e cedem demais; viveram a vida, sabem que é preciso negociar. O poder, agora, está na juventude: é preciso ser jovem — ou, na falta disso, ser como os jovens. Ser mais velho não dá poder: é uma desvantagem. Valeria sabia disso e tentava me convencer o tempo todo de que não tinha nada a perder — e, portanto —, nada a negociar. Era realmente um desafio — no qual eu não arriscava nada que fosse importante para mim. Pelo menos era o que eu supunha. Ou seja, não era um desafio. Ou talvez fosse.

Continuava a vê-la, embora o fato de vê-la todas as quintas-feiras me submetesse à constatação permanente de que meu tempo já passara.

Estava tarde. Ela chegou agitada, sorridente, sentou-se no sofá, tirou os sapatos pretos grossos e começou a me dizer que haviam lhe oferecido uma promoção e um aumento, mas que isso significaria ter de passar muito mais tempo num trabalho que a interessava mas que ela não queria que fosse a única coisa de sua vida e que por isso não sabia o que fazer porque, por outro lado, se não aceitasse ia ficar parecendo que fora por orgulho.

— Vou ficar parecendo uma orgulhosa mal-agradecida, e ainda por cima é verdade que eu queria aquela colocação, só que não estou totalmente segura e então precisaria...

Pedi a ela do jeito que pude que por favor não falasse mais comigo daquele jeito. Valeria me olhou, se assustou, respirou fundo.

Nunca trepei com Vale. De vez em quando tentava, para que ela não se sentisse ofendida, sem o menor interesse. Mas continuava me perguntando o que ela queria de mim, e me deixava levar. Ela, por seu lado, me chupava com muita eficácia: com pouco lirismo, talvez, mas com eficácia: conseguia de mim mais do que eu mesmo conseguia.

— Um dia desses você vai me agradecer.

— E aí você vai me dizer vá para a puta que o pariu.

— Claro, o que você está pensando?

— Aí sim é que vou lhe agradecer.

— Você é um idiota.

Ela não devia saber: que me chupasse o pau em troca de nada — sem esperar que eu lhe fizesse nada em troca — era o maior gesto de amor — de entrega? — que eu poderia receber.

14.

Ele me tomava tempo demais. Pensava nele: sem querer, sem pretender, de repente me pegava pensando nele e pensava, por exemplo, como teria sido aquele momento em que um jovem que já completara vinte anos em novembro de 1960 — um jovem argentino do interior, filho de uma professora que acreditava em Cristo e em Sarmiento e detestava Eva Perón, sem dúvida, e de um empregado dos Correios corroído pela lembrança do dia em que decidira aceitar seu posto e ficar no povoado e casar-se com a tal vizinha —, que já tentara alguma coisa que não dera certo embora eu não conseguisse imaginar o que fosse — mas quem sabe algum dia chegasse a perguntar-lhe o que fora —, chegou à conclusão de que o melhor que podia fazer era se enclausurar por seis ou sete anos naquele edifício sombrio, de paredes grossas e janelas pequeninas, que dominava com seu mistério a saída sul do povoado, e, renunciando a tudo o que já fizera ou até mesmo tinha sido até aquele momento, preparar-se para viver uma vida tão completamente diferente da de todos os seus amigos, vizinhos, conhecidos.

Tentava pensar, imaginar: uma dessas sestas intermináveis de verão, em que o calor não é o pior, o mais insuportável? Uma noite, já tarde, depois de ouvir o pai dizer que tinha uma semana para começar a trabalhar para valer ou ir embora de casa? Um momento indefinido, sem signos, em que todo signo possível — hora, lugar, contexto, tivesse ficado obliterado pela força da decisão contundente e repentina? Um raio entre os olhos com a força de uma convicção que ele não podia contrariar, que lhe dizia esta é a sua vida Augusto não finja que não sabe porque a partir deste momento essa é a única coisa que você sabe, Augusto, sorte sua — falando-lhe, como sua mãe a professora, com intimidade? Ou, ao contrário, um processo tão lento, tão gradual, que era impossível fixá-lo num momento determinado: transcorrido na sucessão interminável de momentos em que fora aceitando que não havia outro lugar, outro caminho senão aquele? Manhãs de catequese deslumbrado pelo mistério resplandecente das palavras que se desvendavam com uma luz estranha, entardecer no confessionário emocionado com o alívio hercúleo que lhe proporcionava a absolvição do padre ao ouvir um pecado que acreditara irredimível, outra tarde de impulso e formigamento quando um missionário visitante lhes falou da necessidade de evangelizar aqueles negrinhos tristemente pagãos da África profunda, noites de sensação confusa definida como nojo e compaixão diante do luxo estrondoso e fútil das moças do povoado suas primas suas vizinhas no baile anual dos Bombeiros Voluntários?

Eram coisas que eu me perguntava com gravidade e que, em algum momento de descuido, cheguei a achar que deveria saber: como um homem decide viver uma vida que não se parece em nada com a vida dos homens? Como, por que aquele bom rapaz interiorano escolhe um caminho que não apenas irá isolá-lo durante os anos mais extremos de sua juventude na penumbra das paredes grossas janelinhas mas que, ainda por cima, lhe garantirá que, se não atraiçoar, nunca tocará a pele de uma mulher, nunca verá certo sorriso num rosto alheio próximo, nunca erguerá nos braços três quilos de carne da sua carne, nunca se sentará para escutar as notícias do rádio ao lado dos seus? Como, com que forças, com que convicções, ele toma a decisão de viver uma vida para a qual nada o preparou, uma vida tão radicalmente diferente de tudo o que sempre lhe disseram que deveria ser uma vida? Como faz para tomar essa decisão, como faz para suportá-la, como faz para dizer para si mesmo, uma vez convencido, que sua escolha não é o maior dos pecados da soberba?

Uma ou duas vezes me senti um idiota; um dia, finalmente, disse para mim mesmo que talvez tivesse sido como os amores verdadeiros, aqueles encantamentos que nada justifica e que, por sua própria ausência de motivos, parecem muito mais autênticos. Naquele mesmo dia, um pouco mais tarde, pensei que era fácil postular que a razão que justificava o que ele fazia era a falta de razões. E que, em última instância, para mim aquilo não tinha a menor importância.

Mesmo assim, apesar de tudo, eu continuava pensando, imaginando, e não conseguia acreditar que um bom rapaz interiorano enclausurado nas sombras das paredes janelinhas não tivesse, de vez em quando, crises terríveis. Ele receberia, por exemplo, notícias que o levariam a duvidar do caminho escolhido: o casamento de um primo mais ou menos querido, um terremoto no Chile com milhares de mortos bem cristãos, a derrota argentina no mundial da Suécia, certas doenças. Mas também surpresas em alguma de suas saídas mensais para visitar a família — o olhar decididamente turvo de uma mulher na praça do vilarejo e a resposta inesperada de seu corpo, o apelo velado da mãe, a inveja diante da nova vida de um amigo — ou no funcionamento cotidiano da instituição que o acolhia e retinha com sereno poder — a estultícia de um padre professor de Sagradas Escrituras incapaz de explicar satisfatoriamente um texto simples, a injustiça visível de uma sanção disciplinar que deveria ter recaído sobre ele mas que fora dada a outro e sua incapacidade de dar o devido passo adiante, a comida horrível.

Certeza — eu tinha certeza — de que o bom rapaz teria crises mais ou menos periódicas que o levariam, inclusive, de vez em quando, a perguntar-se se não teria tomado o caminho errado, se não considerara vocação definitiva o que não passava de presunção de jovenzinho, se não deveria juntar coragem e honestidade antes que fosse tarde demais para ir dizer ao padre diretor que, sem prejuízo de sua condição de católico fervoroso, não estava em condições de viver aquela vida reservada aos mais afortunados. E pensava essas coisas — pensava, não conseguia deixar de pensar — com uma estranha forma de simpatia: a compreensão que se pode descobrir — de repente, descobrir — em relação àquele ou àquilo que se imaginava basicamente incompreensível. De repente, por alguns instantes, a vida e os problemas do bom rapaz seminarista interiorano se tornavam para mim estranhamente próximos, possíveis, e essa proximidade era para mim aterradora.

Aquele estranho interesse, pensava, aquela curiosidade, aqueles esforços para saber de alguém que era, por tantas razões, algo assim como meu oposto absoluto.

Então, por algum motivo, não consegui imaginar — não quis imaginar — que ele chegara ao fim de sua preparação no seminário sem ver-se livre de suas dúvidas, e quis imaginar o momento em que o mundo viera abaixo, como de um raio. Ele haveria clamado — clamado em silêncio, num murmúrio, como clamam essas pessoas — por um momento assim, porque a lógica da crença jovem interiorana necessita desses momentos: um momento precioso perfeito milagroso em que se desfaça toda a dúvida. E quem clama por um momento assim, imaginei, não faz mais que ir desenhando esse momento, até que, de tanto esperá-lo, consegue recebê-lo sem suspeitar de que sua espera foi decisiva na chegada. Perguntava-me, em resumo, como teria sido o momento em que Augusto Fiorello, seminarista já veterano, cheio de dúvidas, obstinado, bom rapaz interiorano, recebera a confirmação irrefutável da presença do Senhor — que para ele significaria, na mesma tacada, a confirmação de seu acerto ao escolhê-lo.

Tive muitas imagens — é idiota: criei muitas imagens, muitas pequenas histórias que relatavam esse episódio tão alheio. Algumas eram de uma banalidade temível; outras conformavam situações grosseiramente extraordinárias. E finalmente concluí que a que mais se assemelhava a uma verdade possível era aquela que o mostrava ensaboando-se debaixo do chuveiro — partilhado com outros quatro ou cinco. Estaria saindo de uma forte crise: uma semana em que inclusive teria falado com seu confessor, causando preocupação. E de repente, em meio ao chuveiro semanal, quase furtivo, teria pensado que os corpos nus de seus companheiros — os braços, pernas, torsos, picas, dedos, narizes de seus companheiros — eram tão ridiculamente patéticos que só poderiam ser a mensagem de Alguém que lhes dizia que eles, por mais que se jactassem, eram seres realmente inferiores, muito malfeitos. E teria fechado os olhos com certa fúria ressentida para não continuar olhando para aquela mensagem e então teria ouvido as brincadeiras bobas de dois de seus companheiros que se riam de um terceiro e teria compreendido que Alguém continuava a falar com ele, continuava comunicando-lhe sua mensagem — são quase nada, vocês são menos que nada —, e teria tapado os ouvidos com as mãos e então, só então, teria sentido os odores misturados do suor e da sujeira de seu corpo e dos de seus companheiros e daquele sabonete barato e dos sais da água e teria franzido as narinas para interromper o olfato, para deixar de receber aquela mensagem — não podem ser mais pobres, não podem ser mais imperfeitos — e então, só então, teria sentido que a água que escorria por seu corpo estava fria e seu corpo, muito frio e o chocalhar de seus dentes dizendo-lhe você não podia ser mais pobre, mais desprezível, mais insignificante, e então, só então, então sim, a Voz que estivera falando com ele: Não é você, bom interiorano, minha criatura, que decide. Eu sou o que sou, e você deve servir-me. Não se preocupe: Eu sou o que decide.

Eu teria gostado de pensar que nesse momento, como mandam os cânones, o jovem seminarista desmaiara no chuveiro. Mas não acreditava nisso; acreditava, sim, estava convencido disso, que suas dúvidas haviam chegado ao fim. Embora me surpreendesse pensando de vez em quando — lamentando — não ter como confirmar aquilo. E então me dizia, evidentemente, por que, caralho, me preocupar com aquilo. Por nenhuma razão, evidentemente. Mas a cena do chuveiro se repetia em minha cabeça — bem como minha dúvida sobre o fim das dúvidas dele, e seu corpo penoso, e a voz de seu amo.

Isso, é claro, eu nunca poderia perguntar-lhe.

15.

— Enquanto algum político sem votos não tenha a ideia de fechar o Exército.

O coronel Mariano Díaz Latucci me dizia, como se tivesse acabado de pensar no assunto, como se a ideia o divertisse, e que não sabia como aquilo não lhes ocorrera antes.

— Teriam razão: a verdade é que não servimos para nada. Contra quem vamos à guerra? Contra os ingleses, de novo, para acabar ainda pior? Se as armas que tínhamos em 1982 eram joias comparadas às que nos restam, e se naquela época nos puseram para correr a pontapés, imagine agora. Nem contra os chilenos, nem contra os brasileiros: não teríamos a menor chance. E além disso não faz sentido entrar em guerra com eles. Então, para que diabos servimos? Para garantir que não haja uma recaída subversiva? De quem, do quê? Ainda por cima custamos caro. Não tanto quanto antes, mas continuamos custando alguns milhões. Você sabe quantas coisas daria para fazer com esse dinheiro? Não, não sabe, nem está interessado em saber, mas eu sei, nós sabemos. Podemos ser quadrados mas não a ponto de comer vidro, nós sabemos: são cerca de três bilhões e meio de pesos, o mesmo que gastamos em saúde. Na verdade, não sei por que nenhum desses políticos teve a ideia. De cagões que são, só por isso.

Pensei que, se Juanjo, uma hora dessas, aparecesse nos jornais com a ideia, já saberia as alianças que faria. Mas não entendi por que o coronel Díaz Latucci estava me dizendo aquelas coisas. Sem dúvida para quebrar o gelo.

— É, de cagões que são.

Vestido assim, de camiseta civil, o coronel Díaz Latucci não parecia um oficial do Exército argentino; mais bem um cinquentão com um par de empreendimentos bem encaminhados, o Rolex agora falso por medo dos assaltos, a pança controlada na academia e uma esposa oxigenada de peitos recém-fabricados — presente do marido pelas bodas de prata. O coronel tirara uma garrafa de *single malt* de um aparador em estilo rústico, madeira clara patinada; a maioria dos móveis da sala da sua casa no country era patinada: viu só, minha mulher se diverte em ficar redecorando e eu prefiro dar a ela esse prazer. A casa do coronel estava cercada por um tapete de grama e por ciprestes novos; por trás dos ciprestes avistavam-se outras casas tão grandes refulgentes recém-construídas quanto a dele, no melhor estilo *California for dummies*.

— Não vá me interpretar mal.

Disse isso com um sorriso estudadamente franco, tão encantador: que não o interpretasse mal, que não pensasse que ele vivia do Exército.

— Não, o Exército é um trabalho *part-time*. O que me permite viver assim é a empresa de segurança, isso sim está indo bem ultimamente. Não, a nova Argentina oferece muitas possibilidades, só é preciso determinação para aproveitá-las.

Não sabia que gesto fazer para lhe mostrar o que poderia fazer com sua nova Argentina; também sabia que não devia fazer nenhum. O coronel me piscou um olho e disse que de todo jeito não estava pensando em abandonar as armas — disse "as armas" e deu a impressão de ter se arrependido. O coronel falava com aquele tom leve que nossos ricos pensam que é educado: deslizando sobre as palavras como se elas não fossem agudas, como se fossem um tobogã que de toda maneira não vai a lugar nenhum.

— Não, fico no Exército porque o Exército soma. Dá status, bons contatos, soma. Mas além disso ele lhe dá oportunidade de servir. Você já deve ter ouvido essa frase, vocação de serviço. Para nós não é apenas uma frase. É preciso estar lá dentro para saber o que é essa sensação de fazer alguma coisa pela pátria.

O coronel Mariano Díaz Latucci se ergueu, me ofereceu um Marlboro e eu recusei, outro uísque e eu aceitei; me incomodou a sensação de estar entrando no jogo dele. Dois senhores maduros bebendo seus *sundowners* diante do pampa ao entardecer, cheiro de campo ocioso, dois autênticos homens argentinos. De repente nada me pareceu mais importante do que verificar se o coronel usava cinto de couro cru.

— Pode falar. O amigo Juanjo me pediu muito especialmente que conversasse com você, e quando Juanjo quer alguma coisa é bem difícil dizer a ele que não, você deve saber disso.

O coronel também me tratava com intimidade: me incluía em seu mundo de uísques *on the rocks*, novidades rurais e sorrisos francos cordiais varonis. Estive a ponto de me levantar e ir embora; não porque ele fosse militar, quem sabe das forças da repressão: porque não queria fazer parte de seu clube de senhores.

— Pelo que entendi, você e Juanjo se conhecem há muito tempo...

Foi o que disse o coronel e deixou a frase em aberto, como para que eu a completasse.

— Sim, há muito tempo, sim. Desde que éramos bem jovens.

— Da faculdade?

— Não, fizemos cursos diferentes.

O coronel esteve a ponto de me fazer outras perguntas, mas se conteve: deve ter feito contas, verificado suas informações, e lembrado que para ser um militar democrático era preciso ser, antes de mais nada, muito prudente com as histórias pessoais. De toda maneira, alguma coisa se estampou em seu rosto bronzeado, no bigode recortado, no sorriso: compreendera. Havíamos deixado de ser os dois homens argentinos e éramos, de repente, dois antigos inimigos que perdoam mutuamente os respectivos passados em nome da sensatez e do bem-estar comum — mas que não se esquecem. Devia estar imaginando que se tivéssemos nos encontrado trinta anos antes tudo se reduziria a ver quem atirava primeiro; foi o que eu, pelo menos, pensei — e fiquei grato por isso não ter acontecido: certamente ele é que teria ganhado.

— Bom, então me diga, em que posso ajudá-lo?

Eu disse a ele que entendia que o assunto era delicado, mas que, por uma série de razões pessoais que preferia não explicar, precisava de alguma informação sobre o padre Augusto Fiorello, capelão militar.

— Ou algo assim. Acho que ele era capelão militar, mas não tenho certeza. O que ele fazia, você está lembrado?

O coronel ficou calado por alguns segundos, olhou pela janela, respirou ar country. Não parecia estar fazendo um esforço de memória.

— Por que não falamos claro?

— Como queira.

Disse isso a ele e baixei os olhos: o coronel, visivelmente, assumira o comando das operações.

— Antes de mais nada, quero esclarecer que posso entender que você tenha suas razões pessoais... Não, não me diga nada, não sei que razões são essas, não quero que você me conte, sério, não estou interessado e prefiro não julgar as que cada um tem para andar remexendo. Alguns agem guiados pelo coração, outros, para conseguir alguma vantagem, não é da minha conta. Mas também quero deixar claro que não estou de acordo com essa história de ficar remexendo toda essa porcaria do passado. Por mim esses assuntos deveriam ser deixados para trás de uma vez por todas. Na época eu era um tenente recém-saído do Colégio Militar; não interessa o que fiz ou deixei de fazer, isso é problema meu. O que eu quero que você saiba é que para mim tudo isso é história antiga. Agora não existe mais subversão, por sorte já não temos esse tipo de problema: são coisas do passado. O que interessa agora é defender o país de outra forma, defender a democracia, fazer nosso trabalho; quer dizer, que cada um faça o seu trabalho. Nós, por exemplo, temos de mostrar que servimos para alguma coisa. Assim, eu preferiria nem falar daquela época, mas, como lhe disse, Juanjo me pediu que ajudasse você e vou ajudá-lo. Mas para isso você também tem de me ajudar: me diga exatamente o que quer saber.

Pensei em dizer olhe o que eu quero saber é o que fizeram com minha mulher, quem foi que a matou, se é que a mataram, o que aconteceu com a criança, me fiz de idiota por muitos anos mas agora não aguento mais, preciso saber. Pensei em dizer isso depois achei que não fazia sentido, mas tampouco fazia sentido eu estar naquela sala patinada, *California for argies*, conversando com um soldado de bom senso.

— Nada, eu precisaria saber quem era e o que fez o padre Fiorello. Me disseram que ele esteve num centro de detenção chamado Aconcagua. O senhor tem alguma informação sobre o assunto?

Era bem menos que um projeto; era uma ideia. Uma coisa que eu precisava pensar de vez em quando para conseguir ir em frente, uma espécie de obrigação moral que me impusera para acreditar que tudo aquilo — Estela, nosso filho, caso existisse, aqueles anos — não acabara. Digo: a maioria das coisas que fazemos chega ao fim quando chega ao fim. Mesmo que elas sejam prazerosas, mesmo que sejam satisfatórias — sobretudo se são prazerosas e satisfatórias? —: o fato de que algo seja exatamente como teríamos querido não o torna menos transitório; provavelmente mais. Mas a ideia da vingança serve para afirmar que há coisas que não se esgotam em si mesmas: que algo que se passou há tantos anos — algo que passou — continua exigindo de mim determinada resposta, decisões, uma ação: continua sendo eficiente.

Eu estava a par — sempre estive — dessa obviedade: que nada que eu fizesse os traria de volta. Estava a par: apesar de continuar pensando na vingança — mesmo que os vingasse —, não obteria nada de real em troca; apenas aquela sensação de prolongar suas presenças no tempo. Para não pensar que os deixara totalmente para trás tinha de continuar pensando na vingança: supondo que alguma vez a realizaria. Realizá-la — concretizá-la — seria um desperdício: realizar uma ação que não mudaria nada simplesmente porque, se depois de passar tantos anos pensando no assunto eu não a realizasse, minha inação demonstraria que, ao longo de todos aqueles anos, eu me refugiara na mentira. Realizá-la, então, só serviria para me mostrar a verdade retrospectiva daquela ideia — e para mais nada. Eu não esperava retirar nenhuma satisfação pessoal, nenhuma repercussão coletiva daquela ação: seria, quando eu a realizasse, uma pura perda. E por isso aquele momento tardara — ou, melhor dizendo: por isso eu não dera nenhum passo no sentido de concretizá-la. Bastava-me manter a ideia viva. Eu sempre pensara que teria de fazer aquilo antes de morrer — mas não que poderia morrer de repente sem ter feito nada. Ou talvez sim, com um laivo de alívio: talvez tivesse imaginado que uma morte inesperada viria livrar-me daquela obrigação. Mas agora estava à espera dela.

— O senhor tem alguma informação sobre o assunto?

Só quando percebi seu esboço de sorriso é que me dei conta de que o chamara de senhor. O coronel aceitou a mudança: devia ser mesmo democrático.

— Desculpe, Carlos, mas para isso tenho de lhe perguntar por que deseja saber. Não quero me meter na sua vida nem remexer em feridas, que isso fique claro. Mas compreenda que se trata de uma informação delicada e que só vou fornecê-la porque o ministro é um bom amigo meu.

— É muito fácil, coronel. Não se trata sequer de uma questão política: minha mulher desapareceu naquele centro.

— E isso não é político? Isso é a coisa mais política que existe na Argentina. Mas tudo bem, é uma razão perfeitamente válida.

Disse e ficou em silêncio, como quem se recupera. Estive a ponto de lhe agradecer por validar minha razão, mas achei que não fazia sentido; na realidade, me parecia que nada naquela conversa fazia sentido — exceto a informação que o coronel estava a ponto de me dar, ou nem isso.

— Conheci o padre Fiorello naquela época. Era um dos sujeitos mais íntegros com que cruzei em todo o Exército, e olhe que o Exército, apesar do que muita gente pensa, é uma instituição cheia de sujeitos corretos: se o que você quer é afanar, há lugares muito melhores. Conheci, sim, o padre Fiorello: era um convicto, um verdadeiro convicto.

O coronel se lançou numa longa explicação sobre as diferenças entre um convicto e um fanático que incluiu citações de dois ou três moralistas cristãos, de Samuel Huntington e de Martín Fierro. Eu procurava disfarçar minha impaciência.

— É, já sei, para o senhor é tudo a mesma coisa. Só que não é a mesma coisa, não caia nessa. Como eu falei, o padre Fiorello era um verdadeiro convicto da santidade de tudo o que estávamos fazendo, e nos ajudava muito que houvesse gente assim. Pelo que sei, teve um desempenho impecável. Mas na verdade não posso lhe garantir nada: minha praça era em outra província, nunca coincidi com ele em lugar nenhum.

— E então?

Minha pergunta foi rápida demais, um pouco desajeitada: mal acabara de fazê-la e já me dava conta de que ela decorria da excitação provocada em mim por sua resposta: "era um verdadeiro convicto da santidade de tudo o que estávamos fazendo, e nos ajudava muito que houvesse gente assim".

— E então o quê?

— E então, que informação pode me dar sobre o padre Fiorello?

— Olhe, foi como eu lhe disse, só o vi umas duas vezes, nunca fomos designados para o mesmo lugar. Aceitaria outro uísque?

O coronel se levantou para ir até o barzinho patinado. Tinha uma cicatriz estranha, grande, escura, na parte anterior do antebraço. E de fato cinto de couro cru.

— Seu nome é Díaz Latucci, não? É isso, Díaz Latucci: claro que o senhor não tem por que me dizer nada. Ninguém o obriga: o Estado não o obriga, sua consciência pelo visto não o obriga, é evidente que não tenho como obrigá-lo. Nem mesmo Juanjo vai obrigá-lo a coisa nenhuma, claro. Se para o senhor é mais cômodo ou mais útil ou mais cristão ficar em silêncio, o senhor é que sabe.

Disse isso e comecei a me erguer da cadeira. O coronel me agarrou pelo braço com um pouco mais de força do que seria necessário.

— Espere, não fique assim. Está vendo por que eu estava lhe dizendo que era melhor deixar esse assunto todo no passado? São coisas que não permitem que a gente se entenda, e nós argentinos precisamos nos entender mais do que tudo no mundo.

O coronel falava com uma calma e uma altivez e um desprendimento que me deixavam cada vez mais irritado.

— É sempre assim, começamos a falar dessas coisas e tudo se complica. Eu não falei que não queria lhe dizer nada, disse apenas que não sabia quase nada. Mas uma coisa eu posso lhe dizer: é a quem deveria procurar — alguém que realmente saiba. Você precisa procurar o sargento Paredes. Não se preocupe, amanhã mesmo passo os dados dele ao ministro.

16.

Imaginava como estaria nervoso no dia de sua primeira missa no quartel, o cabelo escovinha, o uniforme confuso de soldado sacerdote, as palavras escolhidas para tocar o coração dos homens que terá imaginado duros, insensibilizados por aquele ofício. Depois me perguntei se ele teria cometido esse erro: se teria imaginado que aqueles homens — os soldados, os suboficiais, até mesmo os oficiais a quem tinha de cativar com seu ritual — seriam, por suas histórias de vida nos quartéis, de manuseio de armas, de pancadas e violência, especialmente resistentes à sua prédica. Eu teria acreditado que não: ao contrário, que conviver todos os dias com a morte, fazendo coisas que só a obediência cega podia justificar, haveria de predispô-los a buscar com mais empenho o refúgio da mãe Igreja, que lhes explicaria que a morte não é grave e obedecer é o mais importante. Mas certamente um padrezinho soldado não iria pensar sua missão nesses termos e não teria tido outro remédio senão, pensei, imaginar-se pastor de uma manada difícil e um tanto feroz — apesar de leal — que exigiria toda a sua habilidade, todos os seus encantos. Teria se perfumado para o primeiro sermão? Teria usado uma colônia varonil mas discreta, marcial mas limpa, que o ajudasse a sentir-se mais composto? Ou teria achado impróprio para um padre, impróprio para um soldado, adequado para um padre mas impróprio para um soldado, impróprio para um padre apesar de adequado para um soldado, duplamente impróprio um padre soldado adornar seu corpo com aquelas besteiras? Difícil saber — não apenas desnecessário: muito difícil. Mas com certeza preparara detalhadamente o sermão — que teria partido de uma passagem guerreira, talvez Davi, embora a carga de subversão do pequeno derrotando o grande provavelmente não fosse o mais adequado — e as inflexões gestos trejeitos com que tentaria cativar seu auditório verde-oliva. E, por alguma razão, eu não conseguia deixar de imaginar aquele sermão de pátio de quartel, ao ar livre, sob um sol escaldante, entre suores. E depois os comentários, as felicitações, a repugnante satisfação do padre já aliviado daquela primeira tensão, sentindo-se no início de um caminho longo e fecundo, beijando o crucifixo que teria recebido de presente de sua mãe ou de seu confessor com aquela paixão babosa dos que beijam corpos equivocados, mortos.

E pensava em como ele deveria sentir-se bem naquele mundo de regras, ordens, tradições antigas: um mundo onde o desejável, o melhor era repetir cuidadosamente o que uma longa sucessão de semelhantes fizera durante anos e anos; que devia ser maravilhoso sentir-se herdeiro e continuador daquela história, um elo na corrente de bronze que ancora o mundo em seu devido lugar. E imaginei até sua surpresa quando, depois das primeiras conversas com os novos paroquianos, descobrisse — abandonando seu primeiro erro — que aqueles homens rudes e aguerridos davam às suas palavras — as suas, dele mesmo, de um padrezinho quase imberbe e recém-saído do seminário de Tandil — um peso e uma importância que talvez não tivessem recebido num povoado qualquer e, antes de analisar as causas do fenômeno, ele diria para si mesmo que aquela confiança — aquela credulidade —, mais que beneficiá-lo, obrigava-o a ser mais cuidadoso, mais responsável e que, preocupado, teria dito os desígnios do Senhor são inescrutáveis ou alguma coisa assim, pensei, antes de começar a rir e me surpreender e me perguntar que porra estava fazendo ao tentar adivinhar as reações de um padreco que nem mesmo falava seu idioma, que não conhecia as frases feitas que o constituem.

Ri. Sim, ri — mas mais tarde, muitas outras vezes, me surpreenderia em ficções semelhantes.

17.

Às vezes, alguma vez, você cantava uma daquelas canções que sempre cantávamos como se de repente a letra a surpreendesse: como se aquelas palavras revelassem uma coisa terrível. Acho que nunca amei você tanto quanto nos momentos em que precisava protegê-la das canções que sempre cantávamos.

— Você me proteger, Galego? Que invenção é essa?

Eu a vira em seguida: nos primeiros dias, assim que ela se aproximou da organização, me interessei por aquela magra um pouco desajeitada, de cabelos revoltos, as cores da roupa muito mal combinadas, como se ela não quisesse dar a impressão de que era proposital. Ou pelo menos imaginei que fossem seus primeiros dias: que não podia ter estado ali sem que eu a tivesse notado. Mas quando comentei o assunto com Cabeção e Pancho, eles me disseram que achavam que ela já estava conosco havia meses e que óbvio que eu podia não ter percebido, afinal éramos muitos e ela nem tinha nada de tão especial. Vocês estão me gozando? Cabeção e Pancho me olharam com ironia ou com desprezo: você costumava ser um cara de bom gosto, chefe, dá para perceber que anda fazendo coisas demais.

Estela — eu não sabia que ela se chamava Estela — tinha três anos menos que eu, mas a questão era outra: eu era o responsável pela organização, um militante reconhecido, respeitado; ela, uma recém-chegada, uma novata. Eu estava acostumado — é verdade, estava acostumado — a conseguir o que queria; ela, talvez, não soubesse disso. Em todo caso, na primeira vez em que falei com ela — olhando de cima, como sempre, como se estivesse fazendo o grande favor de me dirigir a ela —, me olhou como se não compreendesse.

— Não, acho que não estou em condições.

— Companheira, se eu estou dizendo que você pode é porque pode. É uma tarefa para companheiros com mais tempo de militância, com mais experiência, mas acho que você pode dar conta.

— Não, acho que não, alguns companheiros merecem mais do que eu.

— Você está pondo em dúvida a capacidade de avaliação de seu responsável?

Falei isso, e em seguida me dei conta de que o suposto tom de humor de minha repreensão podia ter ficado imperceptível. Estela olhou para mim com uma sombra de temor, sacudiu os cabelos desarrumados, recuperou-se:

— Sim, sobre um assunto que conheço bem melhor que ele.

Disse, quase me pedindo desculpas.

— Esse é um erro que deveríamos corrigir.

Falei isso com uma galanteria de outro filme. Estela ficou com o rosto vermelho. Mais tarde, nos anos seguintes, aquele sinal precursor de sua fúria seria para mim temível e conhecido; daquela vez foi uma revelação que não me revelou nada.

— Viu como eu tinha razão e como você é um fajuto...

Nunca mais ouvi esta palavra: fajuto. Passei tantos anos, tantas conversas, esperando que alguém a dirigisse a outra pessoa.

Sempre que eu lhe perguntava, depois — e perguntei-lhe infinitas vezes —, nunca consegui que ela me dissesse se havia falado a sério — se pensava aquilo — ou se estava me provocando, dando início ao jogo da sedução a partir de uma posição dominadora: às vezes ela dizia uma coisa, às vezes outra, às vezes ria. De toda maneira, precisei de vários encontros supostamente casuais para explicar-lhe que de fato ela estava certa, eu não tivera uma conduta adequada para um militante revolucionário, que talvez não tivesse sido totalmente honesto, que o fato me envergonhava mas que ela é que havia provocado aquela reação surpreendente, desconhecida para mim, que por favor me entendesse, que eu me deixara levar pelo entusiasmo que ela despertava em mim: que me desse uma chance. Ela se deixou desejar, e Cabeção e Pancho e os outros riram muito de mim naquele tempo, mas estavam convencidos — e talvez eu também estivesse — de que a história terminaria assim que começasse: assim que eu dobrasse a novata que resistia às minhas investidas.

— Era isso que eles achavam? Você nunca me contou.
— Para que, magrinha? Tudo bobagem.

* * *

Naquela tarde, quando perdi o tempo, a cidade estava com um cheiro inesquecível. Estávamos no fim de setembro: havia, é claro, o perfume viscoso das tipuanas, mas também o asfalto molhado, os suores — as infinitas variações de todo tipo de suor —, o churrasquinho ao longe e algum vestígio de medo. Depois, no Sul, houve alguns cheiros que me lembraram aquele, mas nenhum foi exatamente igual. Muitas vezes, quando eu recordava a última vez em que vi Estela, a morte — a morte possível, a suposta morte — de Estela, a lembrança daquele cheiro me atacava como uma outra perda: um cheiro que nunca era o que fora, que nunca chegava a ser o que deveria ser, outra busca inútil. Um dia, muitos anos depois, quando voltei à cidade, topei com aquele cheiro; não era uma coisa parecida, semelhante, próxima: era aquele cheiro. Naqueles minutos, a morte — a suposta morte — de Estela me doeu como nunca nada me doera antes.

— E eu ainda nem lhe falei do tal padre. Um dia desses você vai ter de me contar o que sabe dele.

— Por que você não para de encher com essa história? Verdade, Galego, não entendo você.

— Para você é fácil, Estela. Você não teve de encarar o fracasso. Às vezes você nem sabe quanto eu a invejo.

Não, não se aborreça quando falo do fracasso. É verdade, é terrivelmente verdade. Mas também é verdade que se trata de uma variação do fracasso geral da Argentina. É incrível que o tenhamos conseguido, mas conseguimos: tínhamos o país mais moderno do continente — há dias li alguns números: nos anos vinte tínhamos mais da metade dos trens, dos jornais, do ouro, das estradas do continente — e conseguimos transformá-lo num país igual aos outros. Alguém me contou que existe um jogo de computador que se chama Civilização em que você é um bonequinho cavernícola que precisa tomar uma série de decisões e, se vai tomando as decisões certas, pode crescer e se multiplicar e acabar por construir uma sociedade como a egípcia ou a romana; pensei que poderiam fazer outro jogo chamado Argentina, em que, se o bonequinho patriota de maio toma as decisões equivocadas — mas todas elas, sem se confundir nem uma única vez —, acaba por construir este país. Começamos como uma promessa: milhões de mortos de fome que vinham fugidos de seus lugares de origem, dispostos a qualquer coisa para poder comer duas vezes por dia, demoraram alguns anos para se transformar num bando de racistas de meia-tigela decididos a maltratar todo pobre moreninho. Mas muitos deles continuaram sendo pobres: existem para lembrar ao mundo que os brancos também podem ser pobres. Somos, com a Europa do Leste, o reservatório de pobres brancos da Terra, para desmentir a ideia cada vez mais difundida de que os pobres são os negros, os marrons, os pardos, os amarelos sujos. Fomos a grande promessa — a terrível promessa — e agora somos uma galeria para que turistas passeiem desfrutando do que inventamos sem querer: o tango, o bife, o futebol. O que quisemos mesmo fazer — se é que realmente quisemos fazer algo — nunca deu certo.

Mas no mundo nos aconteceu a mesma coisa. Desde que levaram você, magra, aconteceram tantas mudanças. Acho que houve poucos períodos com tantas mudanças na história. No fim o mundo mudou em tudo, menos naquilo que queríamos. Agora dá para tirar um rim de um cavalheiro e colocá-lo em outro, agora cada pessoa tem um telefone que pode levar a qualquer lugar e dizem que nos computadores que há nas casas existe mais informação do que em qualquer biblioteca, agora toda a roupa que usamos é chinesa ou indiana e a Europa tem uma única moeda e para ganhar dinheiro de verdade é preciso fabricar programas de computador ou especulações financeiras, agora há cem canais na televisão, agora já não há países comunistas. Nada mais é como antes, Estela, mas o que queríamos mudar continua igual, pior: os pobres estão cada vez mais pobres, os ricos, cada vez mais ricos, os poderosos, cada vez mais poderosos. Erramos como cachorros cegos. Erramos como cachorros.

Você sabe o que não tínhamos naquele tempo? Esse medo de que um dia eles se dessem conta, de que nos desmascarassem. Naquele tempo achávamos que nada poderia ser melhor do que o que fazíamos, que não havia trapaça. Acho que é disso que sinto mais falta.

Comparado com tudo isso, nossa derrota não foi nada. Não foi nem mesmo uma grande derrota: foi uma parte minúscula. Só que para nós ela foi imensa, e às vezes tenho vontade de lhe explicar por que perdemos desse jeito, magra, por que foi tão terrível. Você já conhece a parte que nos cabe, são coisas óbvias: esquecemos que antes de mais nada éramos uma organização política e acreditamos que podíamos ganhar dos militares no seu próprio território e com esse objetivo descuidamos do que tínhamos de melhor, aquele jeito de fazer política, esquecemos de nos misturar às pessoas em todos os lugares e nos isolamos, nos transformamos em patrulhas perdidas de uma causa cada vez mais confusa. Mas acho que além disso os militares nos surpreenderam porque não se contentaram em cumprir seu papel. Nem nós, aliás: quando resolvemos pegar em armas para libertar a pátria, como se costumava dizer, alteramos certas regras. É claro que tínhamos uma desculpa: eles haviam abandonado o lugar deles em 1930 e de vez em quando, a partir de então, voltavam a abandoná-lo. Não sabíamos que ainda não o haviam abandonado realmente: não sabíamos até que ponto eram capazes de afastar-se dele. Foi nisso que nos surpreenderam. Acreditávamos que sua condição de donos do Estado, de baluartes da legalidade, haveria de limitá-los: que eles ficariam obrigados a respeitar certos limites. Nosso poderio militar era muito menor que o deles, mas o fato de que tivessem de manter-se dentro daqueles limites era nossa vantagem comparativa. Não foi o que fizeram, e assim nos venceram e salvaram a pátria deles. Conseguiram mantê-la capitalista, injusta, bem sem-vergonha como sempre fora a pátria deles, como continua sendo. Ganharam aquela guerra e começaram a montar este país que temos hoje; foi o que eu sempre disse, Estela, mesmo que pareça estranho: o resultado mais grave da ditadura militar não foram vocês, os mortos, os desaparecidos; foi este país, a Argentina de agora.

Perdemos, nos equivocamos tanto em tantas coisas. É verdade que nos equivocamos com alguma grandeza: ambicionando grande, querendo coisas que vale a pena querer de verdade, não caindo do banquinho, mas do telhado. Eu precisaria de horas e horas para enumerar a lista de erros que cometemos, Estela, e sei que você a conhece de cabo a rabo. Mas já está na hora de deixarmos de estudar essa lista para dar-lhe um título: Nosso Tremendo Erro foi Superestimar o Grande Povo Argentino Saudações.

— O que você está dizendo, Galego? Falando besteira outra vez?

— Como se você não soubesse, magra. Como se não soubesse melhor do que eu.

Fomos uns idiotas: acreditávamos que fossem muito melhores. Fizemos todos os esforços, mas a premissa básica para que esses esforços dessem resultado era que o Nobre Povo Argentino quisesse alguma coisa mais do que encher a pança e viver mais ou menos tranquilo. Nós, sim, engolimos as idiotices do hino, Estela, do peronismo, do leninismo, e seguem-se as assinaturas: ao Grande Povo Argentino Saudações. Nós os saudamos, brindamos, nos convencemos de que o que as pessoas queriam era um país onde brilhasse a justiça impoluta, a igualdade incontestável, a bandeira orgulhosa, as mesmas oportunidades para todos, os mesmos cuidados e possibilidades para todos, a vontade de construir este país num esforço conjunto. Talvez não soubéssemos como construir este país, certamente não teríamos sabido, mas sabíamos que a condição ineludível para construí-lo era que milhões e milhões de pessoas estivessem dispostas a pôr mãos à obra para isso e não sei por que conseguimos acreditar que estavam; não estavam, Estela, e assim que as coisas se complicaram elas começaram a chamar os militares ou qualquer outro que lhes oferecesse um pouco de calma, televisão e, com sorte, duas refeições por dia. E uma viagenzinha para os mais bem de vida, o carrinho, o pesadelo da casa própria, aquele emprego seguro. A gente achava que as pessoas eram generosas, dispostas, valentes, solidárias; não sei como foi que conseguimos acreditar nisso, mas esse sim foi o Erro, a Mãe de Todos os Erros.

Achávamos que elas queriam o mesmo que nós. Os militares, os ricos, os políticos dos partidos achavam que não, que elas queriam outras coisas. Dá para ver que eles tinham razão. Por que haveriam de querer a igualdade, a solidariedade, essas coisas? Quem foi que teve a ideia de que era o que queriam? Talvez o erro não seja pensar que são todos pancistas acomodatícios galináceos; talvez o erro seja acreditar que deveriam ser diferentes. Ou que é melhor querer uma sociedade igualitária justa do que uma televisão de tela plana. Eu teria preferido, mas por que outros deveriam preferir? Por que afirmo que é melhor? O problema da política revolucionária — para você ainda posso dizer "revolucionária", mas é uma palavra que não se usa mais — é que para redimir a todos é preciso que todos queiram essa redenção: essa redenção específica e não uma outra qualquer. Nisso consistia o primeiro passo: explicar-lhes, convencê-los de que o que realmente queriam era aquilo, apesar de que o véu da ideologia dominante os impedisse de compreender. Nós explicamos; eles nunca entenderam. Continuam sem entender: são muito cabeças-duras, muito idiotas, muito diferentes — ou quem sabe o quê. A revolução tenta fazer coisas maravilhosas pelos outros, mas para isso precisa que os outros — os idiotas, os animaizinhos que não sabem que o veterinário vai curá-los quando pega sua pata e a entala e por isso gemem, grunhem — participem do processo. E os outros não participam e nós os detestamos e os chamamos de pancistas galináceos. Nossa pretensão era patética: entregamos tudo para salvar milhões de pessoas que não estavam nem um pouco interessadas em ser salvas.

O socialismo, Estela, com o perdão da palavra, não é uma má ideia: é uma ideia equivocada. É uma ideia que poderia funcionar num mundo habitado por gente assim, generosa, valente, solidária. Alguns socialistas viram o problema e quiseram crer que o próprio socialismo faria sua gente ser assim; então criaram sociedades tão perfeitas quanto a União Soviética, a China, Cuba, um êxito imbatível. Mas nós quisemos acreditar que já contávamos com esse povo nobre e disposto, audaz, entusiasmado. Ao Grande Povo Argentino Saudações, seu mérito inquestionável, sua tradição de luta. Quando começamos a perceber que vivíamos num país de pancistas acomodatícios, de sim-senhor-aqui-o-que-falta-é-ordem, de prestações para a geladeira, já haviam nos matado.

Apesar de que agora esse mesmo pessoal nos louve porque fomos capazes de correr riscos, Estela, porque você foi capaz de se lançar para a morte ou sabe lá o quê. De que você foi capaz, Estela? Não, não responda. Melhor não me dizer.

Ao Grande Povo Argentino, todo o meu carinho. Ou, dito de outra forma: se o povo quer viver melhor, melhor que encontre o jeito de fazê-lo. O que não tem sentido é encontrar por ele.

— Você acredita nisso que está dizendo, Galego? Está me deixando preocupada de verdade...

— Magra, você não pode entender. Aqui aconteceram muitas coisas, coisas demais.

Levei anos acreditando que, já que ela estava morta, eu podia fazer com ela o que quisesse: pensar que não estava morta, por exemplo, ou pensar que estava morta. Ou mesmo acreditar que já que ela não estava morta eu podia fazer com ela o que quisesse: pensar que estava morta, por exemplo, ou pensar que não estava morta. Nos últimos tempos, desde que comecei a reconstruir sua história, me dei conta de que não podia. Não apenas me dei conta de que tinha de tomar alguma decisão: tinha de decidi-la. E também que ela decidia coisas demais: suas lembranças, cada vez mais definidas. Então pensava naquela noite em que lhe dissera que precisávamos partir, que tinha ficado impossível controlar a situação, que já havíamos perdido, que estávamos nos deixando matar por nada, tudo o que se costumava dizer nesses casos para não dizer cabalmente — para dizer sem dizer — que estava com medo. E Estela me olhou como se não me reconhecesse: como se tivesse me esquecido e fosse obrigada a fazer um esforço para me identificar. E logo em seguida outro, para que eu não percebesse uma tristeza imensa em seu olhar:

— Você está falando sério, Gale?

Eu disse que não, que ideia, que eu só a estava testando.

— Você é um merda, Galego. Tem horas em que eu com certeza o mataria.

Ela sempre soube me obrigar a ser melhor que eu.

18.

— E por que você não me disse nada?

— E por que deveria lhe dizer alguma coisa?

— Não sei, Carlos, acho que deve ter sido importante para você se encontrar com os tais caras. Podia ter me contado.

Esses eram os momentos que no começo me causavam irritação e, ultimamente, vergonha: quando Valeria agia como se tivéssemos uma relação que não tínhamos, que nunca teríamos. Era um truque tão velho, tão vulgar, que me dava pena; talvez algum dia essa pena fizesse o lance funcionar. Talvez não: seria o mais lógico. Em todo caso, eu não disse a ela que não tinha por que lhe contar alguma coisa, e que, por outro lado — era uma concessão —, de toda maneira eu não pretendia ir em frente com aquilo. Era verdade: quase sem querer, persuadido por Juanjo, eu voltara a me internar naquele mundo turvo, a cruzar com coronéis e serviços, inclusive a falar com gestos e palavras que esquecera havia muitos anos. E tudo com a mais triste das desculpas. Mas não lhe dei detalhes: bastou dizer que não, não queria mais nada com aquele mundo que já não era o meu.

Quando falei isso a ela estava quase convencido. Minhas únicas dúvidas tinham a ver com a imagem insistente de um capelão sem rosto e, sobretudo, com aquela data de vencimento tão presente, mas não era uma coisa que quisesse comentar com ela: para isso, seria preciso ter lhe falado do Mal, e isso seria a última coisa que eu faria.

Era divertido: a última coisa que eu faria.

Pretendia não lhe dar importância, e o Mal se aproveitava. Não que investisse contra mim; se aproveitava. O Mal não me produzia dores nem sensações especiais; na verdade, exceto aquele cheiro, não voltou a se manifestar. Às vezes eu tinha dores de estômago ou numa articulação — um ombro, um joelho, o pescoço —, mas os pequenos males que percebia não eram o Mal: o Mal sempre foi silencioso. O Mal não precisava se mostrar; não se importava com o fato de eu perceber sua presença: estava fazendo o seu trabalho. Era uma de suas crueldades mais espertas: se ao menos me doesse, me espancasse, se optasse por alguma forma de se manifestar e me dissesse estou aqui, continuo, estou matando você, se não permitisse que eu me esquecesse dele e vivesse como se não houvesse problema, como se tivesse todo o tempo diante de mim para cair, de repente, num minuto qualquer, na conta de que não, de que por causa dele estava com os dias contados, ou se não me obrigasse, para não cair nessa armadilha, a repetir para mim mesmo não se esqueça, lembre-se irmão de que aí está o Mal, que não se interrompe, que prossegue com seu trabalho para que você desapareça. O Mal seria muito mais tolerável — tolerável? — se não me obrigasse a fazer o seu trabalho, a evocá-lo.

* * *

O Mal — pensei uma noite — era o que havia de mais semelhante a estar num *chupadero*.

Eu não queria homenageá-lo falando dele para Valeria: não via de que lhe adiantaria saber da existência dele, ou melhor, de que me adiantaria que ela soubesse. O que podia entender de morrer uma mulher de trinta e poucos anos, nascida e criada numa época em que os jovens não faziam nada de especial para morrer? Uma época em que a ameaça mais presente da morte era uma agulha partilhada ou um pó com alguém infectado, e mesmo assim essa possibilidade acabava sendo tão improvável que, uma vez passada a maré publicitária, não era difícil esquecê-la? Nada interessante, nada que me servisse. Em breve descobriria — ela descobriria — quando não houvesse outro jeito. Enquanto isso, agora, se soubesse, ela teria se tornado transcendente, obsequiosa, compassiva: saber do Mal teria provocado nela a sensação de que por "fraqueza" minha — pela proximidade do fim — eu estava lhe pedindo que assumisse o papel de samaritana, de viúva antecipada, de carpideira que acompanha com sua dor e seus consolos o derradeiro trânsito: besteiras. Nem ela nem eu precisávamos daquelas humilhações.

Eu, sobretudo, não precisava delas: toda a minha estratégia de sobrevivência — minha fraquíssima estratégia — se baseava, era óbvio, em me fazer de idiota.

A trapaça teria sido dedicar-me a lutar por coisas que antes não mereciam minha atenção: continuar vivendo, por exemplo, viver por mais algum tempo. Vivi anos e anos sem me importar com continuar vivendo: dava a coisa por feita e, ao mesmo tempo, imaginava que para mim dava no mesmo. Eu achava que vivia — não era uma variável, não era um fim — e me perguntava como, para quê. Mas agora o Mal pretendia transformar em metas o que não passava de meios: viver, estar aqui. Embora tenha havido momentos em que estive a ponto de ceder à tentação: podia existir certo prazer em deixar de lado tudo o que agora era supérfluo e voltar ao mais primário, ao mais verdadeiro: lutar pela vida, pela subsistência. Que nada mais me importasse ou, pelo menos, que tudo fosse secundário. Teria sido a claudicação definitiva.

— Sério mesmo, você não vai continuar procurando por ela?
— Ela? Quem é que estou procurando?
— Não banque o idiota comigo. Não vale a pena, não é preciso.

Não, decididamente eu não podia falar a ela do Mal. Do que lhe falaria? Da pena que me dá morrer nesta época estúpida, da tristeza de ter vivido os últimos vinte ou vinte e cinco anos nesta época estúpida e, agora, saber que vou morrer sem ver nada diferente? Se eu tivesse a idade dela, essa estupidez não seria um assunto: teria sido o normal para mim. Mas, depois de viver anos acreditando que o mundo podia ser uma coisa extraordinária, achava difícil resignar-me a essa mediocridade insistente, sustenida e, agora, principalmente, me doía resignar-me a saber que nunca veria nada diferente. Isso era, talvez, o pior do Mal — ou o pior que eu fora capaz de pensar sobre o Mal; cedera à tentação de supor que minha morte não me importava, era capaz de manter essa ficção quase todo o tempo, podia até imaginar frases que ia polindo em minha cabeça: "quando eu morrer, o mundo não vai perder nada e eu vou perder um mundo de que não gosto; o problema é que não vai restar 'eu' para desfrutar dessa renúncia". Eram truques, bobagens, mas me tranquilizava pensar que ainda podia fazê-las. O que me doía — o que eu podia aceitar que me doesse — era conformar-me com a desolação de que os argentinitos seriam, para mim, para sempre, isso que são agora, isso que foram desde que nasci. Já não haveria outros argentinos — para mim. Eu havia passado todos aqueles anos acreditando que em algum momento eles seriam outros e, embora não tenha funcionado, não abandonara inteiramente essa esperança. Tinha lógica: quando éramos jovens o mundo era um lugar provisório: um espaço em constante mutação, que o tempo todo prometia a diferença. Eram tempos em que tudo parecia mudar a cada passo: em que o destino das coisas era elas serem diferentes. Entre um pai e um filho as diferenças eram tão visíveis quanto entre uma mesa e um iogurte, entre a música de antes e a nossa, entre a pasmaceira anterior e o nosso desenfreio, entre a história e os projetos. O tempo não era cíclico: avançava. E eu me acostumei: era tão mais fácil viver num mundo incompleto, num mundo cuja verdade estava em outro lugar, no futuro — do que viver neste mundo que anuncia que será assim pelos séculos dos séculos amém. Eu não acreditava nisso — em termos absolutos, históricos, não acreditava nisso —, mas não tolerava saber que, definitivamente, para mim nunca seria diferente, porque, se em algum momento tudo mudasse, eu já não estaria ali para ver. Às vezes pensava na crueldade das datas, em seus acasos: um judeu centro-europeu morrendo de velhice em 1941 convencido de que sua cultura estava desaparecendo; um dissidente russo na Sibéria em 1985 convencido de que os sovietes seriam eternos; Rousseau enterrado em 1778 num mundo que jamais existiria sem reis. A crueldade das datas me ajudava a manter alguma esperança, mas era uma esperança para outros. Meu mundo estava feito, acabado: nunca seria outro.

E menos ainda podia falar-lhe daquelas noites em que tudo me fugia do controle, em que eu passava horas e horas sem conseguir pensar em nada que não fosse o nada — e não sabia como pensar nele, e ficava aterrorizado. Isso sim teria sido o cúmulo.

Mas era verdade que não havia sentido em prosseguir naquela espécie de busca. Eu me deixara manipular por Juanjo, de novo pelo clima de época, pelo Mal, por sabe lá o quê. Por Estela. Mas não tinha sentido eu tornar a me enfiar naquela cloaca. Estela também não teria querido uma coisa dessas. Se tivesse querido, teria dado um jeito de eu ficar sabendo.

— Não, não vou continuar procurando nem procurando por ela. Bom, a verdade é que eu nem tinha começado a procurá-la. Dei umas voltas por aí, só isso, mas agora me dei conta de que não fazia sentido. Agora deu, já passou. Fique tranquila que já passou.

Fazia calor, e quando fazia calor a pele dela vertia líquidos e gorduras, sebos que o frio costumava manter sob controle: Valeria, como tantos, temia que o calor eliminasse seus limites, que a derramasse e a misturasse demais com o mundo.

— Tranquila? Por que tranquila, Carlos? O que significa tranquila? Você acha que eu vou perder a tranquilidade só porque você anda por aí procurando o fantasma de sua mulher, ou o seu próprio fantasma? Por que eu iria me incomodar com isso?

Foi o que ela disse, mas não encontrou um tom nem uma atitude que acompanhassem suas palavras: estava irritada, com vontade de brigar. E começou a espremer cravos das pernas: nada a tornava mais humana do que espremer os cravos das pernas. Ofereci-lhe um uísque e ela me disse que uísque era uma bebida de velho veado.

— Como eu.

É, como você, disse ela, e baixou a guarda. Fui à cozinha buscar gelo; Valeria continuava sentada no sofá da minha sala três por quatro e de lá me perguntou quase aos gritos se era mesmo verdade que eu estava pensando em abandonar minha busca. Por um momento lamentei que aquele espaço não fosse um pouco meu: que não tivesse mais objetos, quadros, fotos nas paredes, sinais que o marcassem como meu. Mas já fazia muito tempo que eu evitava que meus lugares parecessem meus.

— É, é verdade. Não sei por que me deixei convencer a entrar nessa, mas não tem sentido. Eu já encontrei um jeito de viver com aquela história toda e não há por que mudar agora.

— Você tem certeza de que não?

Primeiro levei um susto, pensei que talvez em algum momento tivesse deixado escapar alguma coisa sobre o Mal. Depois pensei que era uma armadilha boba; qualquer pessoa pode acrescentar a uma pergunta supostamente ingênua um olhar ou um tom de inteligência que parece impregnar aquela pergunta de tantos matizes e sugestões que o interrogado, sentindo-se descoberto, acaba por reconhecer alguma coisa que o interrogador nunca imaginara.

— Claro que tenho certeza. Quantos gelos?

— Muitos, velho veado.

Quando voltei para a sala, Valeria continuava espremendo cravos das pernas. Alguma coisa se desarmara. E ela tornou a me perguntar se eu não tinha mesmo nenhum motivo para mudar de ideia; olhei para ela com cara de já falei.

— Ainda bem.

Disse isso e sorriu para mim.

— Ainda bem?

— É, ainda bem. Se você tivesse ido em frente por aquele caminho, meu querido Velho, teria virado, com o devido respeito e todo o meu carinho, um idiota igual a todos esses idiotas. Sabe essa turma que não sabe falar de outra coisa? Nas últimas vezes achei que você estava indo para o lado deles: que nunca mais ia falar em outra coisa.

Valeria estava esparramada sem o menor glamour no meu sofá e ainda nem tinha chupado meu pau; em geral, nessas circunstâncias, ela costumava ser mais contida. Mas ia em frente: me perguntou se eu não queria que ela me dissesse o que eu tinha de interessante. E não me deu tempo de dizer que não:

— O fato de que, mesmo tendo sido militante, você não passava o tempo inteiro fechado naqueles anos. Era isso que me interessava em você: você é um caso interessante porque consegue estabelecer certa distância de sua história, ou seja, você acaba sendo um espécime sobre quem dá para entender algumas coisas. Mas no outro dia achei que você estava a ponto de cair, como todos esses idiotas. Eles não percebem que continuam pagando o mesmo tributo, continuam prisioneiros dos mesmos milicos, que apesar de trinta anos terem se passado continuam falando do que aqueles caras fizeram com eles.

O que mais me incomodou foi concordar com ela: eu achava a mesma coisa, havia pensado no assunto, inclusive comentara com ela, mas não tolerava que fosse ela a dizer-me aquilo. Calei-me.

— Que merda era essa tão importante que vocês faziam? Por que vocês eram tão especiais, caralho? Será que você pode me dizer? Qual é, aconteceram coisas tão importantes com vocês que agora é preciso dedicar a vida inteira ao assunto? E conosco não aconteceu nada, não é mesmo? Todos os outros idiotas que eram jovens demais ou cagões demais ou inteligentes demais para se meter naquelas coisas não viveram nada que valesse a pena, não é? Comparados a esses jovens heroicos somos um monte de merda, não é?

O que eu podia dizer? Que não, que claro que não?

Ou talvez eu devesse ir em frente, sim. Mas, de todo jeito, não era uma coisa que eu tivesse por que discutir com aquela moça.

O silêncio se prolongou por algum tempo, e Valeria o interpretou como sendo a admissão de minha derrota. Sugeri que fôssemos dar uma volta: com esse calor, Vale, você não acha uma boa ideia irmos tomar um sorvete? Ela me olhou como quem diz você não me compra por tão pouco.

— E, me diga: o que vocês pretendiam fazer quando ganhassem?

— Sei lá.

— Vamos lá, Velho, faça uma forcinha. Vocês faziam tudo aquilo para ganhar e não tinham ideia de como seria quando conseguissem?

— Bom, sim, mais ou menos.

— Que porra vocês queriam? Você pode me dizer que porra vocês queriam, como ia ser a tal pátria socialista que defendiam?

E eu que não podia dizer a ela que não fazia a menor ideia, ou melhor: que não fazia uma ideia — clara, definida — porque não usávamos o tempo para pensar como seria essa pátria, que a dávamos por subentendida: que por alguma razão não ousávamos pensar em detalhes, em circunstâncias.

— Não me diga que seria capaz de viver numa sociedade com Firmenich no poder.

— Você não entende porra nenhuma.

Valeria olhou para mim com uma careta eloquente de pena; o texto vinha a ser se eu, que faço todo esse esforço, não consigo entender, que imbecil vai entender você, seu velho idiota — ou algo do gênero. Mas nem assim tive vontade de explicar a ela que era verdade, que ela nunca conseguiria entender a revolução porque a pensava em termos da política atual, que a ideia não era fulano ou beltrano no poder, mas um mundo novo: que a avó de todas as revoluções, a francesa, mudara inclusive a forma do tempo, que a mãe argentina inventara um país que não existia, que a tia russa eliminara czares, sacerdotes, ricos e generais. Não tive vontade, de modo que cedi:

— É, sem dúvida, teria sido um desastre, mas não pior que isto.

— Ah, não? E valia a pena tanta gente morrer por uma coisa que "não seria pior que isto"? Valia a pena morrer por isso?

— Por quê: vale a pena viver para isto?

Eu disse a ela, mas Valeria estava empolgada e já não tinha necessidade de que eu lhe respondesse nada.

— Sério, vocês realmente imaginavam a vida depois da vitória? Conseguiam pensar em vocês mesmos, depois da vitória, como os administradores dessa vitória? Conseguiam se ver no poder, sendo o poder? Não seria por esse motivo que não pensavam no que fariam depois da revolução — porque não conseguiam deixar de ver a si mesmos como um bando de jovens rebeldes e felizes, infelizes? Não será por isso que vocês perderam?

Deixei-a falar. Nada me dava mais ódio do que quando ela se entregava àquela psicologia de revista barata.

— Ainda bem que você vai deixar o assunto para lá, Carlos. Eu estava preocupada.

Me disse, bajuladora, provocando. Eu me sentara a seu lado no sofá de curvim verdoso e ela entendia aqueles gestos: a boca entre gulosa e displicente, os dedos na minha braguilha, quis encerrar a conversa com o triunfo de sua língua. Enquanto ela me chupava — magnífica, imbatível —, perguntei-me por que se esforçava tanto para que eu prosseguisse com minha busca.

19.

Em Tres Perdices, todos repetem uma e outra vez a pergunta: quem poderia tê-lo odiado tanto? E depois, às vezes, em voz mais baixa: por quê? Fazem-lhe perguntas sobre o resultado da autópsia. O resultado da autópsia é parte do segredo da investigação; ninguém, em Tres Perdices, ignora que o legista que a realizou disse que ele, um homem que já vira tanto presunto, ficara muito impressionado pela raiva daquelas sete punhaladas; três delas, disse, separadamente, eram mortais.

— Mas dá para perceber que foi alguém que não queria matá-lo.

Comentário de Beatriz, a professora. No povoado muitos se perguntam — em todo o povoado há vários níveis de pergunta, de dúvida, e um não desmerece os demais — como faz a professora Beatriz Suárez para cumprir suas obrigações — preparar as aulas, dar aulas, corrigir os deveres —, se, ao que diz, é sabido que assiste a todos os seriados da televisão. É um comentário invejoso: a srta. Beatriz tem um conhecimento profundo do ser humano — ou, pelo menos, é o que reconhecem os moradores de Tres Perdices.

— Dá para perceber que o assassino não queria só matá-lo, queria fazer alguma outra coisa com ele, queria se ver livre de uma coisa imensa, é isso que eu acho. Mas, por mais que pense, não consigo imaginar quem poderia odiá-lo tanto. Se existe uma pessoa boa neste mundo, essa pessoa é o padre Augusto.

— Era o padre Augusto.

— Bom, é verdade, era. Não consigo me acostumar.

A professora Beatriz Suárez conversa com o professor Raúl Delgiove, Barrientos — chefe e único funcionário do posto dos Correios — e Adela, a cabeleireira, na porta do cemitério onde acabam de enterrar o padre. Augusto Fiorello já está morto há três dias, mas os trâmites e a autópsia atrasaram o enterro; a cabeleireira se preocupa, acredita que a demora possa complicar a subida dele aos céus.

— Não, que ideia, Adela. Você acha que o Senhor não vai entender o que aconteceu?

Os quatro moradores da comunidade falam em voz baixa, como quem teme despertar os mortos — diante dos mortos sempre se fala em voz baixa: é um traço otimista —, e Barrientos diz que estranho não ter vindo ninguém da família: da família do padre, ao enterro, diz, que estranho não ter vindo ninguém. Bom, nunca veio ninguém, ele não devia ter família, diz Adela, a cabeleireira: para mim, na verdade, ele dava a impressão de ser um homem precisado de família — diz, e faz um trejeito que se perde entre as rugas do rosto maquiado com raiva.

— Não é possível, todo mundo tem família, nem que seja pequena.

É o que diz a srta. Beatriz, e Barrientos, incrédulo, retruca: não? Mas se dá conta de que acaba de cair na armadilha, de modo que trata de desviar a atenção e diz pela enésima vez que estranho e que terrível que uma pessoa tão boa quando o padre Augusto tenha terminado assim — refletindo, sem deixá-la totalmente clara, a substância do medo dos moradores: que, se o padre terminou assim, o que os demais podem esperar? O chefe do posto dos Correios expressa uma opinião generalizada mas, em última instância, não de todo unânime. O professor Delgiove, por exemplo, diz que, embora nunca tivesse imaginado que o padre fosse terminar assim, sempre percebera alguma coisa estranha nele: como quem vê, diz, um helicóptero num filme de romanos:

— Sabe aqueles filmes de romanos que ficam tentando nos convencer de que os romanos eram o tipo de gente que não solta peido? Bom, o padre tinha uma coisa estranha, como se fosse soltar uma saraivada de peidos num filme de romanos.

— É, eu sempre achei engraçado ele usar aqueles sapatos. Vocês sabem que o tipo de sapato que cada um calça define a pessoa que ele é. Eu, por exemplo, sem ir muito longe, nunca saio à rua sem pensar nos sapatos que vou calçar. É possível que vocês me olhem agora e digam mas o que é que essa mulher está falando, olhem só os chinelos de borracha que ela está usando, e vai parecer que estou mentindo, mas por favor não esqueçam que estamos de luto, e a pessoa não vai ficar se emperiquitando toda para ir ao cemitério, não é? Afinal, antes de mais nada a pessoa tem um coração.

É o que diz a cabeleireira Adela, e a srta. Beatriz a fita como quem diz não me ponha para falar; se cala. Está escurecendo; no outono, as tardes não duram muito em Tres Perdices. A cabeleireira Adela não se dá por vencida:

— É como eu falei, achava muito esquisitos os sapatos que ele usava. Vocês não concordam? Afinal, um sacerdote...

A cabeleireira vive — e trabalha — a meia quadra da igreja; por isso foi a segunda testemunha que o delegado Giulotti entrevistou para saber se naquela noite vira ou ouvira alguma coisa. A cabeleireira, diz ela agora — feliz por estar no centro das atenções, encantada em ter algo realmente importante para contar —, disse a ele que não, que não ouvira nem vira nada, que fora dormir cedo como era seu costume desde a morte de seu defunto marido: que antes ele a segurava acordada até tarde com sua mania de ver televisão, mas que agora podia ir dormir quando bem entendesse e se ia dormir cedo era porque tinha muito trabalho, de modo que não vira nada, não escutara nada. Contou que o delegado lhe perguntara por que achava que para ver ou ouvir alguma coisa era preciso que fosse muito tarde e que ela lhe dissera ah sei lá, pensei que essas coisas acontecessem muito tarde da noite, mas na verdade não faço a menor ideia, diz ela que disse ao delegado, e que o delegado olhara para ela de um jeito meio estranho, mas não dissera nada e depois lhe perguntara se conseguia pensar em alguém que pudesse saber de alguma coisa, não, delegado, isto aqui de noite é um marasmo total, nem alma penada tem, o senhor sabe como é.

E os outros três morrendo de vontade de perguntar o que mais ela sabe, se o delegado contou alguma outra coisa a ela, só que acham o fim da picada continuar dando espaço para tanta exibição e ficam calados por um momento. Até que Barrientos — chefe e único funcionário do posto dos Correios: um comunicador, costuma dizer, fazendo uma brincadeira que ninguém mais aguenta — não se segura:

— Mas o delegado deve ter lhe falado alguma coisa, não é mesmo, alguma coisa que dê uma pista sobre o que ele anda pensando, sobre suas suspeitas...

— Não, ele não me falou nada, verdade. Bom, só uma coisinha. Falou que não tinham roubado quase nada, que só podia ser uma vingança.

— Disse quase nada ou nada?

— Não sei, verdade, não me lembro. Nada, ou quase nada, não dá no mesmo?

* * *

— Como uma vingança?

É o que diz, num outro grupinho, surpreso, enquanto tira os óculos escuros para mostrar o olhar surpreso, o delegado municipal que assistiu à cerimônia especialmente para trazer suas condolências.

— Não é possível que seja uma vingança. Quem iria querer se vingar dessa santa alma?

— Como? O senhor também não sabe?

— Não sei o quê?

— Não, nada, estava só perguntando.

Seria o caso de dizer, como na expressão consagrada, que toda Tres Perdices se reuniu ao redor do féretro — se não fosse porque a divisão, mesmo em circunstâncias tão lutuosas, é muito visível entre, de um lado, as forças vivas e as pessoas de bem e, de outro, os recém-chegados que já vivem há vários anos nos ranchos. Os dois grupos se mantiveram separados por uma pequena distância durante a cerimônia, e agora, que ela já está concluída, os primeiros ficam conversando enquanto os segundos se retiram depressa, como se soubessem que estavam de penetras.

— Não, roubo não pode ser, afinal o coitado do padre não tinha um centavo.

— Ah, não? E como é que o senhor sabe?

— Não tinha, posso garantir que não tinha.

— Mas ouvi por aí que roubaram umas coisas.

— Umas coisas? O senhor sabe que coisas?

— Não, isso parece que não estão querendo dizer.

— E será verdade?

A entrada do cemitério vai se esvaziando. As duas caminho-
netes dos canais provinciais já foram embora; ficaram três táxis
da cidade, que transportam jornalistas. Alguns dos moradores
locais se aproximam deles, ficam parados ali perto como quem
não está prestando atenção, como se estivessem distraídos, para
o caso de algum deles decidir entrevistá-los.

— E o que mais lhe disse o delegado?
Quem pergunta à cabeleireira, já sem pudores, é o chefe do
posto dos Correios. Adela toma seu tempo, se compraz. A senhorita troca um estranho olhar de cumplicidade com o professor
Delgiove.
— Nada, não falou mais nada, lhe garanto. Mas dava para
perceber que ele estava com alguma coisa na cabeça.

20.

— Ruivo, que bom encontrar você! Nem acredito, tantos anos. Para falar a verdade, você está completamente diferente, seu filho da puta. Juro que se encontro você na rua não reconheço.

— Bom, ainda bem, Careca, ainda bem.

Fiz o comentário e procurei não mostrar minha surpresa. Mas não conseguia parar de olhar para ele, de me perguntar se aquele era mesmo ele, e ele não sabia o que me dizer.

Fazia algum tempo que eu não tinha família. Deixar de tê-la foi uma descoberta: eu nunca prestara atenção no assunto, mas se tivesse feito isso não teria acreditado que "ter família" fosse uma condição transitória, passageira, e não uma qualidade indelével do ser, algo que nunca mudaria. No entanto: depois de tê-la, já estava havia anos sem família. Desde a morte de minha mãe — dois anos depois de minha volta do Sul, seis depois da morte de meu pai, quarenta e oito anos depois que ela se casara com ele e dissolvera sua vida na de um senhor que não lhe interessava em absoluto nem lhe proporcionava as comodidades que sua origem lhe permitia esperar, mas que, em compensação, lhe proporcionou um tema de queixa que estruturou sua história —, deixei de ver a toda aquela rede de irmã, tios, primos, sobrinhos e demais estranhos que costumamos chamar de parentes: a família. Foi um benefício inesperado — e imerecido: eu nunca imaginara isso, não planejara; simplesmente deixei de ligar para eles, e eles, depois de uma ou outra tentativa imposta mais pelas conveniências e culpas que pelo afeto, deixaram de me convocar às celebrações pertinentes: aniversários, casamentos, velórios e outras efemérides. O que me permitia fazer frente àquilo que a tradição atual denomina "as festas" com maior tranquilidade — ou, pelo menos, sem a obrigação de certas atividades que nunca haviam me interessado.

A família é um sistema de dívidas: investimentos antigos — umas gotas de esperma, seis meses de peito, vinte anos de pensão completa, um passeio infantil pelo zoológico, uma ajuda para conseguir determinado emprego, um empréstimo confuso, um convite para o sítio ou para as corridas de cavalos, uma ajuda por ocasião de uma doença ou um enterro — criam aquela teia de dívidas que devem ser pagas na mesma moeda. Ou, enquanto isso, com a presença — que significa pertencimento: o fato de que eu passasse o Natal com aqueles tios e primos supunha que eu reconhecia minha dívida assim como eles reconheciam a deles, e que estava, portanto, disposto a pagá-la quando a ocasião ou a promissória se apresentassem. Esse sistema de dívidas é a única rede que nos separa do chão no momento da queda: um alívio mas, ao mesmo tempo, uma chatice colossal e uma simulação; é preciso pretender que na verdade a razão de todos aqueles atos e encontros é algo que deveríamos chamar de carinho: a admissão de que as pessoas que compartilham ramos da mesma árvore genealógica — que compartilham o sangue, não derramado mas inoculado em pós mais ou menos tediosos — compartilham por isso, além da curva do nariz, da cor da sobrancelha, da precariedade de seus sistemas circulatórios, certo respeito mútuo, interesses comuns, aquele afeto. Uma farsa perfeita, a base de todo esse sistema de farsas de que precisamos para continuar vivendo.

Seja como for, sem família, eu não tinha por que pensar em como celebrar "as festas". Talvez por isso — porque era totalmente grátis, fora do sistema — aceitei o convite de Juanjo para nos reunirmos num "jantar de fim de ano" com dois dos rapazes. Talvez por isso ou, talvez, porque seria meu último fim de ano e eu estava dedicado à luxúria triste das últimas coisas. As coisas, quando se tornam últimas, recuperam sentidos, significados que a repetição lhes retirara tempos antes.

— Está bem, talvez vocês achem uma besteira, mas sofri em minha própria carne: aqui, com essa insegurança, não dá para viver.

— Ai, Careca, não vá você também entrar no coro dos burgueses assustados que querem ser protegidos.

— Que burgueses que nada, Juanjo, não me encha o saco. Não sou burguês, sou veterinário, um sujeito comum, progressista, não vou lhe contar minha história, mas já me assaltaram quatro vezes. Quatro vezes, cara, não foi uma coisa que me contaram, foi comigo. Quase dá para dizer que corri mais perigo agora, nestes anos de insegurança, que nos tempos da militância. Cara, parece gozação. Parece gozação que um sujeito como eu não possa viver tranquilo neste país. Lamento por você, Juanjo, pelo governo, você sabe que até que estou de acordo, mas se vocês não fizerem alguma coisa bem depressa para dar um jeito no problema da segurança, vai tudo para o espaço.

Foi o que disse o Careca — também conhecido como Guillermo ou o Inglês —, ex-chefe montonero da faculdade de veterinária da Universidade Nacional, um par de operações grandes a seu crédito, olhos verdes, sardas sobre a cabeça calva, mãos grandes, unhas bem cuidadas, casado, boa situação, três filhos adultos, chalé e consultório num condomínio fechado: "às vezes, quando me lembro daqueles anos, tenho a sensação de que eles nunca aconteceram, como se fosse um filme", diria ele mais tarde naquela noite em que eu não conseguia parar de olhá-lo como se ele não existisse. "Só que um outro filme, não o da minha vida."

— E o que você quer que a gente faça, diga lá, doutor?

— Não sei, cara, o que for preciso. E olhe lá, não vá me comparar com esses sujeitos de direita que se penduram na questão da segurança para fazer suas campanhas. A segurança não é de direita nem de esquerda: ou dá para viver tranquilo ou não dá.

Mas se você é de esquerda supõe certas causas e certas soluções, e se é de direita vai achar que são outras — estive a ponto de dizer mas não disse: cada vez ruminava mais minhas palavras e suas consequências antes de pronunciá-las, e aquelas haviam tido dois resultados evidentes; romper a atmosfera de simpática banalidade, a troca de lugares-comuns, para nos fazer começar a discutir antes de havermos bebido o suficiente, por um lado, e por outro produzir a pergunta óbvia: bom, para isso seria preciso saber o que é direita e o que é esquerda nos tempos que correm. Eu não estava com vontade de entrar naquele clima — por enquanto. O Cordobês sim; o Cordobês riu com um risinho inverossímil: de modo que nem de esquerda nem de direita falou, e começou a fazer um discurso sobre as injustiças sociais e sobre como as diferenças econômicas são a causa do aumento dos delitos e que se existe insegurança é porque o país está do jeito que está, porque fizeram dele uma merda, Careca, não venha me dizer que você, com a formação que tem, não se dá conta disso.

— Que formação, cara, do que você está falando? Você acha que para entender este país é preciso ser veterinário?

— Você foi militante, irmão, por mais que agora não se lembre.

— Quem foi que disse que eu não me lembro? Claro que me lembro, foi uma das melhores coisas que aconteceram na minha vida, apesar de que agora pareça tão distante. E claro que me dou conta disso que você está falando.

Já havíamos beliscado uns tira-gostos e agora comíamos um melão com presunto em que o presunto não estava em lugar nenhum e o melão era uma espécie de purê com gosto de presunto estragado, e bebíamos champanhe — Juanjo dissera que não fôssemos idiotas, que ele estava convidando, por uma vez que nos encontramos, rapazes, depois de tanto tempo.

— Eu me dou conta de tudo o que você quiser. Mas o que você quer que eu faça? Que quando um bandido me apontar uma arma eu diga sim senhor, compreendo que o senhor é um produto do processo de degradação da Argentina contemporânea? Não diga besteira, Cordobês. Tudo isso está muito bem, mas entender um problema não resolve, e aqui existe um problema urgente no qual o governo tem de dar um jeito. O que é preciso aqui é pôr um pouco de ordem, endurecer as leis... não é possível que os ladrões entrem e saiam das delegacias pela porta giratória...

— E você acha que a insegurança não me afeta, Careca? Eu passo mais tempo na rua do que você, ando por lugares com os quais você nem sonha, estou muito mais exposto. Mas procuro entender o que se passa, pensar um pouco as coisas. Do contrário, toda essa história de ter sido militante nos anos setenta, de ter arriscado a vida pelo país, não significa porra nenhuma.

Foi o que disse o Cordobês — também conhecido como Alberto, ex-dirigente universitário montonero de Córdoba transferido para a cidade um ano antes do golpe, detido na cidade seis meses antes do golpe, nove anos de prisão, pele morena, miúdo, rosto bem desenhado, uma filha adulta e duas adolescentes, vendedor do que aparecesse ou empregado ou sei lá. A discussão podia parecer acalorada, mas ia sendo levada com calma, uma certa deferência. Juanjo olhava para eles com interesse; eu me perguntava se valeria a pena intervir já.

— Não, Córdoba, não se irrite, eu entendo você. Mas uma coisa é o que o país era naquele tempo e outra, o que ele é hoje. E nós também não somos mais os mesmos. Ou será que você acha que ser coerente é continuar pensando o mesmo que há trinta anos?

Havíamos começado falando de coisas comuns — das coisas comuns sobre as quais podem falar quatro homens argentinos que estão chegando aos sessenta anos e que não têm grande coisa em comum: a atualidade política banal, o futebol cada vez mais vendido, as mulheres que jamais conheceríamos, as mulheres que conhecíamos demais, as doenças. Falamos muito de nossa relação com um número cada vez maior de doenças e eu não disse nada, evidente; cheguei a ter, por momentos, a sensação de que falavam de uma coisa muito distante. Havíamos evitado, no entanto, a economia geral e pessoal: à primeira vista dava para perceber que teria sido um território de diferenças marcantes, e nenhum de nós estava disposto a embarcar naquelas complicações por enquanto, de modo que a conversa permaneceu animada ao longo da primeira garrafa. Falamos também da família de cada um, de questões quase íntimas. Era curioso, naqueles tempos, quando estávamos próximos, não podíamos contar nada de pessoal: não pergunte, não conte, não deixe que lhe contem era uma ordem mais ou menos respeitada. Que nos obrigava a compartilhar situações de vida ou morte com pessoas sobre as quais não podíamos saber praticamente nada: seus nomes, sem ir mais longe, seus endereços, suas origens. E agora, em compensação, quando nada mais nos ligava de verdade, podíamos contar-nos aquelas coisas: conversinhas argentinas. Eu não costumava praticar aquela variante de tertúlia aparentemente elementar mas constitutiva da pátria; gostei.

Não foi só isso. Para minha surpresa, encontrá-los me deu certa alegria: decididamente o Mal estava me afetando. Eram, em princípio, três senhores aos quais me haviam unido o pertencimento a uma organização que estava morta e enterrada havia décadas, a convicção de algumas ideias que não convenciam mais ninguém, a experiência comum da derrota — e pouco mais. Nunca havíamos sido amigos: fomos companheiros. Era engraçado: tínhamos a mesma idade, origens sociais diferentes, culturas muito distintas, mas trinta anos atrás qualquer um de nós poderia ter morrido torturado para não mandar outro de nós àquela mesma tortura. Ou talvez não tivesse feito isso, mas, fosse como fosse, a ideia era que o certo teria sido fazê-lo: trinta anos atrás os quatro — e tantos outros — fazíamos parte de uma rede fragilíssima, em que a ruptura de uma malha podia desbaratar dúzias de outras. Trinta anos atrás dependíamos uns dos outros com aquela intensidade com que só um bebê depende de sua mãe; agora, quando o tempo e a história haviam nos tornado tão diferentes, tive a sensação de que alguma coisa se mantinha. Nunca teria esperado por isso.

— E você, Ruivo, como vai de trampo?

— De trampo?

O segundo prato era um filé de peixe na frigideira com um nome muito comprido que não era filé de peixe na frigideira.

Perguntei-me por que não tínhamos nos encontrado na cantina de sempre. Dava para ver que Juanjo queria que fosse uma ocasião especial; para ele, que a convocara, a reunião de velhos companheiros depois de tantos anos devia ser uma maneira de sentir alguma continuidade com aqueles tempos: de supor que, de alguma forma, continuava sendo o mesmo. Mas já estávamos terminando o segundo prato, a terceira garrafa, as sondagens. Alberto me ajudou com uma mudança de assunto:

— Você se lembra de quando tivemos de montar aquela guarda na sede da JTP, quando era meu turno mas você trocou comigo, Cabeção, por causa daquela mina?

— Como assim daquela mina, Córdoba?

— É, Juan, não me lembro de como ela se chamava, aquela loura da arquitetura, você era louco por ela e naquela noite ficou sabendo que ela também estava por lá e me pediu para trocar de turno. Não me diga que não se lembra, fodão.

— Não, irmão, me lembro da guarda e da confusão que se armou, mas se troquei com você foi porque você estava com problema de segurança e achamos melhor que eu ficasse porque estava mais limpo.

Não estávamos mais conseguindo escutar direito o que os outros falavam: em volta de nós ouviam-se gritos, muitos rostos, uma maioria de jovens: aqueles jantares de escritório no fim de ano, pessoas que passam tantas horas juntas todos os dias e que um par de vezes por ano decidem encontrar-se num cenário radicalmente diferente — e é quando às vezes acontecem coisas estranhas.

— Vamos lá, fodão, que história é essa de problemas de segurança? Era aquela mina, porra, como era o nome dela?

— A Gringa Olga, mas não tem nada a ver, Cordobês, eu já tinha saído com ela.

— Não minta, Cabeza, não sei o que você havia feito com ela, mas naquela noite você me pediu para trocar com você por essa razão, tenho certeza.

Todos nos lembrávamos daquela noite; a polícia aparecera e levara os militantes que montavam guarda com suas armas, e seus nomes saíram em todos os jornais: desde aquela detenção a vida do Cabeção Juanjo mudara muito, ele fora obrigado a sair de sua casa, a passar vários meses clandestinamente.

— Você se complicou de verdade, Cabeza, e tudo por causa daquela loura que não lhe dava bola.

O champanhe ajudava na lembrança festiva: o que na época fora um drama urgente se transformava no relato de uma estudantada divertida. Sem me dar conta, me vi rememorando a primeira vez que tivemos de desarmar um policial — Guillermo, Juanjo e eu — e de como o pobre sujeito ficara tão assustado que Juanjo tivera um ataque de riso, certamente por estar ainda mais assustado:

— Quantos anos você tinha, Juan?

— Não sei. Quando foi, setenta e um, setenta e dois? Não me lembro, mas devia estar com uns vinte, vinte e poucos anos.

— Puta que o pariu, como a gente era moleque. Vocês conseguem imaginar os filhos de vocês fazendo alguma coisa do tipo?

O Careca Guillermo ficou sério, esfregou os olhos com as mãos e disse que não, que por sorte não havia a menor possibilidade. Depois, tratou de sorrir:

— Cara, vocês se lembram mesmo das coisas desse jeito, como se fosse tudo uma farra? Eu, na verdade, nunca penso assim. Bom, para ser sincero, a verdade é que quase nunca lembro dessas coisas.

De vez em quando eu parava de escutar: nada que eles dissessem podia me surpreender, ou melhor, nada do que dissessem tinha por que me importar. Naqueles momentos eles perdiam sua aparente originalidade, sua diferença — produto do que haviam sido ou do que haviam acreditado ser tanto tempo antes — e tornavam a ser o que eram, o que éramos: uns senhores ligeiramente moles para quem o tempo estava acabando a falar do passado fracassado para fazer de conta que não estavam percebendo. Eu olhava para eles e continuava perguntando para mim mesmo como havíamos podido acreditar que estávamos juntos, que queríamos a mesma coisa, que éramos companheiros, essa palavra que marcou a época: companheiros. Um pouco mais, um pouco menos que amigos: uma relação que nos unia para além de afinidades pessoais, porque a grande escolha que fizéramos ultrapassava toda afinidade. Não havia grande coisa que nos ligasse: a nós quatro, naquela noite, não havia grande coisa que nos ligasse, como a tantos outros, na época; o que nos ligava, ainda, de forma cada vez mais tênue, era o espírito daquela época em que milhares de jovens muito diferentes mergulharam em todo tipo de revolução. Unia-nos a idade, aquele espírito, a decisão de encarná-lo; mas, agora, todas as diferenças que a época soubera dissimular tornavam-se evidentes.

Então eu olhava para eles: olhava suas manias. Um homem não tem muito mais que suas manias, os sinais leves, banais — involuntários — que o distinguem dos outros. Olhava como o Careca Guillermo cortava o peixe em pedaços bem pequenos e os examinava antes de levá-los à boca, mastigava cada um até que não podia restar literalmente nada: imaginava aquela papa desmanchada, salivada, remastigada, dissolvida pelos dentes e os ácidos gástricos até virar líquido: comida. Olhava como o Cabeção Juanjo, a cada tanto, tocava o anel do dedo anular da mão esquerda com o polegar da mesma mão, como se de repente se lembrasse de que o anel deveria estar ali e não tivesse certeza de tornar a encontrá-lo e só pudesse procurá-lo com aquela ponta do polegar, como se não sentisse o tato do próprio anel sobre o próprio dedo e esse tato não fosse suficiente para confirmar sua existência: para tranquilizá-lo. Olhava como o Cordobês Alberto procurava fixar os olhos em alguma coisa — na garrafa de champanhe vazia, no rosto de qualquer um de nós, em suas mãos enrugadas — e não conseguia, e me impacientava ver o movimento perpétuo daqueles olhos e ver aquelas manias: o incontrolável, a assinatura de cada um deles.

Meus três companheiros deviam achar que eram aquilo que pensavam, mas pensavam o mesmo que pensam tantos outros e o pensavam porque o pensam tantos outros: compravam seus pensamentos num mercado onde nem mesmo se dão conta de que pagam porque passam a vida inteira pagando — prestação após prestação, dia após dia após dia — com suas atitudes, com suas vidas. Acham que são o que escolhem e terminam escolhendo o mesmo que seus pais, seus irmãos: criam filhos, trabalham para mantê-los e para se manter. E em compensação não devem a ninguém tais manias: não as escolhem, não as pensam, não decidem nem acham que decidem, assim como eu nunca decidi que seria aquele que passa a língua pelos lábios a cada quinze segundos nos dias mais tranquilos, a cada oito ou dez nos comuns.

Todos acham que decidem. Mas nós fizemos mais que isso. Foi tão estranho que tivesse nos ocorrido ser diferentes de todos os demais. Aí estava, pareceu-me de repente, a chave de tudo: em procurar entender por que nos ocorrera que podíamos ser diferentes de todos os demais. Agora, sabendo que somos espécie, pura espécie, a pergunta me parecia mais misteriosa, mais intensa. O mundo sempre esteve cheio de pessoas que sabiam que sua vida consistiria em nascer, crescer, acasalar-se, reproduzir-se para que a espécie fosse em frente, morrer para dar espaço aos que iam nascer, crescer, acasalar-se, reproduzir-se para que a espécie fosse em frente e outros pudessem nascer, crescer, acasalar-se, reproduzir-se e abrir espaço. Cheio de pessoas que sabiam o que sabiam sem sabê-lo: que o aceitavam com suas vidas. Era o que costumávamos chamar adaptação, e desprezá-la: cada um se prepara e procura um trabalho — um lugar na ordem da espécie — que lhe permita reproduzir-se nas melhores condições possíveis. Em seguida se dedica a queimar suas energias e a recuperá-las e a queimá-las outra vez em atividades que lhe permitam acima de tudo restaurar essas energias — com maior ou menor quantidade de molhos e ouropéis. É verdade que não é exatamente a mesma coisa recuperar energias com quatro pratos e champanhe francês que com mexidinho de arroz, que não é a mesma coisa passar o dia apertando um parafuso na esteira que vendendo chicletes no semáforo que operando cataratas que pensando como vender milhões de barris mísseis circuitos integrados, mas tudo termina equivalendo-se: no fim de cada dia — dessa vida — os parafusos chicletes cataratas barris mísseis terão passado sem deixar mais rastros que a lembrança de refeições e camas e carros e penúrias e férias mais ou menos vistosas, e a espécie ter-se-á reproduzido e o senhor ou senhora terão morrido e seus átomos se dispersarão e passarão a ser outras pessoas animais copos de coca-cola folhinhas amarelas neve *flit*. Tantos souberam e sabem ou aceitaram e aceitam que viver é uma coisa assim: organizar-se para que a transição entre seus pais e seus filhos transcorra da forma mais cômoda possível.

Tantos souberam ou aceitaram esse fato, mas não nós: nós achamos que seríamos aqueles que fariam deste lugar um lugar tão diferente que romperíamos toda continuidade, que nunca seríamos velhos como nossos avós, nossos pais. Eu me perguntava como foi que nos convencemos de que nós sim conseguiríamos fazer isso. Sem dúvida o truque principal consistiu em não saber, em fazer o esforço de não saber que o mundo sempre estivera cheio de pessoas que sabiam que sua vida consistiria em nascer, crescer, acasalar-se, reproduzir-se para que a espécie fosse em frente, morrer para abrir espaço para os que iam nascer, crescer, acasalar-se, reproduzir-se — e que suas vidas não seriam radicalmente diferentes do que havia sido a vida de seus pais, e que o mundo aonde haviam chegado continuaria igual quando se fossem. Fizemos o esforço de ignorar tudo isso e assim pudemos imaginar que toda geração muda radicalmente o que fizeram seus pais. Ou dito de forma mais singela: que refazer o mundo era o que quase todos haviam feito.

Só que nós faríamos isso de maneira mais definitiva. Nós daríamos ao mundo sua verdadeira forma, aquela que ele esperava havia tantos séculos: foi uma noção curiosa.

O Careca Guillermo — eu olhava para ele e sem querer duvidava, tratava de imaginar sua história, torcia para ele não perceber — cortou em quatro o último pedaço de seu filé de peixe batizado, espetou um pedaço, olhou para ele. Eu quis acreditar que pensava em seu pai ou em seu filho, mas como saber.

— O que não consigo entender é como, depois de tudo o que aconteceu na Argentina, você continua envolvido em política, e ainda por cima no governo. Desculpe, Juan, mas como você consegue viver nesse mundo de ladrões, de corruptos? Respeito as opções de cada um, mas na verdade não consigo entender a sua.

Foi o que disse o Careca, com uma voz tão controlada que ficava quase irritante, sorrindo para Juanjo como se estivesse elogiando sua camisa.

— Engula essa, Cabeção.

Assim reforçou o Cordobês, com seu sotaque inimitável, olhando para Juanjo com um sorriso feliz demais. Juanjo largou sua taça quase vazia sobre a toalha manchada: de um branco cintilante enfeitado com manchas de várias cores, a história de um jantar. Sua taça pousou sobre uma mancha: empurrou-a para o lado, sorriu para ninguém, disse — também para ninguém, sem olhar para nenhum de nós em especial — que ia ser sincero, que ia nos explicar por que escolhera o que escolhera. No dia seguinte a toalha estaria novamente branca, novamente virgem. Juanjo se calou, como para deixar-nos apreciar a importância do momento — sua decisão de ser sincero —, e depois começou a falar, quase num sussurro: que o prazer consistia em fazer; parar de falar, fazer. Que se alguma vez tivéssemos conhecido o prazer de dizer vamos recuperar tal ferrovia para que ela passe por tal lugar e depois a tal ferrovia acaba passando mesmo por aquele lugar e muda a vida — mas muda a vida de verdade, não é uma frase feita — de um montão de pessoas que vivem naqueles povoados, por exemplo.

— No fim a vida é pura conversa fiada, rapazes, as pessoas que realmente fazem alguma coisa na vida são muito poucas, e o governo é o lugar onde se faz. É fácil passar a vida falando que o governo é incompetente. Eu mesmo poderia ter passado a vida fazendo isso, na verdade, passei quase toda a minha vida fazendo isso, como vocês. Vocês continuam com as críticas, de posições diferentes. O Careca quer que cuidem dele, o Cordobês quer acabar com tudo, o Ruivo nem sei o que pode querer, se é que quer alguma coisa, mas todos vocês são só crítica, e dá-lhe crítica. Eu também poderia ter continuado assim e nunca teria sabido como era esse negócio de fazer. Mas por sorte tive a oportunidade. Bom, não foi bem sorte, é claro, Córdoba, foi porque fui atrás, e até concordo que tive de engolir alguns sapos. Mas agora quem faz as coisas somos nós, e os que falam são eles. E para que é que nós militávamos, rapazes, se não era para poder fazer coisas? O que estamos comemorando agora é a época em que fazíamos, rapazes. Bom, eu continuo fazendo. E sabem o que mais?

Perguntou, inclinando-se muito sobre a toalha branca cintilante com suas manchas, pomposo, tocando o anel com o polegar para assinalar a pausa, pigarreando:

— E no fim, sabem que mais? No fim, quase não importa o que você faz. A diferença não está entre os que fazem isso e os que fazem aquilo: a diferença está entre os que fazem e os que falam, caras, essa é a diferença, não sei se vocês vão conseguir me entender. Não sei, pode ser que consigam. É, quero crer que conseguem.

Foi estranho, luminoso aquele instante de alívio: quando pensei que ainda bem que Estela não estava ali, que não estava entre nós naquela noite — e em tantas outras noites, enfrentando enigmas tão tristes. Que sorte ela continuar a ser aquela menina, aquela mulherzinha que eu precisava proteger de tudo aquilo.

O Cordobês disse que claro, como é que não ia entender, que tudo lhe parecia muito claro, que eram nossas contradições: que já nos anos setenta tínhamos gente que se interessava pelo governo burguês — disse "o governo burguês" — e que agora com mais razão ainda, depois da debandada:

— Agora é que é difícil ser revolucionário. Naquela época era fácil, todo mundo era; a questão é agora, que a gente nem sabe direito no que isso consiste, não?

O "não" interrogativo no final — a matriz da dúvida após a afirmação contundente — devia ser uma concessão aos tempos confusos pós-modernos. Guillermo, constrangido, concentrou-se num sorvete de doce de leite que disfarçava sua situação à força de folhinhas verdes e pedaços de caramelo retorcido e olhou para o relógio de esguelha. Eu tratei de disfarçar um sorriso. Juanjo olhou para Alberto em silêncio por alguns segundos; depois perguntou se quando ele dizia revolucionário era mesmo revolucionário que queria dizer e, nesse caso, o que queria dizer.

— O quê, você já esqueceu até do significado da palavra, Cabeção?

— Não fale besteira, Alberto. Não tenho de apresentar credenciais nem para você nem para ninguém.

Ou não podia mostrá-las: naquele momento me lembrei das histórias que ouvira sobre o exílio de Juanjo e estive a ponto de contá-las. O Cordobês falou primeiro:

— Bom, você se safou com bastante facilidade, não foi?

Juanjo olhou para ele como quem olha para um filho que mais uma vez ficou pendurado em doze matérias.

— O que você está dizendo, Alberto? Você sabe que tive de sair do país, que passei oito anos no exílio...

— O que eu sei é que seu papai se assustou quando se deu conta da situação e viu no que o filhinho estava metido, e como tinha grana e contatos pegou você pelos fundilhos e num instante mandou para fora do país. E você, que eu saiba, não resistiu muito...

— O que você queria que eu fizesse, que ficasse aqui para ser morto?

Alberto se calou: a discussão ficara pessoal demais. Achei que ficar calado teria sido muita covardia:

— Não, ninguém quer nada, ainda bem que você se salvou, aqui todo mundo se salvou, mas, para falar de boca cheia sobre o heroísmo dos anos setenta, seria melhor que não tivesse saído correndo ao primeiro disparo... Quer dizer, se você fica o tempo todo falando dos mártires, dos companheiros mortos...

— Olhe só quem está falando.

Foi o que me disse Juanjo — e em sua voz havia ódio.

— Você também se mandou?

Perguntou-me, voz suave, conciliador, Guillermo. E Juanjo lhe disse que não, que nada disso, que não era a isso que estava se referindo: que o que ele estranhava era o fato de que eu, que sempre criticara as versões heroicas, as histórias de sacrifício e de martírio, agora me deixasse levar por aquela lógica de herói. Eu não quis dizer a ele que ele tinha razão, que era tão fácil.

— Nada de questões pessoais, caras, não vale a pena. Era só o que faltava, que a gente se reúna para brigar por essas bobagens.

Disse, reconciliando.

Por que será que meu querido Juanjo, um cavalheiro que estava com tudo cem por cento certinho na vida, ministro da província, dono de uma casa e de uma mulher esplêndidas, seus filhos, seus carros, sua carreira, seu futuro inclusive, haveria de querer convidar três joões-ninguém sem o menor interesse para uma espécie de jantar de confraternização sob o pretexto de que trinta anos antes os quatro havíamos partilhado alguns perigos, algumas esperanças? Por que queria espremer o passado para tirar dele algo do pouco que ainda não tinha?

Juanjo pediu outra garrafa de champanhe, esperou que enchessem nossas taças e levantou a sua. Em seu rosto já não havia rastros do ataque; percebia-se que sua carreira o treinara a evitar rancores ou a guardá-los no mais recôndito dele mesmo:

— Quero brindar a este reencontro. Porque noites como essas, com suas lembranças, com suas diferenças, comprovam que não demos nosso sangue em vão, que o que fizemos não foi um capricho de juventude, mas sim...

* * *

O que ele imaginaria que estava comprando, pagando, resgatando, com aquelas garrafas de champanhe? O que pensaria que estava expiando? Por que diabos queria que estivéssemos ali, comendo e bebendo na mão dele, relembrando casos idiotas e simpáticos dos tempos do desastre? Será que ele queria nos convencer de que tudo aquilo fora uma grande brincadeira partilhada com muitos e fiéis amigos?

— Algum de vocês se lembra do que sentíamos quando matávamos alguém?

Disse, como se não estivesse falando com ninguém.

Juanjo ficou com a boca aberta babosa congelada, Guillermo olhou três vezes seguidas o relógio de *yachtsman*, Alberto entrecerrou os olhos e talvez tenha pensado um sorriso. Foi um silêncio espesso, prolongado. O silêncio não foi falta de palavras: foi o vazio criado por um número excessivo de palavras acumuladas, maltratadas, palavras que se atropelam entre si, que se calam umas às outras. Eu bebera muito, mas o silêncio me chamava: se eu deixasse que um dos três o desfizesse, se não falasse, obrigava-os a me atacar e a desviar a conversa para um terreno ainda mais confuso. Então tratei de continuar, aos tropeções: que agora nos lembramos sobretudo de como nos matavam. Que até parecia que tínhamos combinado lembrar aquela parte da história: todos de acordo em lembrar de como nos matavam, e digo todos, todos. Aos militares e a seus sócios é conveniente que nos lembremos disso porque é a forma que eles têm de dizer a qualquer argentininho com ideias estranhas tomem cuidado rapazes e nem pensem em fazer confusão, porque já viram como terminam aqueles que tentam. Para os frouxos, para os que nunca fizeram nada, para a grande massa estúpida, fica mais fácil lembrar uma matança, a maldade dos maus, o famoso genocídio, do que pensar nas complexidades de um enfrentamento pelo poder de definir o modelo social. E para nós, a médio prazo, passou a ser conveniente porque nos transformou de equivocados em vítimas, de derrotados em vítimas — e não há papel mais generoso que o de vítimas, dizia eu, gaguejando, não existe papel mais eficaz do que esse para não tolerar nenhum questionamento, em que todo e qualquer questionamento desapareça diante da compaixão obrigatória de coitadinhos desses moços, tão assassinados que foram por aqueles filhos da puta. Porque talvez se não tivéssemos virado tão vítimas devêssemos prestar contas diante de alguém — não sei diante de quem, mas diante de alguém — por todos os nossos erros, por nossas besteiras, por ter jogado na merda o capital social que havíamos conseguido, a confiança de tantos milhares de pessoas, as esperanças de milhões, tudo desperdiçado no delírio de ganhar aquela guerra perdida de antemão. Mas não, claro, quem é que vai pedir contas aos sobreviventes do massacre. Assim, para nós, claro que era conveniente, e conseguimos que muitos se esquecessem de que também acreditávamos que a violência era uma forma de mudar o mundo. Acho que até nós mesmos conseguimos esquecer isso, muitos de nós conseguiram esquecer que acreditávamos que para mudar tudo era preciso pegar em armas e matar uns tantos. Eu continuo achando que fazia sentido, não renego isso. Digo, ainda mais, que não soubemos como enfrentar tanta derrota e viramos vítimas.

— Carlos, se acalme, Carlos. Você está bem?

Eu estava me perdendo: sabia que tinha de me calar, mas não sabia como. Confuso, desarmado, ouvi Guillermo dizer que como podia me passar pela cabeça que a violência, que o Cordobês agora sim estava rindo, que Juanjo pigarreava como se não conseguisse nunca limpar a garganta, mas ao mesmo tempo tive a sensação de que ele dizia que eu estava fazendo o jogo da direita ou algo assim, que aquela era uma discussão muito delicada que teria de se enquadrar em certo contexto ou algo assim. Não entendi bem, mas fui em frente, e ao falar olhava sobretudo para Juanjo:

Que agora o que lhes dá um pouco de vergonha é terem sido violentos, porque não têm outra saída senão dizer que a violência é má — a correção política, o ar dos tempos —, então inventam para uso próprio toda essa ideia de que os verdadeiros violentos eram os outros. É fácil dizer que a violência não serve para nada quando você não quer nada: é possível pedir pacificamente ao Estado um aumento de cem pesos para as professoras; não se pode pedir pacificamente ao dono de cem mil hectares que os reparta entre dez mil pessoas. Se o que você quer é governar para os ricos, é óbvio que a violência não cabe de jeito nenhum, que as violências que pode haver vão jogar contra. Mas, se alguma vez algum setor, alguém, tentar mudar realmente este mundo de ricos, não vão atacá-lo com toda a violência de que disponham os ricos — com toda a violência? Então os que venham a procurar essas mudanças não terão de buscar alguma forma de defender-se contra essa violência — uma forma que será violenta?

— Ou, se querem que diga de outra forma: nunca uma mudança real aconteceu sem violência. Pensem na Revolução Francesa, na independência das colônias americanas, no fim do nazismo, no que queiram. Podemos renunciar à violência — seria genial poder renunciar à violência —, mas parece que a condição para isso consiste em renunciar a esperar toda mudança real. É uma opção, e parece que vocês já a fizeram.

— Quem é vocês, Ruivo? Com quem você está falando?

Agora o silêncio foi mais longo mas muito diferente: já não eram palavras se atropelando sem poder sair, mas o vazio pastoso de cavalheiros que se perguntam o que estão fazendo ali.

— Que estranho, não? Pensar que há trinta anos estávamos dispostos a dar tudo por uma coisa que agora nem sabemos muito bem o que teria sido.

Disse, e os três me olharam e Juanjo aproveitou:

— Eu brindo a isso, companheiros. A essa generosidade de estar dispostos a dar tudo, como diz Carlos, sem nem sequer perguntar-se por quê. É isso que falta, é isso que faz falta hoje em dia.

Guillermo olhou para ele como se fosse dizer alguma coisa que não valia a pena. Depois olhou para mim, me deu um copo de água, me disse Ruivo fique tranquilo, o que você estava dizendo me interessa e eu gostaria de lhe perguntar uma coisa. Achei que ele tinha percebido e tentei desfazer qualquer gesto.

— Sim, claro, diga.

— E agora, você mataria?

— Como assim, se agora mataria?

Ele conseguira me surpreender. Mas ao mesmo tempo me deixou aliviado: não percebera nada.

— Sim, Ruivo, não finja que não me entendeu: você mataria agora?

— Bom, não acho que se possa pensar numa coisa assim de forma abstrata.

— Não, claro que não. Digamos: se você tivesse uma boa razão.

Juanjo estava submerso em alguma cavilação radical, ou talvez dormitasse; o Cordobês, de seu lado, parecia muito interessado e interveio: sim, claro, a pergunta tinha de ser mais concreta: vamos ver, diga Ruivo, quem é o cara que você mais odeia no mundo? Juanjo acordou de repente e ficou me olhando. Estive a ponto de falar mas não disse nada.

Achei que seria um erro dar um nome qualquer: que ao fim e ao cabo eu não sabia o verdadeiro nome dele, mas podia dizer o filho da puta que matou Estela, que não era um nome, mas era o único nome e no entanto eu não devia dizê-lo, tinha de guardar segredo, se falasse me delatava, talvez em algum momento acontecesse alguma coisa e alguém, um dos três, somasse dois mais dois e compreendesse. Mas no fim me surpreendi.

— Deve ser o padre. Imagino que o cara que eu mais odeio é o tal padre.

Foi uma surpresa enorme: eu achava que o que sentia era curiosidade, interesse; nunca dissera para mim mesmo que aquilo talvez fosse ódio. E mesmo assim coloquei-o no lugar do ódio e foi um alívio: como se tivesse posto as peças no lugar. E, em seguida, compensando, outro alívio: se eu tivesse me calado ele teria suspeitado muito de minhas intenções. Falar dele, por outro lado, era um modo de supor que não queria fazer nada.

— Que padre?

Contei-lhes sobre o padre Fiorello ou, melhor dizendo, contei o que sabia até então: sobretudo invenções, conjecturas. E dei um jeito de parecer casual, se é que se pode parecer casual quando se fala de alguém que é apresentado como "esse é o cara que mais odeio no mundo".

— Mas é uma besteira se meter com um padre. Com tanto filho da puta, tanto milico assassino, tanto patrão que entregou seus operários, tanta gente desse tipo, a verdade é que encarar um padre parece uma bobagem, Ruivo.

Foi o que disse Guillermo, e que um padre de última é mesmo assim um sujeito que trabalha para o bem do próximo, que eu não podia me esquecer disso.

— Suponhamos, Careca. Mas às vezes suas ideias de bem do próximo incluem matar a muitos próximos. Ou será que só agora vamos descobrir a inquisição?

Foi o que disse o Cordobês, e também que já tinha ouvido falar do Fiorello e que sabia que ele era um tremendo de um filho da puta e que com certeza o mataria.

— O quê?

— Isso mesmo, Ruivo, que com certeza um sujeito como aquele você matava.

Eles não conseguiam parar de me chamar de Ruivo: logo eu, que havia mais de vinte anos não tinha um cabelo no crânio.

— Eu não, por que ia matar?

Eu disse, a expressão angelical de um anjo velho. Juanjo sorriu. Era a vez dele:

— Bom, porque ele teve participação na morte de muita gente. Da sua mulher, por exemplo. E uma participação de merda. Em última instância, os que saíam dando tiros e matando e sequestrando pelo menos mostravam a cara; os sujeitos como esse padreco mandavam e convenciam os outros, depois ficavam bem escondidos. Não sei se é o caso de matar alguém...

— Como não sabe se é o caso de matar alguém?

— É o que eu já disse: não sei se é o caso de matar alguém, mas, se fosse, para mim todos esses filhos da puta são candidatos. A opção mais óbvia é a de matar quem matou, mas isso é quase uma bobagem: como se fosse tão fácil. O problema não é assim; é preciso matar os que inventaram a máquina, os que permitiram que outros matassem tão tranquilamente.

Sua lógica era confusa, mas suponho que estávamos todos no mesmo nível. O Cordobês levantou uma taça, balbuciou algo que não consegui entender e depois disse que era fácil fazer passar por um crime comum.

— Como?

— É isso mesmo, Ruivo. Você tanto pode se encarregar pessoalmente como arrumar um sujeito que faça de conta que é um assalto, que finja que vai roubar o cara e depois acerta dois tiros nele. Fácil, sem problema. Coisas que acontecem todos os dias, ninguém vai desconfiar de nada. Tem a vantagem de não atrair a atenção, de não criar escândalo público.

Seria, pensei, como tomar uma providência burocrática, como deixar uma moeda no pratinho do mendigo: um gesto mecânico e barato.

— Claro, é muito fácil. E para que merda serve? Para me dar a suposta satisfação pessoal de dizer o filho da puta está tão morto quanto Estela? Não, teoricamente matávamos por outras razões.

Eu disse a eles que estava tudo errado desde uns momentos antes: que era um erro pensar a morte como um fato individual e perguntar-me quem você odeia, quem mataria. Que era muito diferente matar por razões pessoais e matar por razões coletivas, que às vezes era fácil se convencer de que seria útil matar pelo bem comum, pelo bem de milhões; que era uma operação apoiada por séculos de prática e sanção gloriosa, heróis, guerreiros, próceres. E que por isso — veio à minha cabeça de repente — não houvera vinganças: porque não havia como apresentar a morte de um torturador como sendo uma contribuição ao bem comum, pois essa morte seria identificada de forma muito clara com o olho por olho, a reparação pessoal.

— É, o que você diz é muito interessante.

Foi o que disse Juanjo: de repente, a tormenta se dissipara como se nunca tivesse existido e voltávamos a ser quatro velhos conversando, alguma taça a mais como todos naquele restaurante naquela noite de dezembro.

— Mas não funciona. Você tem razão quando diz que a vingança não está inscrita na lógica da violência pela pátria, mas na lógica do sangue. Porém a que foi imposta durante todos esses anos foi precisamente essa lógica do sangue. Quem é que assumiu essa questão dos mortos? Os parentes deles: as mães, principalmente as mães. Não é que eles tenham sido reivindicados por um projeto político que já não existia; eles foram alardeados pelos parentes que, para tal, muitas vezes os despolitizaram, desarmaram toda história política que pudessem ter. Falava o sangue, não as ideias.

Foi o que disse Juanjo, como se repetisse o que eu lhe dissera um dia. Pareceu-me, de repente, lúcido demais: com uma lucidez contraditória, detestável.

— É, por isso agora quando vocês falam em vingança olham para mim, porque mataram minha mulher enquanto vocês perderam apenas uns tantos milhares de companheiros. Vocês não tiveram nenhuma participação em tudo isso? Não faziam parte da coisa, não estávamos todos juntos? Para vocês nada foi morto? Vocês não teriam por que se vingar?

Guillermo me surpreendeu. Imaginei que já estava livre dele, mas quando estávamos nos levantando ele me olhou de um jeito que me incomodou: um olhar prolongado demais, fixo demais, explícito demais. Ao fim e ao cabo devia ter se dado conta de minha surpresa. Mas não; me disse que eu não achasse que devia alguma coisa a Estela, o que eu poderia dever a ela? Se algum dia você chegar a se vingar, não será por ela. Para ela não tem a menor serventia. Desculpe, mas há muito tempo que para ela não tem a menor serventia. O erro seria disfarçar isso. Se você se vingasse, Ruivo, seria somente para você. E eu acho, me desculpe, mas acho que isso torna o fato mais nobre, mais autêntico.

— Mas, Careca, como é que pode passar pela sua cabeça que eu poderia fazer algo assim?

21.

O que eu não suportava era o seu corpo: a diferença do seu corpo. Seu corpo punha em cena a degradação do meu com excessiva fúria — e não a suportava e decidia não vê-la mais, mas chegava quinta-feira. Embora fosse verdade — eu supunha que fosse verdade — que eu já não tinha aquela sensação de precisar de uma mulher: precisar dela. Isso me permitia algumas formas da generosidade: se acontecesse alguma coisa com ela, imaginava, com Valeria, por exemplo, eu não sentiria por mim — por minha suposta perda —, mas por ela, pela sua: porque ela ficaria sem ela para sempre.

— Você parece bem, contente. Mas um pouco cansado.
— Não, por quê? Estou ótimo.

Era verdade, mas chegava quinta-feira, ela, eu lhe abria a porta. Uma vez pensei em lhe dar um jogo de chaves — e talvez tenha feito isso.

* * *

— Ótimo é a palavra certa, coração.

Havia duas ou três quintas-feiras que Valeria concordava com tudo o que eu lhe dizia. Não era fácil para ela; com frequência, o fato de ela dizer o que eu dizia significava o oposto: minhas palavras, minhas ideias em sua boca desmentiam minhas ideias, minhas palavras. Estar de acordo, então, era um esforço frágil que ela começou a praticar com cuidado, dando um jeito no início para que não se percebesse, cada vez mais descaradamente. Deixara, entre outras coisas, de me fazer perguntas sobre os anos setenta; seu silêncio a esse respeito produzia, é claro, aquela aparência de harmonia — aquela ameaça — que só os silêncios produzem.

De toda forma, era visível que o estava fazendo — bastante bem —, e no começo pensei que o Mal devia estar se tornando notório: que ela já começava a sentir pena. Depois pensei entender que não e, uma tarde, sozinho, pensei que era porque ela estava por me deixar. A ideia de deixar de vê-la não era nova: sempre estivera presente; o terrível era que, para descrevê-la, me ocorresse a palavra deixar-me.

Mas naquela noite ela me tranquilizou: estava desafiadora. Era desagradável quando estava desafiadora.

— Suponho que você tenha ido encontrá-los porque agora que está procurando sua mulher já não sente vergonha de falar com eles, agora você é a pessoa que eles esperavam que fosse, não?

— De que merda você está falando, Valeria?

— Óbvio, de você e de seu jantar de amigos. De você procurando sua mulher.

— E que merda você sabe disso?

— Isso que estou lhe dizendo.

— Porra, o que eu estou perguntando é como você sabe.

— Já entendi, Carlos, porra! Sei porque você me contou, do contrário como eu iria saber?

— Não é verdade. Eu não lhe falei nada.

— Claro que me falou.

— Eu não lhe falei nada, não me venha com sacanagem.

Eu me acalmava: ela continuava acreditando que eu era forte, e por isso mentia para mim. Valeria mentia com aplicação, sublinhando a mentira. Uma quinta-feira me diria — vencendo minhas demonstrações de desinteresse — que verde e amarelo, e na semana seguinte falaria sem motivo algum sobre o mesmo episódio para dizer que marronzinho e branco. Ou jurava que eu havia lhe contado uma coisa que com toda a certeza eu não havia lhe contado. Demorei, acho, a dar-me conta — ou, pelo menos, quando me dei conta recapitulei e me lembrei confusamente da quantidade de vezes que tudo aquilo já ocorrera, ou seja: que eu demorara muito a dar-me conta — e, quando o fiz, pensei primeiro numa espécie de patologia: Valeria era uma mulher inteligente — quando mais não fosse, era sem dúvida inteligente — e não podia ignorar que se contradizia. Por isso, com a facilidade que caracteriza nossos tempos, recorri a algum resto de psicologia barata para pensar que aquilo era uma "patologia" — essa palavra que explica o que não sabemos explicar, como os médicos atribuem a "um vírus" o que não conseguem atribuir a alguma coisa que conheçam. Demorei muito mais —

muito mais: estava mal começando — a supor que o objetivo de suas mentiras era simplesmente chamar minha atenção, me sacudir, me acordar: obrigar-me a me erguer e dizer-lhe que o que você está me dizendo é uma asneira, da outra vez você me disse exatamente o contrário, como é que fica isso, quem você acha que eu sou, me obrigar a pedir-lhe alguma coisa — verdade, coerência, respeito por meus cabelos brancos ou meus colhões —, me obrigar a lhe pedir, também eu, que fosse diferente. Nisso consiste a onipotência e a humilhação dessa coisa que, na falta de um nome adequado, costumamos chamar amor: em escolher alguém para transformá-lo em outro. E Valeria se ressentia, detestava que eu não fizesse a menor tentativa de mudá-la. Mas a verdade era que mentia para mim — por isso, fosse por que fosse — e nunca saberei exatamente em quê, em quanto. O nome dela, por exemplo.

— E estão todos tão acabados feito você?

— Como assim? Eu sou um garotão.

— Sei, garotão. Estão todos amargurados, derrotados feito você?

— De que merda você está falando?

— É óbvio, Carlos, desses seus amigos. De que você não faz mais nada, se deu por vencido.

— E o que você quer que eu faça?

Foi o que eu disse a ela, e não lhe disse que estava na cara que eu não sabia o que fazer, como fazer. Ou disse, mas por vias tortas:

— Agora caberia a vocês inventar formas e prestar muita atenção para que essas formas sejam diferentes das nossas: que não sejam maneiras de reproduzir poder, como as nossas.

— Ah, é? Agora vocês é que vão nos dizer o que temos de fazer? Vocês, que não souberam fazer merda nenhuma?

* * *

Os mecanismos que imaginamos para mudar o mundo não funcionaram; isso não quer dizer que não vão existir outros. Sempre houve outros; ao longo da história sempre houve formas que não funcionaram e formas que funcionaram, porque as sociedades que depararam com o fracasso continuaram procurando formas novas. Mas já não caberia a mim esforçar-me para entendê-las, para voltar a acreditar no inverossímil. Sei que só à força de acreditar no inverossímil se consegue, às vezes, raramente, torná-lo verdadeiro. Eu tinha muita curiosidade em saber quais seriam essas próximas formas — embora soubesse que nunca as veria, que elas seriam minhas primeiras lembranças impossíveis: o que aconteceria naquele tempo tão estranho que começaria em breve, depois da minha morte. Ocorreu-me que talvez continuasse a vê-la porque queria saber, porque esperava ter alguma ideia de como os jovens iam fazer para conseguir o que nós não pudemos. Claro que teriam de começar por propor alguma coisa.

— Vocês, como não encontraram ideias prontas para a mudança, se dedicam a acreditar que toda mudança é má, viram ecologistas, essas...

— Vocês? Que vocês?

— Você, vocês.

— Como foi que você chegou à conclusão de que eu fazia parte de algum plural possível?

É, talvez eu a visse porque queria saber: deixava-a confusa porque queria saber. Mas Valeria insistia nos anos setenta.

* * *

E talvez não fosse verdade que eu queria saber.

— Bom, o fato é este: você foi se encontrar com eles porque agora está fazendo o que eles esperavam que você fizesse.

— Não diga asneira.

Eu também havia pensado isso. Talvez não nos termos de vergonha: não que antes sentisse vergonha de falar com eles. Mas sim a sensação de que, se não estava procurando Estela, se não queria saber, tampouco tinha sobre o que falar com eles. Ela não podia compreender isso, e no entanto me perguntou — era uma recriminação? — como era possível que eu tivesse demorado todo aquele tempo para ir atrás de Estela. Estava ocupado tratando de ter uma vida, e, toda vez que parecia que estava a ponto de consegui-lo, ela me impedia. E seus pais? Seus pais morreram no fim dos anos setenta, os dois, num acidente. E por que você não se interessou pelas organizações de direitos humanos? Porque eu os achava mentirosos. Tinham suas razões, não podiam ter feito de outra forma, mas eu não tinha vontade de seguir a cartilha deles e falar de Estela como de uma boa menina que estava sossegada na casa dela quando vieram os militares malvados e a levaram. Estela havia combatido, sabia ao que estava se expondo, eu não tinha vontade de transformá-la numa vítima, e aquelas organizações, o que faziam era transformar nossos mortos em cordeiros degolados. De modo que fui me afastando, abrindo — e em algum momento a pessoa consegue esquecer. É tão estranho chegar ao esquecimento:

— Você sabe o que é conseguir o esquecimento? O esquecimento é uma das maiores maravilhas que inventamos.

* * *

Eu sabia — não supunha, sabia — que ela era forte, de modo que mentia para ela sem o menor problema. Mentir um para o outro era a pequena homenagem que nós dois nos fazíamos o tempo todo.

22.

— Mas contaram para você que ele bebia, não?

— Não. Como assim, bebia?

— Ai, senhor, se eu que sou uma velha sabia... Aqui todo mundo sabia. Desculpe eu lhe dizer, mas, se o senhor andou se informando sobre o padre Fiorello e nem mesmo sabe que ele bebia, não sabe coisa nenhuma.

Conformei-me. Me ouvira dizer — tão impensado — que era o sujeito que eu odiava. Aceitara — aceitara? — certa ideia de vingança, mas a vingança era uma demonstração de fraqueza extrema. Se eu me vingasse, me humilharia. Mas se não me vingasse estaria aceitando que não fora capaz de fazer nada. Quando Juanjo me dizia que ele ao menos fazia alguma coisa — que eu era tão lúcido e sarcástico e estava sempre disposto a apontar seus erros, os erros de sua gente, e que muitas vezes tinha toda a razão, mas que o que eu fazia era me esconder atrás dessa inteligência para ficar de fora, para nunca mais assumir o risco de fazer alguma coisa — tinha razão, embora eu tivesse minhas razões.

Eu era uma dessas pessoas que carregam pela vida afora a carga pesadíssima de ser as únicas — quase as únicas — testemunhas da própria capacidade, inteligência, talentos. Dessas pessoas que se valem, para suportar esse peso, da convicção de que se quisessem — se se dessem ao trabalho — fariam coisas extraordinárias, mas que não vale a pena tanto esforço, o mundo não o merece, para quê, qualquer imbecil pode fazer o tipo de coisa que o mundo reconhece. Não é fácil renunciar; muito mais fácil é fazê-las. Porque esse exercício de desdém não consegue evitar o fato de estar sempre andando à beira do precipício do pânico: e se fosse simplesmente porque não consigo? É nessas circunstâncias que se necessita de toda determinação, toda força de vontade para seguir em frente: para não ceder à tentação de demonstrar. Àquela altura eu já não conseguiria.

— Esse não é aquele que largou o Exército, que largou tudo porque se apaixonou por uma prisioneira? Acho que foi ele, sim.

— Quem, o padre Fiorello?

— É, não, acho que não. Acho que ele não se chamava Fiorello. Era um nome italiano, sim, mas Fiorello acho que não era.

Dissera — me confessara — que o odiava: marcara-o como um alvo. E agora me ocorrera uma vingança que não me rebaixava tanto: ia apropriar-me dele. Ia inventar uma vida para ele, fazer de conta que era ele; despojá-lo de sua história, montar sua história como bem entendesse: não era pouco. Poderia averiguar, contar, mentir inclusive, e o que dissesse seria a verdade: a vida dele. Era, certamente, mais daninho e mais inteligente que dar-lhe um tiro.

* * *

E era, de toda maneira, o que já estava fazendo. Continuei procurando pessoas que o tivessem conhecido, pensei em ir até sua cidadezinha natal, decidi ir a Tres Perdices, catei publicações, perguntei na biblioteca episcopal, falei com vários de seus colegas. Supunha-se que a Igreja católica fosse uma instituição difícil, muito secreta; na realidade, estava cheia de charlatões. Seu truque era ter convencido todo mundo de que era melhor não ficar fazendo perguntas sobre ela, mas quando fiz isso descobri muitas coisas. Comecei por procurar os furos mais óbvios: se ele gostava de meninos, se tivera uma namorada ou amante, se roubava, especulava, se tentava subir na hierarquia, se tinha dúvidas sobre sua fé. Não encontrei nada, mas continuei procurando: talvez, afinal de contas, eu não fosse capaz de ultrapassar as barreiras da Igreja. Disseram-me que ele largara o Exército porque se apaixonara por uma terrorista — mas não era verdade: fora confundido com outro sacerdote. Disseram-me que visitava empresários comprometidos com a repressão e que, em troca de seu silêncio, exigia donativos importantes para sua paróquia — e talvez fosse ele. Disseram-me que sempre os pedia para sua paróquia, nunca para ele. Disseram-me que quando era muito jovem quisera ir para a África catequizar, e que um bispo o considerara fraco demais. Disseram-me que ele podia ser o homem mais doce do mundo, mas que às vezes — não consegui entender bem em que vezes — se enfurecia e era capaz das piores ameaças. Disseram-me que seu bispo — um bispo progressista — queria se ver livre dele mas não conseguia porque o padre Fiorello cultivava relações poderosas. Disseram-me que sua dedicação a seus paroquianos era desmedida. Disseram-me que gostava de vinho. Disseram-me que, fora isso, era de um ascetismo irreprochável. Disseram-me que era um grande sacerdote.

Disseram-me que costumava ir à prisão visitar os pivetes de seu bairro — e que lhes levava troços. Disseram-me que detestava ler romances, mas gostava de ver filmes de amor na televisão. Perguntaram-me duas ou três vezes por que tanta pergunta sobre ele — e fiquei nervoso mas dei uma desculpa.

— Nunca em toda a minha vida conheci uma pessoa mais perfeita que o padre Augusto.

— O que significa perfeito?

— Uma pessoa que entende tudo, não sei como explicar. Sabe quando alguém sempre lhe diz exatamente aquilo que você precisa que lhe digam?

E, o tempo todo, pensava nele. Ia anotando o que me contavam e esperava o momento de reunir toda aquela informação, desenhar aquele rosto, descobrir o que poderia ressaltar — ou acrescentar — sem prejudicar o conjunto. Tinha a sensação de que ainda não descobrira o mais importante: aquilo que me permitiria fechar seu perfil e meu poder sobre ele. Mas procurava mais e, enquanto isso, continuava imaginando para ele cenas grotescas. Perguntava-me por exemplo se alguma vez no meio de uma refeição ele teria pensado que estava sentindo prazer demais — e assim incorrendo em gula ou luxúria. Ou se no meio de uma missa ficara sem mais palavras para dizer, como quem se desmancha, com a sensação de que por mais que falasse durante séculos jamais poderia aproximar-se por pouco que fosse da glória do deus que devia transmitir. Ou se realmente quando ia dormir tinha medo de morrer sem chegar a despertar, sem se preparar, sem confissão nem absolvição — ou se tudo isso lhe pareceria uma bobagem porque sua dedicação a seu Senhor era constante ou porque não acreditava que a salvação eterna dependesse de um trâmite menor ou porque acreditava em algo que eu não tinha como saber. Era estranho: eu nem sequer o imaginava em situações comprometedoras, suspeitas, degradantes. Tanto que, quando o imaginava em sua cama, noite quente de verão, trinta e tantos anos, via que a mão ia para a pica sem se dar conta, tocava na pica morta como quem acaricia um gato distraído e a retirava de repente, sobressaltado, quando sentia a ressurreição de sua carne sob a forma de pica inflada, endurecendo: quando percebia o que estava fazendo.

Mas voltava uma e outra vez a perguntar-me como um homem consegue manter-se longe dos apelos da carne — porque partia do princípio de que o padre era um sacerdote consequente, daqueles que não traem seus votos: um bom padre. E imaginava que aquela sim era uma conversa que poderíamos ter, que eu poderia perguntar a ele como um homem consegue passar a vida ignorando a urgência desse chamado, e ele usaria sua voz mais estudada plena de modéstia para me dizer que não há nada de especial nisso, que milhares de homens o fizeram e fazem, que nossa civilização supervaloriza a importância da carne, mas que, além disso, quando alguém se decide — me diria: "quando alguém é abençoado" — por sua vocação, tudo se torna mais fácil: ou o senhor acha que numa vida de proximidade com o Senhor não existem coisas mais importantes que os apelos da carne? Que minha pergunta, em síntese, era a de alguém que está muito longe de entender essas coisas, me diria e, forçado a manter sua compostura, não me falaria de seu prazer em não cair na armadilha: do prazer que sem dúvida encontrava em saber-se livre da vulgaridade de depender — de tantas formas depender — de certos relevos formados por gordura de mulher. Nada me diria, eu imaginava, sobre esse prazer tão mais especial, tão claramente mais sofisticado e exclusivo: o mundo está cheio de homens que dedicam todo tipo de esforço e ousadia para atingir o paraíso que imaginam residir naqueles quilos, naqueles meios quilos de gordura feminina, enquanto ele, do lado dele, não; sua satisfação provinha de objetivos mais altos — entre eles, o de ver a si mesmo diferente, capaz de desdenhar lá do alto os vermes que se arrastam atrás do seio.

Ele não me diria isso, claro, porque seria puro pecado de soberba, mas não abandonaria o tema. Fácil de entender, me diria: o amor pelo Senhor é como o amor mais intenso que você possa sentir por alguém a quem não tem acesso, uma mulher ausente, ou seja: esse amor infinito que às vezes se apossa de nós, diria ele, quando a presença de um corpo não o turva, não sei se fui claro, esse amor tão prístino, tão precioso, diria ele, e eu ainda levaria um momento para entender que, sem querer ou querendo, ele definira o amor que se pode ter por um morto, por uma morta, e estaria a ponto de lhe dizer coisas terríveis ou de pular em seu pescoço, mas trataria de conter-me — não sei muito bem nem como nem por que me conteria — e trataria de dar um rumo à conversa, porque teríamos nos desviado tanto do assunto que supostamente me interessava: como ele fizera para convencer-se de que tinha uma guerra a lutar, uma batalha sem piedade.

— Você sabe quanto tempo faltava para ele pedir a aposentadoria com o salário completo, com todas as honras?

— Não, não sei, alguns anos.

— Meses, meu amigo, meses. E de repente ele foi embora, pediu transferência para essa paróquia de fim de mundo e por estes lados ninguém mais viu a cara dele.

E eu não conseguia tirá-lo da cabeça. Pensava, pesquisava, lia revistas improváveis, continuava tentando encontrar pessoas que pudessem tê-lo conhecido.

* * *

— Desculpe perguntar, mas por que o senhor fica fazendo tanta pergunta sobre o padre?

— Não, é que... preciso saber. É para um livro.

Foi seu apogeu: uma vida inteira pensando que precisava ter uma missão, que não era possível que tudo se reduzisse a tão pouco, a uma sucessão tranquila e repetida, que não era possível que o Senhor o tivesse convocado para aquilo, que não lhe tivesse destinado algo mais exigente, mais determinante, e de repente aconteceu: o vigário-geral, com certeza, ou um bispo qualquer tê-lo-ia chamado para dizer-lhe que o que ia lhe dizer era tão delicado que raríssimos ouvidos teriam condições de ouvi-lo e que os dele, sem dúvida, eram dos mais idôneos. Que se avizinhavam, como ele já devia saber, tempos difíceis para todos, e que se esgotara — que havia muito que secara, diria — a fonte da clemência, e que já não havia lugar para os frouxos, para os indecisos: que a luta talvez fosse de um fragor desconhecido, que talvez trouxesse combates e violências que nenhum dos dois imaginara algum dia — e que sem dúvida em condições normais ambos teriam deplorado —, mas que nos meses ou anos próximos estaria em jogo o destino da pátria e da santa madre Igreja, e que a têmpera de seus homens seria posta à prova; que ele, o capelão Fiorello, afortunado, teria uma posição privilegiada nessa luta decisiva.

E o padre Augusto Fiorello sem dúvida se persignaria com tal fervor castrense que seria, em seu espírito, como se estivesse batendo continência, e lembraria as noites e os dias em que rogara a seu deus por palavras como aquelas porque sua vida nos quartéis — fazia anos que vivia nos quartéis, naquele mundo de asperezas e de homens — o convencera daquilo que já sabia: que a cruz e a espada sempre foram os dois lados da mesma moeda, duas armas que o Senhor provê para levar Sua verdade às últimas consequências, aos últimos confins.

Imaginei-o excitado, feliz — imaginei-o tal como era, na minha lembrança, a experiência de conhecer uma mulher possível —, imaginei-o impaciente para saber os detalhes de sua nova tarefa, para receber os ônus e as satisfações de sua nova tarefa, imaginei-o imaginando o que seria e, por alguma razão, senti, sem ter me proposto a isso, uma espécie de pena: ele certamente não fora capaz de imaginar — nem mesmo de intuir — o que estava começando quando foi designado para o grupo de tarefas.

Ainda que, pelo que pude averiguar, pelo que me contaram, aqueles tenham sido os melhores anos de sua vida.

23.

Ela me dizia que se pudesse acreditar sempre no que eu lhe dizia me amaria. Eu lhe dizia que se não fosse tão desconfiada — se não me fizesse sentir sua desconfiança — a amaria. Ela me dizia que eu tinha de aceitar minha vida e me jogar nela e não ficar o tempo todo revendo o que já havíamos decidido. Eu lhe dizia que admirava sua entrega e sua determinação mas que não tolerava que elas me fossem impostas. Ela me dizia que eu continuava sendo egoísta, que tinha de me dissolver melhor em nosso casal e no conjunto. Eu lhe dizia que ela continuava sendo distante, que tinha de se dissolver melhor em nosso casal e no conjunto. Ela me dizia que podíamos fazer um esforço; eu lhe dizia que claro, que tínhamos de trabalhar nisso: nos construíamos — acreditávamos que estávamos nos construindo — de acordo com os ares dos tempos.

— Galego, como você pode continuar pensando nessas coisas?

— E no que você quer que eu pense? Diga, sério, no que você acha que devo pensar?

Estela não se interessava pela minha vida. Ouvia-me — digamos que me ouvia — às vezes, com certa displicência, como por obrigação. Eu queria que ela soubesse e lhe contei — contei mais de uma vez, vencendo seu silêncio — que aquela mulher do Sul não me deixava falar dela mas tinha a delicadeza de desprezar minhas infidelidades. Que eu era infiel porque queria que ela percebesse que não era a única, porque a única com condições de ser única foi ela, Estela: que ser fiel àquela mulher teria sido ofender a memória dela. Que eu me valia daquela justificativa de psicologia de revista feminina e que a mulher do Sul se fazia de boba. Que acreditei por muito tempo que estava fazendo uma demonstração de meu poder: domino-a tanto que ela tolera qualquer coisa de mim. Até que entendi onde estava o poder: em conseguir que ela não se importasse com certas coisas para assegurar-se de seu propósito de ficar comigo, em saber que não devia subordinar a tática à estratégia, por assim dizer; que oxalá eu tivesse podido entender essas coisas quando estava com ela — com você, quero dizer, Estela.

— Você se lembra de quando nos disseram que o Careca Guillermo havia caído?
— Sim, claro que me lembro. Se você quase teve um ataque de ciúmes, Galego, como é que eu não ia me lembrar.
— Eu, um ataque de ciúmes? Não diga besteira.

Recebíamos notícias confusas. Quando não diziam respeito aos companheiros mais próximos, ficávamos sabendo por acaso:

um dia você tinha um encontro com alguém que não via havia meses e, depois de tratar dos assuntos específicos, trocava notícias com o companheiro: que o Louco Jaime caiu na semana passada em Las Marianas, que a Sueca parece que também caiu, mas não tenho certeza, que Nacho e seu irmão parece que quiseram sair pela fronteira do Brasil, mas foram apanhados, que a direção vai embora do país, que três companheiros da coluna Oeste caíram numa casa do bairro Juan Perón. As notícias eram, sobretudo, os companheiros que caíram: que sumiam naquele buraco negro que equivalia à morte mas não era a morte; podia não ser a morte, não sabíamos. Foi assim que lhe disseram, daquela vez, que o Careca da veterinária caíra e você veio me contar tentando disfarçar que ele tinha um pouco mais de importância para você do que deveria ter tido — que a dose habitual de desânimo com a notícia de mais uma queda, pela evidência da derrota — e eu também tratei de dissimular que percebera e nos lembramos juntos dele por uns minutos, o módico funeral daqueles dias, tão repetido naqueles dias, um par de casos situações comuns tomara que não tenha sido muito duro puta que o pariu a imagem do comprimido de cianureto no bolso, a salvação da morte no bolso, respirar fundo e tentar pensar em outra coisa, que a vida continua.

— E agora afinal está vivo.

— Como assim, vivo, Galego? O que você quer dizer com isso?

— Nada, não quero dizer nada. Ele está vivo, eu o vi, almocei com ele. Você não sabe o que foi.

— Tem certeza?

— Ai, Estela.

Naqueles dias cruciais, decisivos, nem mesmo sabíamos, pensei: ouvíamos, supúnhamos, acreditávamos, mas não sabía-

mos nada com certeza e pensei que isso também era terrível e
não era nem de longe o mais terrível, e que se podia acontecer
com ele por que não aconteceria com ela, Estela: que era tão
doce a ignorância.

— Alguma vez você pensou que a grande diferença entre
eles e nós é que os repressores eram todos homens? Todos homens. Nós fomos também mulheres, e eles não. Todos homens,
Estela. Nem uma única mulher.

— Dava para perceber. Você tem razão, Galego: homens se
fazendo de homens, um trabalho de machos.

O pior foi saber — saber? — como foram aqueles dias em
que você sabia que ia morrer: que estavam matando você. Por
muitos anos achei que sabia e não sabia: era impossível. Só agora
posso entender — talvez, remotamente — como foi. Desenvol-
vemos tantas línguas, sistemas de comunicação extraordinários,
e ainda não conseguimos contar as coisas que verdadeiramente
interessam; talvez nunca consigamos. Não estou querendo dizer
que, por definição, só interessa o que não se pode contar — longe
disso. Estou dizendo é que há coisas decisivas que resistem ao
relato. E, quando entendi isso — quando também aconteceu
comigo, de forma tão diversa —, não aguentei: será verdade que
você também pensou que estava morta e foi tomada pela indife-
rença inimaginável dos mortos? Só agora me dei conta de que
talvez, naqueles dias de tortura, você tivesse chegado a desejar
que a matassem, Estela, que tenha sentido saudade de sua morte.
Talvez, inclusive, você tenha procurado por ela: talvez tenha en-
golido aquele comprimido. Quem sabe se você engoliu o comprimido? Como saber se você engoliu o comprimido? Eu nunca

quis pensar nisso — e seria a melhor razão para justificar uma vingança: o prêmio para os tais que conseguiram que mulheres e homens jovens, cheios de expectativas, sentissem saudade da morte ou a tivessem procurado.

— Eles gostavam tanto de ser homens, Gale: sentiam-se tão homens.

Eu já lhe disse muitas vezes: você se salvou. Agora tudo fica difícil, tão travado. Para nós era mais simples: uma coisa tinha valor — tinha sentido — se fosse útil para a revolução; se não fosse, era supérflua quando não nociva. E não precisávamos fazer planos individuais: não havia necessidade de escolher uma profissão, por exemplo, um emprego a longo prazo, uma vida. Nossos destinos deviam ser comuns. Nada nos parecia mais autêntico que o coletivo: muitos na rua era a máxima expressão da Verdade.

— Bom, agora também deve haver instâncias coletivas.

— Você acha?

Talvez tenhamos sido sempre assim, mas agora se percebe logo. Quantos milhões de pessoas vivem umas vidas de merda, mas de merda mesmo, sem saber se vão comer no dia seguinte, e mesmo assim vão levando? Elas não fazem nada, Estela, não é como pensávamos: aceitam, não fazem nada, não sabem como fazer, às vezes reclamam um pouco e depois voltam para seus barracos. Bom, talvez em algum momento se cansem, talvez em algum momento explodam, mas não por enquanto; sem dúvida não fazem nada porque não sabem até onde poderiam ir, porque ninguém conseguiu convencê-los de que é possível algo diferente — como nós não conseguimos.

Acostumaram-se — e nos acostumamos, Estela, tenho de confessar que eu também me acostumei — a viver com essa miséria e essa barbárie que há alguns anos não teríamos suportado. Às vezes as pessoas como você e eu — como você era, como eu era — têm um pico de saturação, mas não é como na nossa época, em que se você quisesse dar a volta ao mundo já estava com o itinerário todo planejado. Esses itinerários nos levaram a porra nenhuma e por isso agora ninguém sabe o que fazer nem, sobretudo, o que desejar; às vezes, quando acham que o pontapé na bunda é forte demais, saem para dar umas voltas e lançam seus gritinhos dignos e depois voltam para casa porque não sabem como seguir viagem, você me entende.

Então, muitos viraram progressistas, que é o mesmo que dizer que não têm estofo para ser nada a sério. Os progressistas são divinos: se incomodam quando a miséria fica muito manifesta, se incomodam quando há um golpe de discriminação muito evidente, se incomodam quando alguma liberdade individual patina, se incomodam quando os políticos roubam, se incomodam quando alguém diz que tal pássaro corre perigo ou tal rio está poluído. Os progressistas são sensíveis. Os progressistas acreditam que seria preciso corrigir: fazer do jeito certo. Os progressistas gostam das Grandes Palavras Consagradas, gostam dos Valores Seguros no Banco Moral, gostam de encher a boca com a própria Integridade, morrem de susto se têm de empreender trajetos novos; vão pelas avenidas arborizadas asfaltadas por onde avançam os Grandes Conceitos Indubitáveis. Os progressistas estão cheios de Boas Intenções que se manifestam em seus ataques de Sacrossanta Indignação — que os enchem da Melhor Consciência: os progressistas devem dormir satisfeitos muitos dias. E depois se levantam e retomam sua eterna busca de um paizinho bom: no final acabam votando em qualquer um que apareça na televisão e repita duas ou três vezes essas Grandes Palavras com o cenho franzido ou um sorriso cristalino. Você não os conhece, Estela, no seu tempo eles não existiam e sei que deve ser difícil entendê-los, mas acho que quem melhor os representa é a ecologia: são muito ecolôs. Agora, desde que deixamos de saber como mudar o mundo, parece que as mudanças são coisa dos ricos e poderosos e que são uma ameaça e que é preciso proteger-se. Então os ecolôs tratam de defender o que existe, conservadores de alma: se houvesse ecologistas no século XV, digamos, eles teriam denunciado tranquilamente o corte de árvores — pecaminosa degradação de nosso meio ambiente — para construir navios, e aqui estaríamos, felizes nos pampas com nossos tapa-sexos. Ou, melhor dizendo, você continuaria na Polônia, eu, na Galícia, e a Argentina nunca teria existido: seria preferível que os tivessem ouvido. Assim são os progressistas, Estela: mais frouxos que um gerente de sucursal do Banco Província no bairro Castelli. Não arriscam nada: apostam no que é seguro, na conservação desses valores consagrados, tudo do jeito que está só que mais limpinho. E o curioso é que eles gostam de vocês como se fossem seus pais e suas mães, seu irmãos mais velhos; para eles somos antepassados, apesar do que fazíamos, Estela — era o oposto do que eles fazem. Ou talvez nem tanto, olhe só quem está falando.

E tem os outros, que nem para progressistas servem, esses não se importam com porra nenhuma; quando passa o susto porque alguém enfiou a mão no dinheiro deles ou acertou uma porrada na cara deles, voltam para casa, para o escritório ou para a loja e rezam para seu deus lhes dar saúde para que possam passar a vida na frente da televisão: festinhas, idiotas discutindo, fofocas sobre fofoqueiros, noticiários falsificados. Até que de vez em quando aparece algum morto e a circunstância de sua morte passa a ser o que há de mais importante: uma garota morre numa festa de filhinhos de papai e descobrem que os ricos às vezes fazem coisas ruins, dois sequestros acabam mal e não há nada mais grave do que a insegurança, duzentos jovens se queimam na discoteca e fecham a metade dos bares do país, um par de atropelados num pega e os carros viram encarnações de Satã. Como se a morte fosse a condição do pensamento, como se não pudessem questionar nada sem mortos, sem gente como vocês. Vocês não apenas morreram, Estela: infectaram tudo, viraram um jeito de pensar o mundo.

E, é claro, existe essa obrigação de lembrar de vocês. Existe esse negócio chamado Memória, você já deve estar informada. Memória não é estar lembrada de como seu papai a levava à praça, de por quanto o Boca ganhou na final de 1980, de quem navegou pela primeira vez o rio Paraná, de qual é o logaritmo de pi, do nome daquela garota ou do telefone da sorveteria; Memória é lembrar-se de que os militares sequestraram torturaram mataram vocês. A Memória tornou-se uma obrigação moral social: para que não se repita, dizem. Para isso — ou para o que seja — deveriam pensar em por que resolveram matar-nos, em que tipo de sociedade eles queriam e em que tipo nós queríamos, quem apoiava quem, mas não: se escondem atrás da Memória e repetem frases feitas. São os maus que matam meninos, Memória; tormentos indescritíveis para nada, Memória; engambelações, Memória. Outra maneira de eximir-se de culpa ou de manipular ou de deixar que outros pensem, Memória.

— Gale, você não poderia calar a boca um momentinho?
— Não, agora não. Agora não posso.

* * *

Eu não aguentava, tinha de fazer alguma coisa.

Estamos na maior merda, Estela: eu sou um nada comparado ao que é este país. No começo achei excitante acompanhar os pormenores da derrocada: como um adivinho que vê suas previsões — suas amarguras — se realizarem; depois achei que era reconfortante que o país me acompanhasse em minha queda; ultimamente só me dá tristeza a decadência de um país que se acreditou tão grande. Agora parece mentira, mas é verdade que nos achávamos grandes, você está lembrada. E sabe quais são os ideais argentinos, agora? Os modelos? Não, não digo os mitos. Os mitos são os que morreram jovens, os que não puderam concluir o que começaram: Eva Duarte, Ernesto Guevara, Diego Maradona, vocês inclusive. Mas não estou falando dos mitos, não; falo dos ideais, dos modelos, das pessoas que nosso Grande Povo Argentino Saúde ama e admira: uma ex-vedete gorda de cabelo mal tingido gaga mental, um ex-redator de melodramas profeta de profecias usadas, um ex-usurário puxa-saco dos piores sem-vergonhas antes de traí-los e de virar presidente, um monte de ex-promessas do futebol que à menor provocação saem correndo atrás de dinheiro e que nunca conseguiram ganhar um campeonato, um par de ex-coisa-nenhuma que escrevem livros explicando as matérias do secundário como se fôssemos analfabetos funcionais — e estou fazendo um esforço: não vá pensar que não me ocorreram muitos mais. Esses são os seus modelos: você acha que existe alguma esperança?

— Eu, na verdade, não acho que seja um desastre do tamanho que você pinta. Estou com a sensação de que você está muito ressentido, Carlos.

— Magra, por que você não confia um pouco mais em mim, pelo menos uma vez na vida?

Acho que os povos tendem ao tédio até aborrecer-se. Digo: costumam acreditar que querem viver mais tranquilos até que chega um período de certa tranquilidade e se dão conta de que não há nada mais bobo, mais chato, mais desesperante que essa calma — que lhes mostra a banalidade a que chamam suas vidas. Então ocorrem-lhes ideias: conseguir isso, mudar aquilo — só para não aceitar que já têm o que queriam e que era uma besteira. Quanto tempo vão continuar acreditando que o que querem é que haja um pouco mais de dinheiro para que os ricos comprem seus aviões e os médios, suas duas semanas na praia e os pobres, sua comida quase todos os dias? Quanto tempo ainda falta para que descubram — devagar, primeiro uns, depois outros — que precisam de algo mais para não se sentirem frangos de criação, aposentados que nunca começaram, números de oito algarismos, exalações — como quem diz cada homem, cada mulher uma aspiração ou expiração do planeta, algo tão nímio e irrelevante e inadvertido quanto um sopro que o planeta, a espécie expelem para continuar sendo o que foram?

— Em outras palavras, você acha que vai acontecer alguma coisa.

— Não sei. É, acho que vai. Mas pelo jeito ainda falta muito.

— Carlos, não vou me deixar levar por sua amargura.

— Sinto muito, Estela, juro que sinto muito. Eu teria adorado poder lhe dizer outra coisa. Garanto que não é amargura, não é ressentimento. Parece, mas não é; as coisas são assim. Juro que nada me daria mais prazer do que poder lhe dizer outra coisa; dizer, sobretudo, que as mortes de vocês não foram inúteis, mas não, não vejo para o que serviram. Não é horrível que não haja mais remédio senão dizer que você morreu por porra nenhuma?

Fazia muito tempo que eu precisava dizer isso a ela, mas não sabia como. Agora, com tudo isso, afinal consegui.

24.

O sr. Raúl Abrassi, proprietário do armazém com balcão de bebidas bem defronte à estação de trem de Tres Perdices — pela qual não passou um único trem em anos —, está com os olhos vermelhos. O sr. Abrassi é um dos moradores mais antigos de Tres Perdices e, em geral, só fala com os moradores mais antigos. Agora, na porta do cemitério, debaixo do arco que diz Bem-vindos, ouve o dr. Aldecoa, que, apesar de não ser morador antigo — na verdade nem mesmo é morador, mas o médico que atende no ambulatório duas vezes por semana —, tem, por sua própria qualidade de médico, categoria suficiente para o critério do sr. Abrassi. O dr. Aldecoa — calça jeans, quarenta anos, cabelo em desalinho — pergunta-lhe se ele, sr. Raúl, que conhecia bem o padre, acha que de fato não poderia haver nenhum motivo para uma vingança.

— Porque o senhor sabe como estão os padres, ultimamente. Todo mundo tomou conhecimento das histórias dos abusos que eles praticaram com criancinhas...

É o que diz o doutor, procurando ser vago e genérico de medo de ofender o sr. Abrassi. Que esfrega os olhos vermelhos com os dedos gordos e diz que ideia absurda.

— Desculpe, não queria ofender. Mas, bom, é a curiosidade científica, sabe? E como o senhor o conhecia bem...

— É, claro que conhecia. Eu lhe diria que aqui em Tres Perdices ninguém o conhecia tão bem quanto eu. Ele até me contou certas coisas, mas são coisas que eu não vou contar, porque me contou como amigo e um amigo morto continua sendo um amigo.

Diz, e se dá conta de que, em vez de limpar a memória do amigo, acaba de despertar as suspeitas do doutor, assim esclarece: mas não vá me interpretar mal, doutor, nem pense nisso. O sr. Abrassi diz que é claro que o padre Augusto nunca teve nada a ver com nenhuma criança, mas, se o senhor é capaz de guardar um segredo, vou lhe contar uma coisa: um dia ele me disse que não era grande surpresa para ele saber que seus colegas faziam aquelas coisas, que era capaz de entender:

— Para o senhor eu posso dizer, o senhor é médico e nós dois somos adultos, não precisamos ficar nos enganando. Uma vez ele me disse que era capaz de entender, mas que considerava que aquilo era mais uma prova da sabedoria de Nosso Senhor.

É o que diz o sr. Abrassi, e faz o sinal da cruz. O médico faz cara de não entendo, e o cavalheiro lhe diz que o padre lhe explicou uma coisa meio estranha: que quanto mais velhos somos, foi o que disse o padre, mais podemos sofrer a tentação de uma carne tão nova, mais apetite podemos ter pela renovação que essa carne ilusoriamente nos oferece. Mas quanto mais velhos somos, mais perto estamos também de comparecer diante dEle, e quem iria querer abandonar a maratona quando faltam apenas vinte metros? Foi o que ele me disse: o padre tinha dessas coisas, às vezes o surpreendia, mas era um verdadeiro inocente.

— Pense só, doutor, uma alma tão perfeita, como ia se deixar perder por uma barbaridade dessas?

É o que diz o sr. Raúl Abrassi e que não se iluda, doutor, os tiros não têm a menor ligação com isso. Não, existem outras questões, com certeza existem outras questões, mas tudo muito correto, muito honrado, pode acreditar.

— Não posso lhe dizer nada além disso, mas fique tranquilo, que o padre Augusto era um autêntico patriota.

25.

O sargento-mor (RE) Oscar Aldo Paredes me interceptou na entrada da garagem:

— Senhor, me desculpe, não pode passar.

O sargento-mor (RE) Oscar Aldo Paredes me olhava mansamente, na atitude típica do empregado não insista não me comprometa por mim o senhor entrava mas como sabe sou obrigado a cumprir ordens: obediência devida em sua versão civil barata.

— Não vê que tem uma tabuleta avisando que é proibida a entrada?

Eu vira um cartaz muito grande novo, azul e branco como os anteriores: "É preciso redistribuir". Ao lado, outro que já conhecia: "Viva a Mudança!".

— É verdade, desculpe, não tinha visto.

— Bom, não tem problema, chefe. O que o senhor estava procurando?

Foi difícil dizer que era por ele que procurava. O sargento-mor (RE) Oscar Aldo Paredes estava sentado a cavalo numa cadeira de vime cujo encosto desaparecera havia muito tempo;

tinha uns sessenta anos e parecia tê-los passado naquela cadeira. O sargento-mor (RE) Oscar Aldo Paredes usava o cabelo curto e duro e grisalho, barba de vários dias, olheiras de semanas e uma musculatura de anos sobre ombros que um dia haviam sido vigorosos. O sargento-mor (RE) Oscar Aldo Paredes também usava umas calças verdes quase militares com manchas velhas, sandálias, as unhas pretas. O sargento-mor (RE) Oscar Aldo Paredes enfiou o mindinho da mão direita na orelha esquerda e esperou minha resposta como se tivesse todo o tempo do mundo diante de si. Sempre me perguntei como fazem certos homens para achar que têm todo o tempo do mundo diante de si.

— Pelo senhor mesmo, senhor Paredes. Estou precisando trocar algumas palavras com o senhor.

— Comigo?

— É, com o senhor. O coronel Díaz Latucci me disse que o encontraria aqui; falou para lhe dizer que vinha da parte dele.

— Ah, claro, Díaz Latucci.

Disse, como quem se lembra de alguma coisa muito remota, um prato que aprecia mas que há anos não prova, uma mulher que se foi.

— Olhe, se foi o coronel Díaz que mandou o senhor falar comigo, tudo bem. Já vou fechar, chefe, agora, às onze. Se quiser, vá dar uma volta e venha às onze e cinco, onze e dez, que poderemos conversar tranquilos. Aqui, apesar de não parecer, tenho de ficar atento: nunca se sabe de onde podem vir os tiros.

O sargento-mor (RE) Oscar Aldo Paredes olhou em volta, procurando tiros. À noite, a rua do centro já deserta, chuva fina e quente. Não encontrou nada e voltou a enfiar o mindinho na outra orelha.

— Ah, e, se der, pode me trazer uma garrafa de genebra?

O mindinho ostentava uma unha comprida, amarelada, quase óssea, capaz de chegar até os últimos recantos de seus miolos. O sargento-mor parecia fazer muito uso dela.

Conversar era uma forma de dizer: o sargento-mor (RE) Oscar Aldo Paredes devia estar havia muito tempo sem encontrar ninguém que quisesse ouvi-lo, e queria uma revanche: nunca deixou de me surpreender a avidez de tantos homens em contar, assim que encontram um ouvido disposto, aquilo que não deveriam dizer nem para si mesmos.

— Quem olha para mim nem desconfia, mas já fui um soldado importante. Muita gente tinha medo de mim, senhor, pode acreditar.

O sargento-mor (RE) Oscar Aldo Paredes ainda podia inspirar medo — mas era outro medo: aquele que provoca a degradação de um semelhante. O medo que se costuma desqualificar pensando que aquele semelhante não é tão semelhante assim: que essas coisas só acontecem com os outros. O sargento-mor (RE) Oscar Aldo Paredes era muito evidentemente outro, e me fizera entrar em seu alojamento: um quarto no fundo da garagem com uma cama de ferro estreita e bamba, uma mesinha de madeira com a cadeira correspondente, uma pia, uma bancada de mármore lascado, sua chaleira, seu aquecedor, seus quatro pôsteres na parede escalavrada: duas louras com muitos peitos cada uma, uma bunda sem localização em nenhum corpo, o time do Sportivo, que obtivera a gloriosa ascensão à segunda divisão nacional em 2002. O cheiro do quartinho me fez esquecer o meu.

— Claro, não precisa nem falar: você deve estar pensando que espécie de soldado importante é esse que vive feito um vagabundo, jogado aqui. É mesmo, nem me fale; eu me dou conta do que as pessoas pensam, sempre tive esse dom, o senhor nem imagina quanto isso me foi útil. Mas, olhe, se eu fosse lhe contar, a gente ficava duas semanas aqui dentro. O que aconteceu foi que passei por um período muito fodido: sério, muito fodido.

O sargento-mor (RE) Oscar Aldo Paredes começou por me dizer que eu não sabia o sacrifício que ele tinha feito — ou que talvez fosse o caso de dizer que eu não sabia o sacrifício que eles, que todos eles tinham feito — pela pátria. Que se eu agora o via daquele jeito era porque ele — bom, ele e muitos outros — havia abandonado tudo, entregado tudo ao se dar conta de que não havia outra forma de derrotar os inimigos da pátria. Que não tinha sido fácil, não pense que foi: foi uma luta terrível, uma guerra de verdade, aqueles filhos da puta estavam bem preparados, eram meninos inteligentes, meio filhinhos de papai mas inteligentes, disse, apesar de que como soldados fossem meio veados, meio covardes:

— Era fácil, o que eles faziam era fácil: quando iam matar alguém mandavam bala de longe, sem ver a cara do sujeito. Nós, não, nós éramos combatentes de verdade, como os de antigamente: no *chupadero* a gente também matava de frente, bem de pertinho, cara a cara com o inimigo.

Foi o que disse o sargento-mor, e que aqueles meninos eram meio veados mas que com a máquina de choques aguentavam cada coisa: que aqueles meninos aguentaram coisas que ele nunca teria conseguido aguentar, me dizia, cada coisa que o senhor nem imagina:

— O senhor veja só que naqueles meninos muitas vezes tínhamos de dar choque a plena máquina, para valer, era preciso dar umas porradas que nem lhe conto e havia alguns que nem assim entregavam o ouro, não abriam a boca, os grandes filhos da puta. Nós sempre dizíamos, comentávamos entre nós, que se fosse na gente que estivessem baixando o pau daquele jeito a gente dedava tudo o que tivesse para dedar sem pensar duas vezes.

Foi o que me disse o sargento-mor (RE) Oscar Aldo Paredes, subitamente exaltado, mas que, bom... também era verdade que os meninos falavam porque eles eram bons para fazê-los falar, faziam com eles o que tinham de fazer.

— No começo não, não éramos assim tão bons, mas depois fomos aprendendo, como em todo lugar. Quando alguém quer progredir aprende, e quanto a mim sempre tratei de fazer bem o meu trabalho. Mesmo aqui, do jeito que estou, tomando conta dessa garagem, é um serviço de primeira, não acontece nada aqui. Mas vou falar, eu era bom. Se tinha de arrebentar alguém para tirar informação, para que a pessoa falasse, eu arrebentava mesmo, bem, não como alguns outros. Acontece que um trabalho desse tipo pode ficar muito chato.

Olhei para ele: eu podia ter pensado muitas coisas sobre aquela atividade; nunca que fosse um tédio.

— Sim, claro, o que é que o senhor acha? É como tudo na vida: quando se faz muitas vezes a gente se enche. Quantas vezes eu queria terminar rápido, me mandar, ou por ter outras coisas para fazer, ou porque dava para ver que o sujeito ou a mina estava chegando ao fim da linha, ou então que ainda ia aguentar muito, ou qualquer coisa assim. Às vezes era muito chato.

— E não era mais fácil quando odiava o sujeito?

Falei isso e fiquei pensando por que de repente estaria interessado no tédio do torturador, e como solucioná-lo; a lógica das conversas pode ser muito perversa. O sargento-mor me olhou incrédulo e me perguntou por que haveria de odiar o elemento.

— Podia ser alguém que tivesse matado um companheiro seu, sei lá.

— Desses tivemos dois ou três e nem mesmo pude tocar neles. Esses os chefes queriam, guardavam para eles. Para nós sempre deixavam as sobras, os grandes filhos da puta.

A luta de classes, decididamente, estava em todos os lugares. O sargento-mor (RE) Oscar Aldo Paredes olhou para mim com cara de conspirador, deu uma espiada desdenhosa na bunda autônoma incorpórea e disse que ia me contar uma coisa.

— Vou lhe contar uma coisa. Um segredo, digamos, não sei se dá para dizer que é um segredo, porque é uma coisa que ninguém me contou. Para ser um segredo tem de ser uma coisa que alguém contou?

Não respondi: o debate podia se tornar longo e trabalhoso.

— Quando eu ficava muito de saco cheio, assim, quando estava a fim de ir para a casa do caralho, tinha inventado um truque: imaginava que o menino que estava jogado ali era fulano ou beltrano. Mas não um qualquer; um especial. Às vezes pensava em algum sujeito que tivesse me sacaneado, uma mina que não tivesse me dado bola, o dono de minha casa que me pentelhava com o aluguel, sei lá, pessoas diferentes. E aí sim que era bom, de vez em quando. Eu via a cara que estou lhe dizendo, estava ali, até a voz ficava diferente. Uma vez imaginei o tenente-coronel e bati para valer. Mas daquela vez fiquei com medo de que descobrissem.

— Como é que iam descobrir?

— Não sei, era capaz de que percebessem. Fiquei com a sensação de que dava para perceber.

Foi o que me disse o sargento-mor e cuspiu no chão de seu alojamento, espalhou o catarro com a sandália, limpou a orelha com o mindinho oposto. Depois respirou fundo e me disse que não me enganasse, que também não fosse ficar pensando que o pior era a chateação, que tinha feito um comentário, só isso, só para puxar assunto, viu, chefe, um jeito de falar. Mas que também não fosse ficar pensando que os únicos danificados — disse danificados — por aquela guerra haviam sido os meninos: agora todo mundo diz isso, disse, mas para eles também foi um tremendo sacrifício, para alguns mais que para outros, claro, como sempre, e às vezes você nem se dá conta: ele, por exemplo, vamos supor, não é que só se chateasse; também ficava perturbado, mas demorou muito para entender isso.

— Eu achava que estava tudo bem, viu, que segurava todas, me chamavam muito quando tinha algum menino ou mesmo uma menina do tipo que é preciso fazer falar depressa porque senão numa dessas os companheiros deles se mandavam e era preciso bater sem vacilar, entende, sem nem uma ponta de vacilação, e aquilo me deixava louco, pode acreditar, me deixava desmontado: na hora eu não me dava conta, é possível que não me desse conta, mas a verdade é que aquilo me perturbava.

Disse: que aquilo o perturbava, devia ser, porque depois, quando voltava para casa — que eu não fosse imaginar que voltava tanto assim, que às vezes passava dez, quinze dias sem se apresentar em casa por questões de serviço —, não se achava, sentia-se muito estranho, o tempo todo parecia que estava faltando alguma coisa, e ficava nervoso, pensava o que estará rolando no serviço, o que os rapazes estarão fazendo, e ficava atacado dos nervos, mas além disso, lhe digo, não me achava, qualquer coisa que minha senhora ou as crianças fizessem me deixava atacado dos nervos.

— Não sei, estou lhe dizendo, qualquer coisa. Se o menorzinho ligava a TV para ver os desenhos, já que eu tinha conseguido levar pra casa uma televisão muito bonita que a gente arranjou, pois é, acho que era uma Grundi, se ele começava a ver os desenhos eu gritava que era para ver sem som, que eu não aguentava os gritinhos dos desenhos animados, e quando a mais velha começou a pintar as unhas dei cada tapa... olhe: eu tinha medo de que ela virasse uma perdida. O senhor deve estar achando que não, que ideia — porque eu sei o que as pessoas pensam, não sei se já lhe disse —, que como pode me passar pela cabeça que uma menina de uma casa direita, de família militar, vire uma perdida, e vai ver que tem razão, no fim tem razão mesmo porque a menina graças a Deus que eu saiba não teve esse problema, mas na época eu ficava com os nervos mexidos e batia nela, e ainda por cima vinha minha senhora e tentava me acalmar: Oscar, dizia ela, chega Oscar dizia ela, não se meta com a menina que ela não tem culpa de nada, se quer dizer alguma coisa diga para mim que sou a mãe e aí eu ficava ainda mais louco, bati muito nela, pobre velha, eu gostava dela, acho que gostava mas não conseguia que ela me entendesse, eu cobria ela de porrada mas ela não entendia.

O sargento-mor (RE) Oscar Aldo Paredes enfiou o mindinho da mão direita no nariz — narina esquerda: dava para ver que aquela unha tinha múltiplas funções — e ficou pensando, distraído. Depois me perguntou se eu queria um mate.

— Eu parei de beber, a bebida me fez muito mal, mas eu consegui vencer o vício. Foi uma guerra terrível, mas consegui vencer. Agora, bem que tomo meus mates; se quiser, cevo um para o senhor.

— Mas o senhor me pediu a genebra, eu tinha esquecido: aqui está, eu trouxe.

Eu disse e o sargento-mor (RE) Oscar Aldo Paredes me disse que ficava contente e me agradecia e que ia colocá-la ali, sobre a mesa, porque a outra já tinha acabado. Que ele não bebia mais, mas que gostava de tê-la ali, para não tomá-la: que era uma questão de colhões.

— É uma coisa de colhões, se é que me entende. Eu bebi muito, na verdade, naquele tempo comecei a beber, mas não bebia tanto porque tinha de sair nas operações, no Exército disso eles cuidam, mas depois quando acabou, quando tudo se ferrou com o Exército, com a patroa, quando foi tudo para a casa do caralho, houve um tempo em que bebi feito um cachorro. Como um cachorro sarnento, para falar a verdade. Agora não bebo mais, acredite, mas é fácil não beber se você não tem o quê: isso qualquer um faz. Mas ter bebida em casa e não beber, para isso é preciso ter muito colhão. Desse modo eu vejo a genebra o tempo

224

todo, fico o tempo todo dizendo a ela filha da puta não fique achando que vai me foder de novo, olhe só como eu resisto.

Quase perguntei a ele como a outra garrafa tinha acabado — se, como ele dizia, só tinha bebida em casa para demonstrar seu poder, só que, se ele não bebesse, a bebida não acabava — mas não perguntei: achei que era uma forma de deixá-lo desprotegido e eu não queria isso. Não porque produzisse uma fissura — a desconfiança — em nossa conversa, mas porque não estava certo desmascarar um bêbado. Não perguntei, mas ele me respondeu mesmo assim, talvez fosse verdade que ele captava os pensamentos das pessoas:

— De vez em quando a bebida acaba, sim. Acontece que tenho de abrir a garrafa e deixá-la aberta, se não for assim não tem graça. Se eu a deixar fechada não tem graça, o senhor entende? Então, aberta, a bebida vai evaporando aos poucos. Se eu não abrisse a garrafa, a bebida duraria para sempre, e não haveria necessidade de colhões.

Eu disse: claro.

O sargento-mor (RE) Oscar Aldo Paredes encheu a chaleira, pôs no aquecedor, acendeu a chama, coçou a orelha com sua unha semifóssil. Em algum momento, contou, sua senhora deixou de entendê-lo e foi com as crianças para a casa de uma tia; ele então pensou tudo bem ela que faça o que quiser, ele é que não ia esquentar com aquelas coisas, era um soldado; o problema foi que depois ela arranjou um advogado para ficar com a casa, com tudo, com os móveis, a geladeira, a tal televisão, a Grundi, tudo: quis tirar tudo dele e nem sequer lhe guarda rancor, disse — disse: nem rancor guardo dela —, por isso, porque na verdade houve anos em que a tratou como uma merda, coitada da velha.

— Não, que rancor, ao contrário. E até lhe digo que se ela quisesse eu reatava com ela, mas nem vontade ela tem, já faz um tempão que eu não sei por onde ela anda.

E tiraram tudo dele, me disse: completamente tudo, ela e aquele advogado filho da puta. Uns companheiros foram dar um aperto no tal advogado, me disse o sargento-mor, para ele parar de encher o saco, mas os tempos já eram outros e ele se fez de espertinho: a sacana tinha esperado o momento para me deixar sem a casa, disse, aí já tinha vindo a democracia e o advogado se fez de vivo, nem nos deu bola, nos ameaçou de mandar todos em cana: nos mandar em cana, imagine só, na cadeia, parecia gozação, mas o terrível é que não era gozação nenhuma, eu não havia me dado conta, mas tudo tinha mudado muito, não preciso nem dizer.

— São todos iguais, preste atenção no que estou lhe dizendo: todos os mesmos filhos da puta. Minha senhora, o advogado, até as crianças, todos. Vinte e cinco milhões de argentinos, todos: todos os mesmos fodidos. Nós, quando era preciso lutar, fomos lá e lutamos, defendemos os caras de armas na mão, encaramos cada uma que o senhor nem imagina, lutamos por eles, entende, nós os salvamos, e depois, quando a gente já havia ganhado, nos deixaram na merda feito um pano de chão. O que seria da Argentina se não tivéssemos lutado, hein, me diga? O que seria, um covil de delinquentes subversivos? E quem foi que impediu isso, hein, quem foi? A verdade é esta, chefe, se eu falar outra coisa é porque estou mentindo: fomos usados, nos mandaram para o front e nos usaram e no fim nos deixaram jogados feito um pano velho: ah não, mas olhe só esses militares, como é possível que eles andassem fazendo coisas como aquelas, quem iria imaginar, que animais. São todos um bando de sem-vergonhas, de falsos, é isso que eles são, claro que eles sabiam e bem que se faziam de idiotas e nos incentivavam e sacudiam a bandeirinha nos desfiles e nos aplaudiam, e depois se fizeram de idiotas. Comigo quase todos se fizeram de idiotas.

O sargento-mor (RE) Oscar Aldo Paredes recebeu baixa do Exército em meados dos oitenta, me disse, porque lhe armaram uma arapuca: um processo que dizia que ele havia roubado alguma coisa, nada, uma coisa de nada, ele, que não tinha tirado nenhum proveito do assunto, chefe, olhe para mim; o que acontecia, disse, é que eles queriam se livrar dos sujeitos feito ele, estavam querendo limpar a fachada do Exército e ele não tinha a menor utilidade para eles e era fácil jogá-lo na merda, não como aqueles coronéis, aqueles generais que ficaram firmes e tiveram de perdoar a todos. A mim não, a mim jogaram na merda, pelo menos não me tiraram a patente, mas fiquei na rua, não tenho por que mentir para o senhor, no meio da porra da rua; andei fazendo uns trabalhinhos, o que aparecesse, mas foi bem quando a patroa resolveu se mandar e me atacou com o advogado e então perdi a casa, a grana da reforma, tudo.

— Justo nesse momento, veja só, quando eu podia estar me beneficiando do produto de tanta luta, do que havíamos ganhado, que injustiça. O senhor viu algum desses filmes de guerra, quando a guerra acaba e o rapazinho ganhou a guerra e então volta para casa e é recebido pela moça com o terrível beijo e o filme acaba, tudo bem? Bom, aqui todos se fizeram de idiotas, entraram no filme errado.

O sargento-mor (RE) Oscar Aldo Paredes ficou alguns anos na pior, dos quais, me disse, nem mesmo se lembrava direito: anos em que passava o tempo todo bêbado e fazia uns trabalhinhos que era melhor nem lembrar — disse: melhor não lembrar —, anos em que andava com o que havia de pior, uma vergonha. Até que um dia um companheiro que continuava na polícia o encontrou numa muito ruim — numa horrorosa, chefe, melhor nem lhe dizer — e falou que não ia cobrar nada dele mas que ele parasse de ser idiota, que se emendasse porque daquele jeito ia direto para o fundo rapidinho.

— E a verdade é que ele me convenceu: devo minha vida àquele cara. Foi ele também que me apresentou ao dono daqui, que me conseguiu o trabalho.

O dono da garagem, me disse, era um oficial que ele, o sargento-mor (RE) Oscar Aldo Paredes, conhecera nos bons tempos e que não se fizera de idiota: ajudara-o. Porque, me disse, tem uns sujeitos que não se fizeram de idiotas e continuaram ajudando os rapazes.

— O patrão é um dos que se acomodaram, mas é um bom sujeito. Quando precisamos de alguma coisa, ele não se faz de idiota. A gente ganhou a guerra, porra. A única guerra de verdade que a Argentina lutou no século inteiro, a gente lutou nessa guerra, ganhamos, e olhe como nos retribuem esses filhos da puta para quem tiramos as batatas das brasas. Nos renegaram, como Pedro a Jesus, três mil vezes. Mas não se iluda, ainda tem gente boa no Exército, gente que mantém o velho... como era mesmo... o velho espírito de corpo.

Perguntei-me se o patrão teria feito aquilo por bondade ou para pagar alguma dívida — para comprar um silêncio, um esquecimento. Mas não podia perguntar isso a ele — ou, pelo menos, não ainda. O sargento-mor me disse que o patrão era um sujeito direito, um cara que não se esquece de sua gente.

— Não é como tantos outros que nunca vi mais gordo.

O oficial, me disse o sargento, tinha saído da guerra muito rico. Pensei em lhe perguntar se roubara muito e ele me respondeu, sem que eu perguntasse, que não, que sabe lá se o homem teria afanado, não, eu não digo nada, eu digo o que digo: que no começo da guerra ele não tinha nada, que o sujeito era um oficial do caralho, que comandara muitas operações e às vezes precisava ficar com as coisas que apareciam nas casas. Que a vida não era só arriscar o pescoço e matar subversivos.

— E o senhor?

— Não, eu não queria, eu acreditava, não queria misturar as bolas, viu. Alguns amigos me diziam mas não seja idiota, Oscar, quem é que vai se importar, e eu dizia a eles que eu me importava e que se fazia aquelas coisas não era para correr atrás de grana, mas porque acreditava que estava certo fazer aquelas coisas. Alguns me entendiam, alguns riam, diziam mais tarde você vai se arrepender, idiota, ouça o que eu estou lhe dizendo.

— E se arrependeu?

— Claro que sim, olhe para mim agora. Já sei, o senhor me olha agora e é possível que nem acredite em mim, mas juro que fiz coisas imortais. Acontece que eu me sentia um herói, pensei que com tudo o que eu fazia a pátria tivesse uma dívida comigo, que ia cuidar para que nunca me faltasse nada, nem a mim, nem a minha família, nada de nada.

O sargento-mor (RE) Oscar Aldo Paredes renovou a erva do mate e deu uma chupada longa, ruidosa, olhando para a garrafa de genebra como quem desafia. Eu tinha vontade de pedir um trago, mas me pareceu uma provocação desnecessária: beber na frente dele, contar dinheiro na frente de um necessitado. Por um momento pensei que desejava sim provocá-lo: procurei, em algum recanto escondido, o ódio que devia sentir por um sequestrador, um assassino. Era difícil encontrá-lo naquele quarto, naquele rosto inchado. Além disso agora, depois daquele longo relato de que eu não tinha necessidade, ele precisava me contar o que de fato eu fora até lá para perguntar:

— Eu soube que um dos seus postos foi o campo Aconcagua.

O sargento-mor (RE) Oscar Aldo Paredes apertou os olhos para me olhar com uma mistura de curiosidade e desconfiança; a luz do pequeno aposento era uma lâmpada pendurada no teto, quarenta velas no máximo: nem sequer produzia boas sombras.

— Aconcagua, diz o senhor, o *chupadero*. É, aquele foi um dos piores. Os meninos passavam depressa por ali. Não era como em outros lugares, onde eles ficavam um mês, dois meses, muito tempo. Lá tínhamos de processá-los em seguida e transferi-los, porque não tínhamos porra de espaço nenhum, eles ficavam amontoados.

— Transferi-los?

— Claro, chefe, aquilo que o senhor já sabe: mandá-los para baixo.

Não pedi detalhes. E daquela vez não foi por pudor: eu não sabia se conseguiria suportá-los. Eu não estava ali para me deleitar nas minúcias do horror; estava ali para que o sargento-mor (RE) Oscar Aldo Paredes me desse informações sobre o padre.

— Me disseram que havia um padre com vocês, lá no *chupadero*.

— Mas claro. O que o senhor está pensando, que não éramos cristãos? Os outros tinham muitos padres: nós também precisávamos de um. Como assim, então a gente ia deixar o deusinho todo para eles?

O sargento-mor (RE) Oscar Aldo Paredes fez o sinal da cruz três vezes, olhou com uma careta altiva para a garrafa de genebra, ficou uns segundos em silêncio: com os dentes sujos limpava a unha do mindinho. Deve ter retirado alguma coisa da unha: cuspiu no chão, depois resolveu o problema usando a sandália. O cheiro de querosene estava ficando insuportável, e o sargento-mor me disse que conhecera alguns padres, sim, mas nenhum como o padre Augusto:

— Aquele padre sim que era um aço, chefe, pode acreditar. Um verdadeiro padre. Viu que sempre chamam os vigários de padres e muitas vezes a gente pensa, Deus que me perdoe, que mais que padres eles são um bando de filhos da puta? Bom, aquele não era: aquele era um pai para todos nós. Quer dizer, não sei se para todos, mas para alguns de nós ele era um pai de verdade. O padre Augusto... Sim, era um sujeito que sempre tinha um consolo para cada um, uma frase, qualquer coisinha: o cara voltava feito merda de uma operação, vai que havia sido obrigado a arrebentar com alguém que você não queria, uma menina muito jovem, uma velha, sei lá, porque de repente matar alguém sempre é difícil, não pense que não é, inclusive quando você tinha de matar um deles às vezes era foda. Hoje as pessoas parecem acreditar que os únicos sacrificados eram eles, os subversivos, mas isso é porque não sabem, não entendem: não sabem o sacrifício que era sair para lutar na rua, ter de se mostrar. Mas aí o padre via que você estava daquele jeito e chamava, venha cá Oscar, venha, vamos conversar um pouco, e ali mesmo começava a dizer que não havia razão para você ficar daquele jeito porque o Senhor nos enviava aquelas missões para nos pôr à prova, que tínhamos de ficar agradecidos ao Senhor porque Ele nos dava a oportunidade de demonstrar nossa fé, nosso compromisso, todas essas coisas. Que os verdadeiros cristãos éramos nós, não aquelas senhoras de missa e chá e canastra, que nós sim defendíamos o Senhor na rua, de armas na mão: cruzados, ele nos dizia, vocês são os cruzados argentinos. Na verdade era bom saber que o que você estava fazendo estava certo: que um padre lhe diga que você está conquistando o céu com seus atos. Era incrível, o padre. A verdade é que você falava um pouquinho com ele e nem precisava se confessar, nada, saía tão aliviado que era capaz de qualquer coisa, não importava o que pusessem na sua frente que íamos vencer, era assim que você ficava. Na verdade, não sei o que seria de nós sem o padre Augusto.

— E ele participava?

— Como assim, participava? O que o senhor quer dizer com isso?

— É, se às vezes, quando vocês estavam interrogando alguém, ele se aproximava para ver como era, fazia alguma coisa...

Falei, sem saber como falar. O sargento-mor me respondeu que não, que ele era um cavalheiro.

— Não, o padre era um cavalheiro, uma eminência. Como eu lhe disse, um sujeito fino. Ele falava com a gente, aquela coisa toda, mas se via sangue ficava branco, parecia que ia desmaiar. Não, o padre era muito bom de conversa, era um mestre. Na hora de bater, o assunto era conosco.

Pensei de novo em me servir de um copo de genebra; pensei, inclusive, em servir para ele um copo de genebra — e tratar de convencê-lo a beber. Era uma estupidez; o sargento-mor (RE) Oscar Aldo Paredes estava com as mãos entrelaçadas, como quem reza, a cabeça baixa, e me dizia que às vezes, ainda, passado tanto tempo, depois de todas as coisas que haviam acontecido, sentia falta dele, precisava dele: que um ano, dois anos, algum tempo antes, ficara sabendo que o padre Augusto estava numa paróquia de um povoado perto daqui, em Tres Perdices, e que tratara de ir vê-lo um par de vezes mas que o padre não o recebera:

— Foi muito estranho, sabe. Eu fui vê-lo primeiro uma tarde e me disseram que ele não estava: uma senhora me disse que ele não estava. Assim da outra vez fui na hora da missa, o padre estava lá, rezou a missa, tudo, e no fim quando fui atrás dele até seu escritório na sacristia ele me disse que fosse embora, que não tinha nada para falar comigo. Eu falei claramente, o senhor não está me reconhecendo, padre? Sou Oscar, o sargento-mor Paredes, com certeza o senhor se lembra, e ele não me disse nem que se lembrava nem que não se lembrava, só me disse que fosse embora. Foi duro, sabe, chefe, não sei o que aconteceu com ele. Vai ver que ele acha que eu não tenho salvação, que não tenho fé; vai ver que ele pensa que já me deu tudo o que podia, que não tem mais o que dar... Impossível saber: sabe lá o que pensa o padre.

Eu pensei que antes de ir embora eu tinha pelo menos de encontrar algum prazer em vê-lo daquele jeito, destruído, devastado — pagando um preço —, mas nem isso. Pensei que era curioso: que fazia muito tempo que eu não falava com ninguém que parecesse, à primeira vista, mais fodido do que eu. Depois pensei que minha autocomiseração estava ficando repugnante e que eu nunca poderia me comparar com ele, que isso era uma aberração. Me levantei, agradeci, ele quis me abraçar, não consegui me soltar de seu abraço suado de bêbado sóbrio. Desejou-me boas-festas, chefe, obrigado pela genebra, que tenha um bom ano. Tentei sair para a rua mas não conseguia: na rua, continuava no quartinho. A rua estava quente, úmida, vazia. De vez em quando eu cruzava com alguém: eram pessoas que nunca haviam arriscado a vida por nada, que nunca haviam pensado que mudariam o mundo, cujas mulheres nunca tinham sido mortas na tortura — e não conseguia saber se isso era melhor ou pior. Por um momento — pode ter sido um momento longo — caminhei pela rua sem sair do quartinho. Foi mais difícil, naquela noite, voltar ao mundo dos vivos. Foi estranho me perguntar se eu fazia parte desse mundo.

Caminhei, levei duas ou três horas — duas ou três horas, até a madrugada — para me dar conta de que não lhe perguntara por Estela. E então — quando compreendi isso — não entendi o que significava.

26.

Meu gato morreu naquela quinta-feira. O gato era um acaso, um erro na casa: eu o vira um dia, sujo, magro no posto de gasolina da esquina; me seguira, deixei que subisse comigo pensando que um gato sujo era algo singular; que lhe daria um pouco de leite e o devolveria à rua. Dei o leite, devolvi, ele voltou. Aceitei-o, com a ideia de que seria por alguns dias: tem horas em que não há mais remédio senão recolher um gato da rua como nunca recolheria um garoto da rua. Se fosse o caso de exercer alguma forma de piedade, um garoto pareceria uma opção mais lógica que um gato, só que mais complicada, e talvez recolher um gato — ou um garoto — da rua não seja forma de piedade. Seja como for, os gatos são mais tranquilos, exigem menos atenção, não são um delito, não perguntam, não contam — embora por vezes permitam que lhes contem. O gato passou oito ou dez anos na minha casa e não houve um único fim de semana em que eu não pensasse que na segunda-feira o levaria para algum bairro distante para deixá-lo por lá. Suponhamos que não fiz isso por preguiça: naqueles oito ou dez anos, o gato — obstinado anônimo — nunca deixou de se enfiar debaixo do sofá da sala toda vez que me ouvia abrir a porta e de sair, depois de algum tempo, primeiro tímido, mais confiante depois, até ocupar seu lugar de imitação de bibelô barato em cima da mesa. Nunca falei com ele, mas às vezes lhe dava de comer. E às vezes, inclusive, quando eu comia, meu olhar escapava para o lado dele na mesa para ver se ele estava ali. Uma vez tentei acariciar sua cabeça e ele tirou a cabeça.

Naquela quinta entrei com um par de sacolas nas mãos: estava cansado, desanimado, e pensava pedir a Valeria, se ela aparecesse, que me preparasse um macarrão. Deixei as sacolas na cozinha mínima, voltei para a sala de jantar; uma pata preta e branca aparecia de debaixo do sofá de curvim verdoso e, pela primeira vez — foi pela primeira vez? —, eu disse a ele que não se fizesse de bobo: anda, pentelho, sai daí de uma vez. A pata não se moveu nem um centímetro.

Puxei-o por aquela pata, tirei-o de debaixo do sofá: ainda estava morno mas duro, fixado numa posição ligeiramente inverossímil. Senti um calafrio, larguei-o. Não queria olhar para ele. Fui até o quarto, voltei depois de um instante e o corpo continuava ali. Não sabia o que fazer com aquele corpo: três ou quatro quilos de boneco com formato de gato, pelos pretos e brancos, os caninos saindo dos lábios finos, contraídos, olhos abertos e vidrados. Pensei que não precisaria ir até nenhum bairro distante. Depois senti outro calafrio. Só então me dei conta de que minha vida estava cheia de mortos mas vazia de cadáveres. Continuava olhando para ele sentado no sofá — eu, sentado no sofá, olhando com a cabeça entre as mãos, os cotovelos apoiados nas pernas, o olhar em direção ao chão, onde estava o boneco peludinho — quando Valeria tocou a campainha.

— Eu cheiro mal?

— Como assim, se você cheira mal?

— É, quero saber se tenho mau cheiro.

— Bom, todo mundo tem algum cheiro meio esquisito, não é?

— Não saia pela tangente. Estou perguntando se tenho mau cheiro.

— Como seria mau cheiro? Como um cheiro do quê?

— Às vezes você se faz tão bem de idiota que parece natural. Você sabe do que estou falando. Um cheiro de colhão no corpo todo, um cheiro de cloaca toda vez que eu abro a boca, um cheiro de remédio vencido, de cebola vencida, de peixe vencido...

— Ai, não sei o que lhe dizer.

Eu seria como o gato: um sorriso falso, dentinhos à mostra, um arremedo bem viável da vida; todo aquele que me visse se daria conta e eu nunca me daria conta. Sentia tanta curiosidade — terror espanto — aquele rosto que eu nunca poderia ver: meu rosto de morto.

— Olhe, se você não consegue nem me responder uma pergunta simples como essa, por que não vai para a puta que a pariu?

— Carlos, o que aconteceu?

— Não aconteceu nada. Comigo não acontece nada. Com você é que acontece.

— Mas comigo não acontece nada, eu não fiz nada. Não fique assim.

Apesar de que ultimamente eu não estava a fim de ver nenhum rosto meu. Eu havia parado de me olhar no espelho: o que via não me interessava. Não — quis acreditar — que não me suportasse: já não tinha importância. A imagem que aparecia quando não tinha outro jeito senão olhar, quando eu me barbeava, só me mostrava os progressos previsíveis da ruína. Eles nem sempre me aterrorizavam, mas não havia nenhuma boa razão para eu acompanhar aquilo em detalhes. Deixei de me barbear, deixei de vê-los. Mas continuava vendo meu apartamento, e não tinha outro remédio senão reconhecer aquela fina película de nada que pouco a pouco se deposita sobre as casas e as coisas dos velhos. E agora aquele corpinho peludo enrolado num saco preto de lixo que eu não sabia se devia jogar fora com o resto do lixo ou levar para algum lugar, e que me ameaçava de cima do aparador da cozinha.

Já não nos sentávamos um ao lado do outro, nos roçando mas sem nos tocar, no sofá de curvim verdoso, ouvindo música distraídos. Desde que a vingança foi mencionada pela primeira vez — desde que ela falou no assunto pela primeira vez —, Valeria nunca mais trouxe sua música.

— Sabe o que mais me torra nesta vida? Você pode achar uma besteira, mas não aguento isso de ser sempre a mesma pessoa.

Valeria me olhou como se eu fosse repetir uma piada pela enésima vez e assumiu seu melhor tom de fingimento: não, por que uma besteira? Mas eu sabia que nunca havia dito a ela que uma das coisas que mais me incomodavam nesta vida — esta sendo a que eu havia vivido nos últimos trinta anos, comparada aos cinco ou seis anos da outra — era que nesta eu devia ser sempre o mesmo, ou pelo menos tentar. Ou seja: se eu quisesse me transformar — travestir-me, afastar-me de mim, transformar-me provisoriamente em outro —, tinha de fazer isso por minha conta e risco, sem justificativa. Naquela, no entanto, ser vários era obrigatório. Para começar, alguém não era alguém: era um personagem com um nome falso — um nome de guerra — e uma história mais ou menos inventada, que devia prescindir de certos dados básicos. Não ser ninguém é a forma mais atraente de ser outro: aquilo não era ser outro, mas ser outros, infinitos outros, todos os outros possíveis, graças à proibição de dar detalhes. Tinha de enganar os amigos, para o bem deles — e o próprio bem. Mas esse alguém não só não podia contar para os demais quem era — ou pelo menos não exatamente; além disso, devia inventar a si próprio como outro: um homem novo, alguém que fosse coincidindo cada vez mais com o modelo — estereótipo? — do revolucionário.

E, para completar, o estereótipo ficava o tempo todo inventando pequenas histórias: um bom militante devia ter sempre uma ficção preparada para disfarçar o que estava fazendo — inconfessável por definição. Um bom militante devia ocultar quem era, convencer o inimigo de que era outro e de que não fazia nada do que fazia. Tudo consistia em simular que nos parecíamos o mais possível com o que eles queriam que fôssemos, ou seja: fazer política do pior tipo, mostrar-lhes aquilo que queriam ver, dizer-lhes o que queriam ouvir. Um bom militante tinha de manter sempre duas vidas paralelas, duas histórias: o que fazia e não podia dizer, o que devia dizer apesar de não fazer. Besteiras: caminhar por uma rua para um encontro e ter pensado que cinema para aqueles lados passava que filme, para poder dizer que estava indo assisti-lo.

Era prazeroso: um círculo completo. Nos transformávamos em quem fosse necessário porque estávamos convencidos de que tudo o que fazíamos servia para a conversão de outros, de nós: que nós mesmos acabaríamos sendo outros, melhores, mais "revolucionários"; que o país ia acabar sendo outro, mais justo, mais livre, mais vivível — e, embora tenhamos deixado de dizê-lo, socialista. Mas agora essa esperança desapareceu: é como se estivéssemos convencidos de que vamos ser sempre os mesmos, de que não há mudança possível, de que somos de uma vez e para sempre. Que, no máximo, com esforço e sorte, poderíamos melhorar um pouquinho de nada, Valeria, a mesma merda com cheiro diferente, não é mesmo?

— Pela última vez, peço que me conte.
— Que conte o quê?
— Você sabe, Carlos. Isso que você está fazendo.
— O que eu estou fazendo?
— Não seja idiota.
— Não me encha o saco.

Quanto tempo eu passei ensaiando para minha vida, que algum dia iria começar. Sempre a sensação de que aquilo não era verdade, de que sempre estava por vir. E agora me contaram que já foi o que foi, que transcorreu.

— Pela última vez, estou falando sério: preciso saber o que você vai fazer.
— Por que você haveria de precisar saber?

Depois ela bebeu o restinho de vinho que havia no copo, me olhou como quem dá a última chance, me disse que não ia mais voltar. Eu disse a ela que fizesse o que quisesse, que não era problema meu. Ela me disse ah, então não é problema seu: tudo bem.

27.

É claro que eu teria outras formas de terminar com tudo
isto. Se conseguisse me convencer de que se tratava de um assunto pessoal, de que o que eu estava querendo era uma solução
para meu mal-estar diante daquela história, o mais razoável, na
situação, seria me matar.

Eu pensara nisso muitas vezes e voltava a pensar agora, enquanto amanhecia: que o bizarro de me matar — se por exemplo abrisse a porta da sacada, se desse mais dois passos, se fizesse
o pequeníssimo esforço de passar uma perna por cima do parapeito e inclinar o corpo na direção oposta ou, inclusive, se fizesse
o gesto ainda mais leve de abrir quatro bocas de gás e tivesse a
paciência, a tristeza, a coragem necessárias para me sentar e esperar — seria que os quinze minutos que acabavam de transcor-
rer se tornariam meus últimos quinze minutos, e tudo o que fizera neles assumiria uma importância extraordinária: mas por que
será que ele abriu este livro e leu até esta página, é preciso prestar atenção nesta página, não, o que vejo é que abriu uma garrafa de vinho e deixou-a inteira, como se não tivesse pensado em

se jogar, mas de repente teve um lapso, um ataque, bom, justamente nesta página, aí deve estar a explicação, apesar de que é preciso ver, a televisão está ligada, haverá forma de saber o que disseram nesse canal nesse momento ou pelo menos que programa estava passando, sim, também pode ser isso, apesar de que quem é que pode saber se numa hora dessas, na hora que alguém toma uma decisão como essa, estará atento ao que acontece ao seu redor, não, justamente, o que quero dizer é que parece não haver uma decisão meditada, mas de repente aconteceu alguma coisa que o empurrou, mas é verdade que essa coisa pode ter sido uma lembrança, uma ideia, não há como saber.

Ou seja, se desse aqueles passos mais, meus atos por fim teriam tido algum sentido: tumulto de sentidos. Seria caro: dar a quinze minutos da minha vida uma superabundância de sentidos possíveis me custaria aquele salto e aquela pancada. E nem mesmo havia a certeza de que conseguisse: não via muito bem quem poderia chegar a perder seu tempo pensando nos meus últimos quinze minutos e em seus significados. Talvez Valeria. Mas seria tão triste que fosse Valeria.

Fui uma pessoa razoável. Sempre detestei ser uma pessoa razoável. Entendamos por razoável "consciente das consequências de meus atos"; nada invejei mais do que essas pessoas que conseguem fazer alguma coisa sem pensar em seus efeitos: garçom, traga champanhe francês — sem calcular que esse é o dinheiro que precisava para —; vamos nos casar, querida — sem imaginar aquela mulher vinte anos mais tarde empestando a cama —; sim, vamos ter filhos — sem avaliar como esse esforço vai mudar sua vida. Apesar de que agora poderia definir razoável de outra forma: aquele que sabe que por mais que tente esquecer o futuro não consegue evitá-lo. Sempre detestei ser uma pessoa razoável.

* * *

Apesar de que talvez estivesse me enganando de novo: talvez o bom de passar a perna sobre o parapeito da sacada não fosse aquela besteira de produzir sentidos extremos para ninguém, mas sim evitar a morte; se passasse a perna não morreria, apenas daria um passo mais, outro passo na direção equivocada, e não teria de enfrentar a morte.

Acho que foi Valeria que me disse que toda morte é a morte de outro: que não podemos, não temos como pensar na própria morte. São besteiras de jovenzinha, claro que podemos — ou, pelo menos, eu podia. Havia muito que podia, mas o Mal me facilitara as coisas: um dia, dentro de não muito tempo, não demais, logo, me internariam num hospital e me diriam que precisam me fazer uns exames, mas eu saberia — pela forma como diriam isso, por suas expressões, por um cheiro demorado no ar — que nunca voltaria a sair daquele lugar: que só o que me restaria no mundo seria esperar numa cama de hospital que a luz se apagasse de vez. Deve ser pavoroso despir-se sabendo que nunca mais se voltará a vestir-se, acomodar o corpo sobre lençóis brancos sabendo que naqueles lençóis seu corpo ficará para sempre — ou algo que, para você, será como se fosse sempre —, olhar para aqueles tubos e máquinas e números sabendo que em alguns dias seu corpo vai depender daqueles tubos e máquinas e do tempo que decidam mantê-los funcionando. Mesmo agora já me parecia pavoroso pensar em ter de pensar naquelas coisas: como quem se ocupa de algo que não lhe diz respeito, externo, inverossímil, horroroso. Não existe nada mais radicalmente horrível do que pensar que você terá de pensar — de agir — como um alheio total: a ameaça de perder todo esse sistema de modos e certezas e atitudes que você costumava confundir com você; nada mais radicalmente horrível do que a certeza de que nada disso lhe serve mais para nada. E pensar nas horas na cama, respiração cada vez mais difícil, mente cada vez mais nebulosa, os sedativos, o gosto de metal ou de merda ou o cheiro de metal ou o cheiro de merda de podridão, o cheiro e o gosto e o medo e os sedativos e a certeza de não ter saída: de que nunca sairia e não teria como evitar um caminho muito longo e muito difícil para lugar nenhum, sem ter nem mesmo quem me acompanhe, que se sente à beira de minha cama para me dizer você foi um grande pai papai vou me lembrar de você por toda a vida ou nunca amei ninguém como amei você não sei como vou fazer para viver sem você e de qualquer jeito para que merda me serviria quando estivesse lutando para respirar um pouquinho mais ou para deixar de respirar que alguém se sentasse à beira da minha cama para me dizer mentiras piedosas que só serviriam para me tranquilizar nesse momento em que toda tranquilidade é uma invenção, uma mentira bem deslavada.

O alívio de não ter de fingir, diante de mais alguém, que ainda me resta um pouco de dignidade. Morrer com calma seria um último ato de orgulho — olhem, não sou um covarde, uma porcaria — ou um penúltimo de piedade e generosidade — não se preocupem, não é nada de tão impressionante, vocês também vão poder passar por isso assim, tranquilos. Não havia por que fazê-lo: talvez, se quisesse, se não tivesse outro jeito, poderia morrer aos gritos.

A não ser que essa calma fosse a aceitação da derrota.

O padre Fiorello deve ter visto muitas mortes: um padre é um especialista em mortes. Quando eu fosse contá-lo, teria de destacar sua qualidade de especialista em mortes: pintá-lo como um emissário da morte. E não me referia ao Aconcagua, onde o que acontecia não eram mortes, mas trâmites administrativos: onde todos eles — os funcionários públicos, os esforçados trabalhadores do governo — precisavam se convencer de que matar seus prisioneiros era mero trabalho, uma rotina incômoda, as mazelas do ofício, e que cada um deles — de suas vítimas, de seus assassinatos iminentes — não era uma pessoa, mas a tarefa daquela tarde ou de amanhã bem cedo. Não, não se tratava do Aconcagua mas de sua vida: um padre passa a vida dedicado à morte, a torná-la tolerável.

Um médico trabalha lutando contra a morte — e sabe que muitas vezes vai perder, apesar de sua derrota ser sobretudo a derrota de outro. Mas um padre não procura lutar: resignou-se de antemão à derrota, acredita ou finge acreditar que essa derrota é o triunfo, acredita ou finge acreditar que o moribundo está trocando um mundo imperfeito por outro incomparável, que está empreendendo a viagem mais desejada — filho meu, pense que daqui a pouquinho todos os seus sofrimentos terão acabado, pense que logo você estará no melhor dos mundos possível — e todo o seu trabalho consiste em ajudar nessa passagem: em convencer o moribundo de que deve dar aquele passo para o nada com alegria.

E esta palavra: logo.

Um padre é um vendedor de seguros que lhe oferece o seguro mais almejado, o mais difícil. Vive disso, para isso, essa é sua obrigação: por isso eu não teria dificuldade em entrar em sua igreja, numa tarde qualquer um dia destes, pouco depois da sesta, na hora em que os padres estão sozinhos ou quem sabe fartos da companhia da beata mais insistente, e pedir-lhe alguns minutos de seu tempo. O padre não teria por que se negar — não poderia negar-se: os padres devem estar sempre disponíveis para atender seu rebanho. Talvez o padre se surpreendesse, no início, em ver uma cara diferente: conheceria, sem dúvida, a maioria dos seus fiéis e não conseguiria me localizar, mas num instante diria para si mesmo que talvez fosse um morador novo, que cada vez chega mais gente e Tres Perdices já não é o que era. Talvez se surpreendesse, mas disfarçaria: seria sua obrigação. De modo que apertaria os lábios finos — a única foto sua que eu vira estava desfocada, mas dava para notar os lábios finos, quase inexistentes — e continuaria disfarçando quando eu lhe dissesse que queria falar com ele sobre a morte.

— Como sobre a morte?

— É, sobre a morte. Suponho que o senhor seja a pessoa indicada para falar sobre isso.

Seria amável da minha parte: começaria nossa conversa com um tema que ele dominaria como ninguém — seu tema, sua especialidade — para ir entrando no assunto e depois falar das coisas que realmente me interessavam, se é que conseguiria decidir que coisas realmente me interessavam numa conversa com o padre vigário de Tres Perdices, ex-capelão de um bando de assassinos do Exército, cuja história eu estava montando com uma dedicação que nada justificava — que eu, pelo menos, não conseguia justificar. Então o padre Fiorello me olharia com aquela expressão perfeitamente profissional que poderíamos chamar resignação cristã — como quem já escutou e aguentou muitos loucos na vida e sabe que esse é seu trabalho, ou antes que, se continua a fazê-lo, um dia receba sua recompensa — e me diria que não está especialmente preparado para falar da morte, que ideia, mas se é isso que me preocupa, com prazer, podemos conversar: se é isso realmente o que me preocupa.

— Qual é o seu problema, meu filho? O senhor sente medo da morte?

E eu não lhe diria que meu filho é o caralho eu não sou seu filho filho da puta nem me deteria naquele momento a analisar sua curiosa mistura de vocativo filial com o senhor, aquele filho na boca de um homem poucos anos mais velho que eu, mas sim trataria de sorrir — em pé ao lado dele na porta de seu escritório nos fundos de sua igreja, olhando para dentro como quem espera que lhe digam entre passe por favor, tentaria um sorriso humilde mas ligeiramente desdenhoso — e lhe diria que não, que por que sentiria medo de morrer, por que acha isso.

— Bom, filho, porque o senhor veio me pedir para conversar comigo sobre a morte, o que quer que eu pense?

Ele me diria, mostrando-me sua imaginação mais bem escassa, mas eu gostaria de prosseguir um pouco com o jogo e lhe diria por que eu sentiria medo de morrer se estar morto é muito fácil, não requer nenhum esforço, é preciso apenas resignar-se a essa ideia assustadora de desaparecer, a essa ideia intoleravelmente triste de que tudo o que existiu para mim continue a existir sem mim, a essa ideia tão vulgar quanto desoladora de que o mundo não precisa de mim para mais nada e que tudo que estava ali porque eu estava olhando vai permanecer apesar de eu não ver mais nada, que as árvores os gatos os livros as mulheres continuarão apesar de eu não ver nem tocar nem cheirar coisa nenhuma, que nada irá se deter por eu já não existir, que tantas coisas acontecerão sem que eu participe e, sobretudo, que nunca chegarei a ver um mundo — eu diria a ele, um mundo ou talvez um país — sem pessoas como vocês.

Seria um alívio poder sentir saudades do passado: ter um passado que pudesse evocar com a felicidade extinta que chamamos saudade. Oxalá tivesse essa paz, essa satisfação. Mas, tão perto de ser passado, eu só conseguia sentir saudades do futuro.

Era fácil: o futuro, por definição, é o tempo que não colidiu com a realidade.

A ideia de que um dia as pessoas viverão duzentos anos saudáveis e que esse dia eu não vou ver, de que a voz só vai servir para cantar porque as conversas serão de mente para mente e que não vou ver isso, de que para viajar será preciso apenas que a pessoa deseje estar em determinado lugar e que não vou ver isso, de que não haverá milhões e milhões de idiotas que passam a vida fazendo o que não lhes interessa para poder comprar comida e que eu não vou ver isso, de que não haverá milhões e milhões de idiotas que acreditam que seu país é melhor que o país ao lado e que não vou ver isso, de que não haverá milhões e milhões de idiotas desperdiçando seus dias e suas noites interessando-se pelo que acontece com um punhado de gente bonita e que não vou ver isso, de que não haverá milhões e milhões de idiotas fazendo aquilo que um grandalhão lhes mandou fazer e que não vou ver isso, de que homens e mulheres não vão mais precisar que um homem ou uma mulher os amem e que não vou ver isso, de que um homem ou uma mulher poderão escolher que tipo de filho ou filha querem criar e que não vou ver isso, de que todos os dias árvores terão folhas pássaros ovos trens atrasos carros mais acessórios jovenzinhas amores e que não vou ver isso, os tomates um cheiro incrível as plantas flores no inverno as mulheres peitos onde quiserem e que não vou ver isso, bocetas onde quiserem e que não vou ver isso, de que talvez este menino ou esta menina se perguntem quem foi seu pai verdadeiro sua mãe verdadeira e que eu, que até poderia responder-lhe, não vou ver isso, de que um dia se saberá o que houve com você, Estela, ou de que um dia se saberá que nunca definitivamente nunca vamos saber e que eu não vou ver isso, de que um dia será possível conversar com os mortos e que eu não vou ver isso, a menos que alguém apareça para conversar comigo mas não sei por que alguém faria uma coisa dessas: por que comigo, que não vou vê-lo e que vou morrer com a tristeza de saber que tantas tantas coisas vão acontecer sem mim, que nunca vou ver um mundo — dir-lhe-ia, um mundo ou talvez um país — sem pessoas como vocês, e ele ignoraria.

O padre, claro, ignoraria — são anos, são décadas lidando com situações como aquela — a provocação: não me perguntaria quem são eles nem por que eu haveria de querer um mundo — um país — vazio de pessoas como eles, mas observaria que é preciso considerar, filho, isso que o senhor fala de que quando uma pessoa morre tudo se acaba, de que não existe mais nada:

— O senhor sabe muito bem que não é assim.

Diria, no tom levemente pesaroso com que um velho professor falaria a um aluno querido que mais uma vez ele escreveu errado a palavra necessito, suponhamos, ou a palavra concessão, que eu sei muito bem que não é assim, que nós cristãos sabemos que a morte é apenas um passo para uma vida melhor, para uma vida de glória ao lado de Nosso Senhor. Mas que teme — diria: pelo que o senhor me diz, meu filho, temo — que eu não tenha entendido essa mensagem e que duvide de poder alcançar essa vida: que não me preocupe — me diria, confundindo a situação de cabo a rabo, me mostrando que escolhi como inimigo, se é que vou me decidir a chamá-lo de meu inimigo, um idiota, confirmando-me em minha própria estupidez —, que não me preocupe porque, mesmo que tenha pecado nesta vida, o Senhor em sua infinita misericórdia terá piedade de mim e me abrirá suas portas, não se preocupe meu filho, de verdade. E eu não iria querer desmenti-lo ainda, iria querer continuar jogando por um momento naquela confusão e lhe diria que não entendo, padre — sim, lhe diria padre, para continuar jogando o jogo por uma vez o chamaria de padre —, como o senhor pode saber que o que está dizendo é verdade.

— Eu não sei, filho, eu creio, que é muito mais importante do que saber.

É o que me diria o padre Fiorello, caindo em outro de seus lugares mais comuns, com aquela cara de profundidade boba que alguns homens ostentam quando falam da fé — porque a fé não é algo que se compreenda —, e me diria que crê, que foi convencido por toda essa gente que viu morrer com um sorriso nos lábios, que isso o confirma em sua fé — se fosse necessário: se fosse necessário, diria, se a fé fosse algo que precisasse de uma confirmação. Aquele sorriso é porque eles acreditaram no que o senhor dizia a eles, diria eu ao padre ou não diria, teria de pensar no assunto: o senhor é o responsável por aquelas pessoas terem morrido com aquele sorriso, sem saber o que de fato estava acontecendo com elas. Ou, também: o senhor foi o cúmplice, o dealer, aquele que deu a elas a droga que desejavam para morrer como ratos felizes, ratinhos, ursinhos de pelúcia, vacas para o abatedouro insuspeitado.

— E se fosse assim, suponhamos que o senhor tenha razão, mesmo que o que está dizendo seja uma aberração, mas suponhamos por um momento que não seja. Nesse caso seria melhor que aquelas pessoas soubessem que estão acabando para sempre, como o senhor diz?

Diria para mim o padre: a mentira piedosa como hipótese para a discussão, a redução *ad absurdum* de sua velha escolástica.

— Não acreditamos que a verdade é sempre o melhor? Mentir não é um pecado grave?

Eu diria a ele, tranquilo, ainda humilde, e o padre então me olharia altaneiro, apertaria os lábios finos quase inexistentes, reviraria os olhos por trás dos óculos de lentes grossas, encheria de rugas a testa já cheia de manchas da idade e me diria a verdade, filho, o senhor vem me falar em verdade? O senhor, em verdade? Eu posso lhe falar da verdade, me diria, como se tivesse desconfiado de algo: eu posso lhe falar da verdade. E eu ficaria perplexo por um momento, quase emudecido, porque naquela interpelação teria entendido que ele percebera algo, que estava começando a suspeitar, que talvez não fosse tão bobo quanto parecia. E ele, em silêncio, voltaria para mim seus olhinhos revirados, os óculos agora numa das mãos, como se me chamasse de imbecil claro que não sou tão bobo, ou você acha que dá para passar por tudo o que passei sendo bobo — e sua voz, agora, o tom de sua voz em seu silêncio seria completamente diferente e eu não ficaria espantado e não lhe perguntaria se então ele acredita que morrer é o melhor que poderia lhe acontecer, não lhe diria que nunca entendi o que é que fazem os cristãos para justificar sua ânsia de viver se o que espera por eles quando morrerem é tão melhor que a vida que vivem — a menos, claro, que sejam pecadores que tenham a certeza de que irão para alguma dessas salas de tortura piores do que as piores salas de tortura que seu deus lhes oferece: purgatórios, infernos, essas promessas que transformam o Aconcagua numa colônia de férias para crianças com leves problemas de comportamento.

— Não, filho, é claro: a verdade sempre é e será o mais importante. Mas a verdade da alma, do espírito, não é a mesma coisa que as verdades terrenas. Se não entende isso, não entendeu nada, meu filho, absolutamente nada.

Diria, e eu tentaria decifrar seu sistema das duas verdades, mas meu silêncio começaria a me incomodar e sem pensar, antes que eu me desse conta, ter-lhe-ia perguntado o que ele acha que eu deveria fazer com meu corpo quando chegar meu dia. É o que lhe diria, com um pudor estranho: quando chegar meu dia — mas pensaria, para tentar me justificar, que afinal de contas não era uma eventualidade tão distante e afinal de contas o padre, estava claro, era um especialista nesses assuntos. Mas eu nunca havia imaginado que pudesse lhe perguntar semelhante coisa: algo, sem dúvida, estava escapando de minhas mãos. Eu estava escapando de minhas mãos.

— Por isso veio me ver.

Diria e eu pensaria: como se eu tivesse, de repente, entendido algo que não queria entender, como se tivesse que me resignar à ideia de que me importava — estava falando disso com um desconhecido — com uma coisa que procurara imaginar que não me importava: de que gostaria de ter algum controle, patético, impossível, do que aconteceria com meu corpo quando eu não mais o visse, quando dois ou três caras o levantassem com um pouco de nojo — malcheiroso, amassado — para tirá-lo daquela cama, quando a única coisa que eu possuo terminasse de se transformar em setenta quilos de lixo.

— Não, não foi por isso. Ou melhor, foi, mas não do jeito que o senhor imagina.

O padre Fiorello me olhava como se se perguntasse se valia a pena tentar entender a charada e depois — outra vez, os anos de experiência, a convicção daquele que sabe que o que interessa é sua palavra, porque sua palavra é a palavra Dele — daria de ombros e me diria que importância tem isso de onde vai parar o corpo: o que interessa é a alma, o corpo é uma carga da qual a morte nos liberta.

— Claro, por isso vocês encheram o mundo de cemitérios com suas cruzes, suas pregações, suas estatuinhas, suas capelas.

— Nós?

— Sim, vocês, os cristãos.

Então o padre me olharia de novo porque eu lhe dissera, por fim, que seu nós não me inclui, que não estava falando com um fiel mas com um cético, e sua expressão se endureceria num ricto estranho, produto certamente de seu conflito interior, de sua dúvida entre assumir a atitude beligerante do cruzado diante do ataque do infiel ou manter uma conduta calma de bom homem além de bom cristão e continuar falando com o infiel — comigo — sem fazer distinções, como se estivesse falando com qualquer um de seus fiéis. E o padre já estaria velho e teria muito a ser perdoado — sentiria que tem muito a ser perdoado — e suporia também que já participou de suficientes cruzadas, então retomaria seu tom paciente e amistoso para me dizer que não, que os cemitérios são uma concessão à angústia dos familiares, mas que ele sempre achou que o que acontecia com os corpos depois da morte não tinha importância porque se a alma já não estava naqueles corpos, tanto fazia que eles estivessem debaixo da terra queimados embalsamados ou jogados no mar.

— Ah.

— Ah quê?

Me diria, incomodado mas contido.

— Ah, agora entendo.

Eu diria a ele, depois ficaria em silêncio, quase em choque, sem olhar para ele — sem me atrever agora a olhá-lo — porque nunca havia imaginado que o desaparecimento dos corpos também fosse uma aplicação da doutrina cristã, que o furto dos corpos pudesse ser justificado pela supremacia do espírito perante a baixeza da carne, pelo desprezo cristão pela carne: que aqueles corpos fossem corpos tão cristãos.

E permaneceria sem falar, perplexo, olhando-o de um modo arrevesado que o padre não saberia se interpretava como estranheza ameaça perigosa incoerência sem chegar a nenhuma conclusão e, ao não chegar — ao ficar enredado no meu silêncio —, não encontraria outra resposta senão pôr uma mão — magra, manchada de velhice, unhas compridas — sobre meu ombro para me conduzir até a porta e então sim, já perdido o pudor ou o medo ou o fio do diálogo, eu me atreveria a perguntar-lhe, assim, de supetão, sem nenhum prólogo, o que Estela lhe dissera quando estava morrendo:

— O senhor deve ter falado com Estela quando estavam a ponto de matá-la. Quero que me diga sobre o que falaram.

— Como? Com Estela? Que Estela? Do que o senhor está falando?

O padre, é claro, poria as palmas das mãos para cima, as pupilas: se faria de bobo. Seria uma frase sem diálogo possível, então certamente eu não lhe perguntaria. Ou então perguntaria para que ele pudesse me dizer — poderia me dizer, talvez não me dissesse — que não tivera culpa de nada nem se arrependia de nada e eu lhe diria realmente de nada mesmo e ele me diria bom sim: com os lábios finos tensos apertados me diria bom sim, com muita credibilidade, como alguém muito honesto me diria que sim, que se arrepende de não ter sabido convencer aqueles rapazes a não se deixar levar por certas tentações, a não se aproveitar de seu poder, a não cair no pecado da soberba: a não ser melhores cristãos.

— Eles teriam que ter sido cruzados e alguns foram, mas outros não foram. Se tenho de me arrepender de alguma coisa, é disso que me arrependo.

Diria o padre Fiorello, pensei, e pensei que diria porque por algum motivo teria ido para o Exército e terminara sua vida — estava terminando sua vida, apesar de que ainda não soubesse disso — na paróquia de um vilarejo: porque alguma coisa o incomodava e certamente o que o incomodava seria isso, o fato de que seus soldados não tivessem se comportado como bons cristãos, como autênticos cruzados na guerra contra o infiel e que, talvez, isso o tivesse feito pensar que a guerra sagrada não era tão sagrada, que alguns de seus chefes tinham objetivos diferentes daqueles de que ele partilhava e disso, talvez, se arrependia, mas das mortes não, diria: das mortes não, as mortes eram necessárias.

— Aquelas mortes foram necessárias.

E eu não conseguia acreditar — agora já não conseguia acreditar, o diálogo também estava me escapando das mãos, se tornava inverossímil para mim — que o padre Augusto Fiorello me dissesse aquelas coisas e no entanto ele insistisse que as mortes haviam sido necessárias e que isso não lhe tirava o sono porque o Senhor sabia que haviam feito aquilo por Ele, para Sua maior glória. E que de todo modo eles não haviam decidido a sorte de ninguém, longe disso, muito pelo contrário, haviam nos mandado para o melhor tribunal, o mais justo, infalível por antonomásia: mandaram-nos apresentar-se diante de Deus para que se responsabilizassem por seus atos. Eu acho que foram condenados, mas vai saber, ele me diria. A justiça do Senhor, o senhor sabe, é insondável, é infinita.

28.

Chovia pouco: aquela chuva que quase não molha mas transforma as calçadas em barro escorregadio, ameaçador. Eu não pensava em nada, caminhava. Levara anos para aprender a caminhar sem pensar em nada preciso; voltava do escritório por uma rua do centro, tarde, sozinho, quando senti, de repente, uma mão no ombro — e dei um salto. A mídia não parava de falar da insegurança, os amigos não paravam de falar da insegurança, os argentinos pareciam não saber falar de outra coisa. Pensei bom, finalmente: de certa maneira era um alívio que acontecesse de uma vez.

— Desculpe, Carlos. Não pensei que fosse assustar você.

Eu quis dizer que não, que não era susto, mas então o que é que ele estava pensando, se tivesse sido alguém mais suscetível — mais jovem, mais capaz? — teria lhe acertado um soco, mas não cheguei a dizer nada porque me atrapalhei tentando reconhecer a voz. Ouvira-a recentemente em algum lugar. E ficava cada vez mais difícil fazer duas coisas ao mesmo tempo.

— Sério, me desculpe.

Velarde estava com o cabelo molhado demais — como se estivesse vindo de outra chuva — e uma jaqueta de plástico azul. Deu-me a mão puro osso; deixei-a esperando.

— Você sempre ataca as pessoas assim pela rua?

— Não, desculpe, já falei. Você não vai ficar aborrecido, não é?

Eu lhe disse que não e que boa noite, até a próxima, mas Velarde me segurou o braço; eu me soltei, ele tornou a agarrar.

— Desculpe, estava à sua procura, tenho de dizer uma coisa a você.

Velarde falava baixo, rouco, voz conspirativa. Na rua não havia mais ninguém.

— Como assim, estava à minha procura? O que você está querendo dizer, que não nos encontramos por acaso?

— Bom, digamos que foi por acaso, se você prefere.

Eu estava cada vez mais perturbado. Dei meia-volta, comecei a caminhar. Velarde me seguiu, ficou na minha frente:

— Pare, me ouça um minuto.

— Acho que não temos nada a nos dizer.

— Eu tenho algo a dizer a você, cara, não fique assim. Pediram que eu lhe dissesse uma coisa.

Perguntei, quase sem me dar conta, quem havia pedido: foi meu momento de fraqueza, aceitar seus termos.

— Não interessa, o que interessa é o que me pediram para lhe dizer.

— Eu já disse que não tenho nada a falar com você. Boa noite.

Falei isso, mas não me afastei.

— Então, ficou curioso?

Na calçada em frente apareceu um bando de coladores de cartazes: o Banco decidira coroar sua campanha. "Viva o Câmbio! Dólares, euros, reais ao melhor preço no Banco de la Nación",

256

dizia um, o mesmo fundo branco, as mesmas letras azuis. "Outro país é possível. Créditos para viagens do Banco de la Nación", dizia outro. Os meninos do bando gritavam, riam. Velarde me olhou com um jeito irônico, seu pomo de adão era um sobe e desce descontrolado. Pensei que tinha de prestar atenção nele, não nos cartazes. Mas não conseguia acreditar no que estava lendo.

— Ande logo, diga o que tem a dizer e vá embora.

— Calma, cara, estou falando numa boa. Pediram para lhe avisar que não é bom ficar mexendo em merda. Que deixe isso para o governo, que sabe o que está fazendo.

Eu nunca teria imaginado aquela resposta; talvez fosse esse o meu problema: que não imaginara aquela resposta. Um carro passou devagar pela rua — e me pareceu que de dentro me olhavam. Pensei que não tinha de me deixar sugestionar: certamente olhavam dois velhos falando na calçada, àquela hora da noite, debaixo da chuva fina.

— Que deixe para o governo?

— Não é isso o que interessa do que eu lhe falei. Vamos ver se nos entendemos: o que interessa é que você não tem de continuar enchendo o saco com essa história de Aconcagua, de padre, tudo isso.

— E quem é que diz isso?

— Eu já lhe disse que isso não interessa. Muita gente poderia lhe dizer. Poderia ser a polícia, o Exército, meus ex-companheiros, a cúria, até o governo poderia lhe dizer isso, ou os seus companheirinhos. Você não sabe que há uns anos os montoneros mais importantes fizeram um pacto entre si de não se vingar, porque queriam ganhar a paz, disseram eles? Que já que haviam perdido a guerra queriam ganhar a paz, e que então não podiam se vingar de ninguém? Os então vai ver que os caras sabem que nos tempos que correm as armas rendem menos que a pena, e decidiram se lançar nessa. E é verdade que não se saíram mal, você sabe melhor do que eu.

— O que você está dizendo não tem pé nem cabeça.

Falei isso, mas demorei um pouco. Velarde se deu conta: pensou que talvez eu tivesse acreditado nele. E me disse que de toda forma não vinha deles, que eu não me fizesse de bobo, que quem estava mandando me dizer para eu ficar bonzinho eram caras que tinham poder de verdade.

— E você não tinha se arrependido, não andava por aí contando tudo o que aconteceu, pedindo perdão?

— Sim, claro que me arrependi. Mas, às vezes, quando me chamam para essas tarefas, não posso dizer que não. Ou você acha que a gente se safa assim no mais, só por querer? Você se safou assim no mais, quando quis? Não, às vezes ainda tenho que fazer o que aqueles filhos da puta me encarregam de fazer.

Velarde cuspiu no chão molhado: um catarro grande, gelatinoso, verde e branco. Limpou a boca no dorso de uma das mãos, me olhou. Eu lhe disse que não exagerasse, que não ficava bem.

— Como você quiser, pense o que bem entender. Mas estou lhe dizendo na boa, porque fui com sua cara: faça o que eles dizem, não se meta em confusão, não seja idiota.

— E se eu não fizer o que eles dizem?

— Você vai fazer, Carlos, porque sabe o que é melhor para você.

— Não venha me dar lições, seu bosta. O que eles disseram que vão fazer comigo quando perceberem que não fiz o que eles mandaram?

Velarde não disse nada: abriu um sorrisinho entre compassivo e desdenhoso, me olhou de cima, era quase uma cabeça mais alto que eu. Seu silêncio queria parecer uma ameaça pior que qualquer frase.

258

— A mim você não pode ameaçar. Vai me ameaçar com o quê, seu cretino? Vai me matar? Você não percebe que já estou morto?

— Não faça drama, cara, não vale a pena. Talvez seja verdade que você já está morto, na verdade isso não me surpreenderia. É possível que você já tenha fugido, mas os rapazes me mandaram dizer a você que se você se fizer de idiota eles podem contar a verdadeira história de sua mulher. Eles têm como fazer isso, pode ter certeza: chamam algum jornalista não muito caro que tenha vontade de se dar bem com uma boa matéria e passam todas as informações para você. Para que fique tudo certo, fingem que é uma denúncia, já que é disso que é disso que os caras dos jornais gostam: falam que os sequestradores foram fulano e beltrano, se estiverem mortos melhor ainda, assim ninguém enche o saco deles, e assim se justifica que publiquem tudo, entendeu? E aí todo mundo vai ficar sabendo como foi que você entregou sua mulher, como ela estava tão ferrada que entregou mais dez sujeitos, essa coisa toda. É sério, cara, não se meta com esses sujeitos, eles têm mais recursos do que você imagina.

— Você está de porre. Eu não fiz nada disso, e ela menos ainda.

Afirmei, com toda a convicção que pude aparentar. Velarde armou de novo o sorrisinho olhando de cima:

— Ah, não? Pode ser, quem sabe. Mas, quando eles fizerem chegar ao jornalista uns papéis onde se explica tudo isso e depois que o cara puser tudo no jornal, quem vai acreditar em outra coisa?

29.

— Sim, quero que me conte.

— Agora? O que você acha que eu sou, uma vitrola, que você põe uma ficha e eu começo a falar?

— Você não entende. Agora preciso mesmo saber.

— Ah, agora você precisa. Você passou uma porrada de tempo sem precisar e agora de repente passa pela sua cabeça que precisa. Vá se foder, Galego.

— Por favor, magra. Mesmo que seja assim, me diga se você viu esse sujeito aí no *chupadero*.

— Esse sujeito? Mas que sujeito?

— Como que sujeito, Estela? O padre.

— Galego, acho que você está se fazendo de besta.

Talvez matá-lo fosse mais decente que inventar uma vida para ele. Menos satisfatório, mais decente. Ainda mais agora, quando todos ameaçavam com histórias.

* * *

Eu podia matá-lo. Claro que podia matá-lo. Podia esperar por ele uma noite qualquer na porta de sua casa, ao lado da igreja, enfiar-lhe dois tiros, arrematar o serviço no chão se fosse o caso, sentar-me no vestíbulo e esperar a chegada da polícia. Ou esperar por ele uma noite qualquer na porta de sua casa, ao lado da igreja, enfiar-lhe dois tiros, arrematar o serviço no chão, correr aproveitando a solidão daquele bairro sem trânsito, entrar num carro estacionado ali por perto, acelerar, perder-me numa rua sem luzes nem semáforos. Ou entrar na casa dele por uma janela do fundo, três, quatro da manhã, e enfiar-lhe um tiro na cabeça enquanto dorme, um travesseiro contra o cano da pistola para abafar o ruído, assegurar-me de que o deixei bem morto e sair dali sem que ninguém percebesse até que passe o tempo, até que ele comece a feder. Ou averiguar em que dias ele vem à cidade para cuidar dos trâmites no bispado e surpreendê-lo em alguma esquina, enfiar-lhe um par de tiros e sair correndo ou não sair correndo. Ou até mesmo ir a alguma de suas missas, sua igreja, sábado de tarde, sentar-me na primeira fila e, quando ele erguer as mãos com o cálice, levantar-me devagar, sacar a pistola, dar-lhe dois tiros no peito e depois me virar e explicar o motivo daquilo a seus fiéis aterrorizados, esparramados no chão, e esperar, sentado em qualquer banco, que venham me prender. Podia: é claro que podia matá-lo.

Seria uma mudança. Minhas relações com a morte sempre foram as do perdedor, as do maricas: nunca aquele que dá, sempre aquele que recebe. Vi muitas mortes — sem tê-las visto: escutei, recebi notícias de um monte de mortes — e nunca matei ninguém. Isso, de alguma forma, me fez falta. Às vezes pensava que passara pela vida com excessiva leveza, sem o peso que uma morte deve exercer sobre aquele que a produz, sem ter de caminhar com aquela carga nas costas: sem aquele contato extremo com a vida.

* * *

Estela, sou um bobo. Você ficaria contente se eu o matasse? Tranquila se o matasse? Vingada compensada recompensada se o matasse? Bem paga, Estela? Se o matasse ficaríamos quites?

— Você já não falou tanto contra o sacrifício, Gale?

— Você acha que seria um sacrifício?

Há saberes que já não temos. Há séculos, milênios, quando não havia ninguém que não soubesse construir um abrigo onde viver, alguma forma de moradia com as mãos e umas poucas ferramentas, ninguém ignorava como era ir para o campo matar animais para não passar fome; poucos ignoravam como era matar alguém para defender os filhos, as posses, a comida. As mortes, então, eram mais íntimas, próximas: eram poucas as maneiras de matar a distância, e era raro passar por esta vida sem cravar um punhal ou rebentar um crânio. Mas hoje não mais: agora poucos matam. Matar é uma das aristocracias que sobraram: alguns privilegiados se reservam o direito de matar legalmente, outros mais privilegiados ainda obtêm o direito de ordenar que se mate, alguns se arrogam o direito de matar mesmo que isso lhes custe a prisão ou a morte — ou, pelo menos, uma vida à margem. Mas a grande maioria de nós não mata: estamos excluídos. Não sabemos como é a sensação de terminar com uma vida: de apertar um gatilho e ver como alguém cai, desfeito, fulminado ou, mais extremo, de enfiar uma faca no centro de uma carne, apertar um pescoço com as mãos até ver a língua. Não sabemos: aceitamos que o preço seria excessivamente alto.

Eu poderia tê-lo feito naqueles dias: durante algum tempo tive — tivemos, todos nós tivemos — oportunidade de matar com justificativa pela melhor das razões: o altruísmo, a generosidade de lutar por um outro mundo. Era quase de graça: não teria sido um homem, uma mulher matando; era um povo, um projeto, um movimento — ocasionalmente encarnados nesse homem, nessa mulher — matando para fazer nascer um mundo novo. Eu poderia ter matado: na época poderia ter matado fácil, pela causa. Uma vez tive um sujeito na mira. Estava montando guarda num aparelho, temíamos um ataque; deviam ser duas, três da manhã e eu estava havia várias horas atrás daquelas persianas, na janela do primeiro andar do casarão desconjuntado. Éramos quatro — nas quatro janelas — e estávamos muito tensos; um carro estacionou na calçada em frente, a dez ou quinze metros. Era um Falcon sem placas, três sujeitos dentro. Os sujeitos desceram ao mesmo tempo, não fecharam as portas; um estava com uma metralhadora, os outros tinham pistolas. Reuniram-se no meio da rua, olharam em nossa direção, disseram-se alguma coisa. Eu apontava meu 38 para eles — apontava para uma cabeça de cabelo muito curto, talvez louro, para uma orelha que me parecia descomunal — e espreitava tenso qualquer movimento; se ele avançasse mais dois passos eu atirava. Engatilhei o percussor: o estalido soou como uma pedra. Por um instante — suponho que tenha sido um instante breve — vi toda a história: meus tiros, o cara caindo, os tiros dos meus companheiros, os tiros dos deles, algum balaço entrando na minha janela, mais balaços, mais polícia chegando, nossa fuga ou detenção e uma vida diferente que começaria para mim quando apertasse aquele gatilho, quando o cara caísse. Foi um instante impossível: durou mais de mil anos. Depois os três subiram novamente no carro, arrancaram, foram embora. Eu desengatilhei afogado no alívio; a decepção — uma estranha forma de decepção — viria muito depois, anos depois. Eu podia ter matado mas não matei. Perdi minha oportunidade.

* * *

— Mas, se vocês morreram destroçados, que direito tenho eu à vingança inteligente?

Agora podia matar o padre: claro que podia. Minha vida mudaria de forma brutal: com aquele gesto leve, com aquelas duas ou três horas de ações infrequentes, toda a minha vida teria se transformado. Para começar, estaria fugindo ou numa prisão — como imaginei que estaria há trinta anos, antes que os militares começassem a nos mostrar que as alternativas não eram aquelas. Fugindo: não poderia manter essa solução por muito tempo; viver escondido requer uma energia extraordinária. Ou seja, num tempo mais ou menos breve eu terminaria na cadeia: vítima da verdadeira cara do Estado, dependendo do Estado para ir ao banheiro ou mastigar meu jantar, totalmente entregue ao que o Estado quisesse fazer de mim: a ideia da prisão me parecia uma caricatura de nossas vidas cotidianas. O estranho seria que, trancado, separado de todos, estaria mais presente que nunca na cidade. Seria essa a grande mudança: eu me transformaria, subitamente, num assunto. Minha história apareceria nos jornais — do jeito que eles decidissem, com as ênfases e omissões que quisessem dar — e eu me transformaria num tema de debate: se tem algum sentido, alguma legitimidade, exercer alguma forma de vingança por algo que aconteceu há tantos anos, que castigo mereço, por que escolhi aquela vítima, por que agora e não antes ou depois, tantas perguntas. Seria aterrador, interessante. Mas se o fizesse por essa razão estaria mais uma vez fazendo política com a ponta do revólver. Não era o que me preocupava; o que me preocupava era que, se o fizesse para isso, mais uma vez teria enganado Estela.

— Ainda não quero matá-lo, magra; gostaria de compreendê-lo.

— Compreendê-lo?

— Por quê? Você acha que eu deveria matá-lo?

Eu não conseguia saber o que Estela diria. Não conseguia saber, na verdade, o que Estela me diria. Eu falava com ela — sem olhar para seu corpo, sem querer vê-la inteira — e nunca sabia com que Estela estava falando. Quem, o quê? Aquela menina que mataram? Aquela menina e mais trinta anos de toda aquela sujeira? Uma mistura imprecisa daquela menina mais os meus trinta anos? Quem seria a Estela que falava comigo? O que teria lhe acontecido no decorrer desse tempo, como ela teria se modificado? Ou não teria lhe acontecido nada e eu continuava falando com aquela? Aquela me diria que o matasse, habituada a uma sociedade em que a violência política fazia parte dos costumes correntes? A de agora me diria que não, modificada por vinte e cinco anos de democracia e demonização da violência? Aquela me diria que não, assustada? Esta que sim, farta da clemência inútil, necessitada de vingança depois de tantos anos? Ai, magra, Estela: se eu soubesse quem você é, você poderia responder melhor a tantas perguntas. Para começar, quem é você. É difícil falar com uma heroína, com um monumento.

— Você ia querer que eu o matasse? Eu poderia matá-lo, mas é isso que você gostaria que eu fizesse?

— Não sei, Galego, você ia arrumar muitos problemas.

— Estela, pare de se fazer de minha mãe. Não preciso que você cuide de mim a essa altura dos acontecimentos, sabe? Já sou um velho de merda, não preciso que uma pirralha como você cuide de mim.

— Ai, Gale, não fique assim.

— Como você quer que eu fique? É sempre a mesma coisa. Não fique pensando no que é melhor para mim, pelo menos uma vez, caralho. Estou lhe perguntando, perguntando a você: você gostaria que o matasse? Se eu o matasse, faria você se sentir melhor?

— Sei lá, Galego, como você quer que eu saiba. Não vou negar que muitas vezes pensei em vingança, claro que pensei em vingança. Mas nunca nada de muito concreto, apesar de sentir sua falta, não é que tenha pensado quero matar esse sujeito ou aquele... E o padre... Que problemas poderia trazer para você?

— Para mim nenhum, Estela, eu já estou condenado.

— Como assim condenado?

— Não tem importância, não vou falar disso, mas para mim essa coisa toda já acabou, estou igual a você, pior que você. Vou morrer logo, mas por porra nenhuma. Quem sabe se eu o matar pelo menos tenha a sensação de que fiz alguma coisa.

— De que você fez alguma coisa? O que você fez? Matar um padre? Isso iria consolá-lo, faria que você se sentisse mais útil? Mais útil para quê, para começar?

— Não sei, para você, para sua memória.

— Galego, não tente me enganar desse jeito. Será para você, para sua vergonha.

Detesto conversar com um monumento, ter de tratar você como um monumento. Você viu que chamam vocês de desaparecidos? Como se a única coisa que tivessem feito em suas vidas fosse desaparecer. Assim, *snap*, flash, abracadabra, nada aqui nada ali, quem são vocês, Estela, repita comigo: nós somos os que desapareceram. Somos os desaparecidos, aqueles que ficaram marcados na história pelo que decidiram nossos inimigos, nossos verdugos: que desaparecêssemos ou desaparecessem ou desaparecidos, assim, de uma única vez, sem muito verbo. Nós somos os que levaram ao paroxismo essa palavra — essa categoria —, única contribuição pátria ao léxico global. Nós somos os coelhos, eles os *one way* magos: desapareça coelho, não apareça coelho, nada por aqui passe de abracadabra coelho colorido colorado. Nós, que quisemos ser tantas coisas, acabamos sendo os desaparecidos: uma magia encantadora, lenço branco feito bandeira, o público o bastão o coelho na panela, bem desaparecido nada por aqui nada por acolá mutirão de abracadabra: tururu.

Sim, Estela, mas vocês os coelhos são um sucesso, um sucesso total. São as vítimas, não há nada melhor que as vítimas coelhos desaparecidos mutirão de abracadabra nada nada: nada mais funcional, mais manejável do que um time de vítimas. Que bem saíram as coisas. Pela docilidade, por ser aquilo que os magos queriam, por desaparecidos: que bem saíram as coisas. Você sabe, sempre dizem que vocês são os melhores, Estela, já lhe falei muitas vezes. Você não acha o máximo fazer parte dos melhores? Os campeões morais, os melhores: você não sabe a quantidade de desastres que acometem os argentinos porque vocês se tornaram coelhos sem jaula, desaparecidos. Porque vocês não estão estamos do jeito que estamos, somos como somos, acontece do jeito que acontece, merecemos aquilo que merecemos; porque vocês, os melhores, não estão, nos transformamos no reino da tautologia e no lugar-comum disfarçado de sapiência. Porque vocês não estão, os melhores, dizem: porque não estão vocês.

— Você está delirando, Galego? Na verdade, não entendo o que você está dizendo.

— Ai, será que você não mudou nem um pouquinho? Que não ficou sabendo de nada, que continua vivendo do mesmo jeito de antes?

* * *

Você não se ofende se eu disser que vocês não eram os melhores? Não vá me insultar, não vá fazer essa cara de quem está segurando o choro, não vá ficar um mês sem falar comigo se eu lhe disser que vocês não eram os melhores? Na verdade, você sabe disso tão bem quanto eu, Estela: não éramos os melhores, vocês não eram os melhores. Talvez você fosse melhor do que eu, é melhor do que eu, mas vocês, todos vocês, não eram os melhores. Por quê, porque morreram ou sabe lá o quê, eram melhores do que nós que não morremos? Os que morreram não foram os melhores — nem os piores. Tiveram menos sorte. Eu cheguei uns minutos depois que a cana. Teria sido melhor — eu, digo, uma pessoa melhor, um homem melhor — se tivesse chegado meia hora antes e tivessem me sequestrado, torturado, matado tal como a você, se a mataram, e a todos os outros?

Em que consiste nosso mérito, o mérito de vocês? Em ter morrido em quantidades suficientes? Em ter morrido em condições pavorosas? Em ter morrido porque continuaram pensando certas coisas além de qualquer lógica? Nessa coerência do extremo? Nós a tínhamos, suponho, mas não por nada pessoal: fomos produto do espírito do tempo. Não é que fôssemos melhores que outros, mais generosos, mais decididos, e por isso nos entregamos à revolução. Foi porque aquele que não militava pela revolução era um perfeito idiota: revolucionário é o que se devia ser naqueles tempos.

Respeitam-nos — a vocês, digo, os respeitam — porque acabaram morrendo: porque foram mortos. Como se tivéssemos desejado a morte, como se realmente a tivéssemos procurado. É verdade: para nós também, a morte tinha valor, a Grande Guevara. Mas não queríamos nos matar. Digo: tenho certeza de que não queríamos nos matar. A morte foi um fracasso, mais um, o mais feroz. Gostávamos de viver, queríamos viver e no entanto nos enfiamos por esse caminho em que a morte virava uma possibilidade brutalmente presente. Apesar de que não estivéssemos na idade nem na posição de conviver com a morte. Digo: não tínhamos, por nossas vidas, nada a ver com a morte. Íamos morrer de fome, de doenças evitáveis, de pragas ou catástrofes, e éramos muito jovens. Não nos ameaçava a sombra de um governo ou de um exército inimigo disposto a nos matar porque éramos índios negros judeus estrangeiros. Não havia um governo que pensasse que só poderia sobreviver se nos matasse. Não vivíamos num país onde a morte política fosse mais habitual que as mordidas de cobra-coral, as quedas de montanhistas no Tupungato, a colisão de dois trens. Só nos avizinhamos da morte depois que decidimos apostar a vida por achar — muitos acharam, tantos acharam — que o mundo tal como estava era uma merda.

O que foi é e será inegável: o mundo tal como estava é sempre uma merda, uma autêntica merda, o estranho, o estranhamente maravilhoso maravilhosamente estranho era pensar que se puséssemos nossas vidas em jogo conseguiríamos alterar esse fato. Mas fizemos isso, nos convencemos, convencemos a outros. E pela boa causa a melhor causa nos aproximamos da morte: para que o mundo deixasse de ser o que sempre fora. O mundo é o que é e se você não gosta vá conquistá-lo costumava dizer-me Pancho: talvez tenha sido o que fizemos. Talvez não. Tenho certeza de que não queríamos morrer: queríamos caminhar por certas ruas com bandeiras, gritar algumas coisas, enchermo-nos do orgulho de haver feito o que ninguém fizera, trepar como cavalos, olhar uns para os outros e acreditar que éramos incríveis, e imaginamos que o preço de poder fazer isso era incluir a morte como possibilidade.

* * *

— Sério que você encarou a morte como uma possibilidade, Galego? Para mim, na verdade, acho que você sempre soube que no fim ia se safar. Que nunca acreditou que essas coisas pudessem acontecer com você.

— E você, Estela? Ou vai me dizer que você acreditava nisso!

Mataram vocês e é terrível, mas nem por isso lhes devemos algo. Nós os vivos temos de resistir a essa chantagem. Já naquela época, por acreditar que lhes deviam algo, morreram muitos mais: os que estavam em situações desesperadas e ficavam "para não trair os que foram presos". Depois, pouco a pouco, vocês foram se transformando nos melhores: operação cristã. Como se fazia em Cristiânia para virar um dos melhores, um santo? O sacrifício. O sacrifício não só servia para ir para o céu sem escalas; além disso servia para provar que eram melhores: que estavam mais dispostos, mais decididos a dar tudo por aquilo que acreditavam ou seja: que acreditavam mais que os que não estavam dispostos a tanto. O sacrifício, por alguma razão, não prova que você não soube se defender de estar sendo seguida, que não conseguiu descobrir que um encontro fora traído, que não soube sair de uma casa que alguém que tivesse caído pudesse entregar, que você não se cuidou o suficiente, que você não teve sorte — que você não teve sorte — nem que, vendo a proximidade da queda, não lhe ocorreu outra alternativa senão seguir em frente até que acontecesse porque lhe parecia que abandonar seria uma traição ou porque não pensou em abandonar ou porque pensou que outra coisa poderia fazer na vida. Não, o sacrifício — a morte, sua morte, todas essas mortes como a sua, Estela — não parece provar nada além de que vocês eram os melhores: os santos, anjos cristãos, mártires fundadores.

— Ai, magra, que estranho pensar em você como um anjo, como mártir.
— Por que você não vai encher o saco de outro, Gale?

Não, magra, não somos anjos, nenhum de nós: nem nós os vivos nem vocês os mortos. Não somos anjos: nunca fomos nada semelhante a anjos. Inventaram que éramos anjos, pobres jovens bem-intencionados, mártires coelhos, para poder roubar-nos nossa história: para nos transformar em pessoas muito diferentes, em meninos e meninas generosos ingênuos que queriam melhorar o mundo; sim, é verdade, mas queríamos melhorá-lo com um revólver na mão. O que não nos torna piores — nem muito menos —: torna-nos diferentes do que foi relatado. Eles não bancaram essa versão porque ela lhes dava medo: não tinham certeza de que, se não fôssemos anjos, os que nos mataram não tivessem razão para nos matar, ou pelo menos era possível alimentar dúvidas quanto ao fato de eles terem ou não razão. Por isso eles roubaram sua história, magra, a história de vocês: transformaram vocês nos desaparecidos, coelhos, anjos mutirão de abracadabra, rapazes e moças bons que os maus muito maus sequestraram torturaram mataram mas não pessoas adultas, jovens decididos, militantes que pensavam e escolhiam seus destinos, que pensaram que para conseguir o que queriam deviam lutar e arriscar suas vidas e as dos demais, que pensaram que valia a pena essa violência se o resultado fosse uma paz muito mais justa, e se arriscaram. Eles não quiseram lembrá-los assim, Estela, lhes dava medo: por isso os chamam de desaparecidos — anjos coelhos lenços brancos sem galera abracadabra.

* * *

— E agora não sei quem é você, Estela. Não entendo suas respostas. Mas preciso que você me diga: na sua opinião, devo matar o padre?

— Não sei, Galego. Para mim é que você vem perguntar? Agora o problema é seu. Acho que sim, mas não sei por quê. Pode ser que seja verdade que fiquei um pouco ressentida.

Então pensei que o padre era o melhor — nessa fila de ratos desengonçados. Você se lembra de quanto acreditávamos, Estela? Não digo no final; no final já estávamos ali somente porque não sabíamos como não estar, porque era mais difícil carregar a culpa de abandonar o barco do que a de ficar e esperar que o destino se encarregasse da situação. Mas no princípio, Estela, você se lembra de como acreditávamos, de quanto acreditávamos?

— Estela, você se lembra de quando acreditávamos?
— Claro, Galego. Eu me lembro de tudo. Esse é o seu problema.

Estela tinha razão, como sempre. Eu podia até matá-lo, mas o que realmente queria era falar com ele: queria que ele me explicasse. Queria saber como é que se fazia para acreditar tanto. Todos nós acreditávamos: todos fizemos o que fizemos porque acreditávamos na promessa de um mundo socialista, na iminência da revolução, no triunfo. Por essa crença estávamos dispostos a entregar nosso tempo, nossas vidas. Mas o padre pôde muito mais: tornou-se torturador, tornou-se assassino. Eu queria saber como se chega a acreditar tanto, como se consegue a fortaleza necessária para colaborar nas torturas, na morte, como se faz para contradizer todas as suas supostas convicções para defender uma ideia, a convicção que as anula todas. Talvez se tivéssemos conseguido: quem sabe, se tivéssemos conseguido tudo teria sido diferente. Eu me lembrava de uma frase da ultradireita italiana: *vince sempre chi piú crede*. Eles acreditaram mais e nos venceram. Nós tivemos limites e não aceitamos fazer certas coisas; eles ultrapassaram tudo: acreditaram tanto que ultrapassaram todos os limites, fizeram tudo o que consideraram necessário — porque estavam realmente convencidos. Nos ganharam a batalha do credo, reivindicavam o credo; nós, no entanto, acreditávamos por engano. Então eles nos venceram.

— Galego, sempre o mesmo chato. Sempre procurando pelo em ovo. Nos venceram porque nos venceram, porque tinham poder e fizeram uso dele.

— Nos venceram porque nos surpreenderam: porque fizeram certas coisas que nunca pensamos que poderiam fazer, e desconfio de que eles, no início, também não. Sério, magra, é o que lhe digo: eles nos venceram porque acreditaram tanto que se permitiram fazer qualquer cagada.

— Você está um trapo, Galego.

Eu já disse — ela já disse —: nossos diálogos nunca foram fáceis. Mas tinha de falar com ela enquanto ia me aproximando de Tres Perdices, aquela viagem longa demais, aquela viagem que já me ocupara muitos dias, muitos anos.

Se eu quisesse fazer alguma coisa, qualquer uma, tinha de ser logo.

30.

— Dom Manuel me disse que foi por algo que ele sabia.

— Como assim, por algo que ele sabia?

— Claro, professor: porque o padre sabia alguma coisa que podia incomodar, por isso o queimaram.

— Mas que coisas inventam. O padre sabia de tudo, claro, para isso era padre, no povoado não acontecia nada sem que ele ficasse sabendo. Mas era um túmulo, homem: nunca ninguém conseguiu arrancar nem meia informação dele. E não pense que não tentaram, pode acreditar.

Quando estudava para oficial de polícia — uma carreira que lhe garantiria uma oportunidade de emprego seguro e bem remunerado nos dias incertos da hiperinflação, o depois delegado Mario Giulotti passou a gostar de certos romances policiais. Seus companheiros zombavam dele: e aí, falam alguma coisa sobre acabar com negócios ilegais nas vilas? Ensinam a fazer negócios onde cada um leve a sua parte, Cacho? Mas o depois delegado não lhes dava bola. Teriam de passar vários anos — e certos reveses em sua carreira — para que abandonasse definitivamente aquela leitura perniciosa. E mesmo assim guardou daqueles livros ensinamentos decisivos: um deles era o que indicava que a melhor maneira de avançar num caso complicado consiste em induzir os demais a acreditar que você sabe mais do que realmente sabe.

O agora delegado Giulotti não apenas aplica essa premissa em seus labores; também a emprega em sua administração pessoal. Às vezes, quando pensa nisso, não tem certeza de que tenha sido uma boa ideia — o resultado mais evidente é o incômodo que percebe naqueles que o rodeiam, a tensão de supor que ele sabe coisas que poderiam complicá-los —, mas agora é tarde para mudar: o agora delegado não poderia — acha que não poderia — ser de outra forma. E esta noite — pouco depois das oito, confeitaria Bombom's, esquina sudoeste da praça principal de Tres Perdices — ele está exercendo com certa dificuldade sua artimanha habitual.

— Abrassi, se o senhor se cala não digo que esteja se acusando sozinho, mas passa bem perto disso. Eu sei o que o senhor sabe, mas preciso que o senhor mesmo me conte para poder confiar no senhor, entende?

O sr. Raúl Abrassi, proprietário do armazém com balcão de bebidas defronte à estação de trem — pela qual não passou um único trem em anos —, não tem certeza de compreendê-lo, mas entendeu que não pode ficar calado. Pigarreia, olha para o sr. Villalba como quem diz delegado olhe que não estamos sozinhos, vê que o delegado baixa as pálpebras como quem diz não se preocupe, é Villalba, pode falar. Julio Villalba é — dizem alguns — o mais rico da aldeia. Outros dizem que não, que, por mais dinheiro que ele tenha ganhado ultimamente, o velho Larrañaga ainda possui muitos hectares e leva vantagem sobre ele, mas concordam que, se tudo continua assim, Villalba — o tambo de Villalba, as olarias de Villalba, a concessionária de automóveis de Villalba, os negócios desconhecidos de Villalba — vai acabar destronando o estancieiro. Abrassi bebe, tosse, fala.

— Claro, o senhor pode acreditar que eu esteja sabendo porque agora muitas coisas estão sendo contadas, mas quando o finado padre era vivo eu era o único aqui que conhecia o passado dele, acredite.

Diz Raúl Abrassi, e diz que o padre lhe contou que é mesmo, esteve envolvido com coisas esquisitas. Bah, coisas esquisitas, diz: defendendo o país daqueles terroristas que agora se fazem de ovelhinhas degoladas. Mas o pior — diz Abrassi, enquanto o delegado se esforça para que o outro não perceba sua ansiedade e molha os lábios no uísque e Villalba olha seu relógio levemente entediado — é que no final ele tinha medo de não ter desempenhado sua tarefa:

— Sabe o que o pobre velho me disse uma vez? Que fizera todo aquele esforço para salvar a Igreja e a pátria do demônio marxista e estava bem, tinha orgulho do que fizera, mas que depois descobrira que havia outros demônios que tinham se aproveitado de pessoas como ele, ele disse, dos puros de espírito.

E que a Igreja continuava ameaçada, mas não por aqueles inimigos, e sim porque não cuidava de seus fiéis e sobretudo de seus fiéis pobres, que por isso ele, continua dizendo Raúl Abrassi mas o delegado Giulotti o interrompe, atento para que sua voz continue calma, como se confirmasse:

— Era por isso que ele lhe disse que sentia medo? Por causa dessa história dos marxistas? Medo de que o matassem?

— Mas ele nunca me disse...

Tenta o sr. Raúl Abrassi, proprietário do armazém diante do qual não passou um único trem em anos, mas algo no olhar do oficial o faz calar-se. Será que foi por isso, diz, em voz muito baixa. O delegado sorri.

— E você sabe quem poderia ter sido?
— Não, nem ideia. Isso pode ser que o delegado saiba, ou o juiz. Eu não faço a menor ideia.
— Bom, ouvi comentários sobre um sujeito muito esquisito que o xingou na missa.
— O quê?
— Não vá me dizer que não ouviu falar nisso?
— Não, querida, não ouvi falar nada.
— Ah, Zulema, você deve ser...
— Ai, Beatriz, com os problemas que eu já tenho, imagine se vou me meter nessas coisas.

Primeiro lhe pareceu um fato inconsistente: foi, certamente, porque demorou muito para tomar conhecimento. Por uma vez, o pacto de silêncio funcionara; mesmo naqueles dias em que o padre — a morte do padre — ocupara todas as conversas, todos os pensamentos, as novidadeiras não quiseram falar ou, quando falaram, fizeram-no com outras que merecessem sua confiança: que por sua vez se calaram. Por isso o delegado Giulotti — e a maioria dos habitantes de Tres Perdices e a imprensa e o país em geral — demorou muito tempo para tomar conhecimento; por fim, quando ficou sabendo, definiu o incidente como "a chave da investigação". Então o delegado Giulotti interrogou várias senhoras acerca do episódio da missa. Estava — estava seguro de que estava — no ponto decisivo da investigação, e não queria falhar. Ele sabe como é isso: há quatro anos cometeu o grande erro de sua carreira — e de sua vida —, quando não deu ouvidos a um par de colegas e continuou recebendo os agrados de um traficante de drogas que estava a ponto de cair em desgraça — e na prisão — com seu antigo sócio, um deputado provincial. O erro saiu em todos os jornais e custou-lhe a transferência para Tres Perdices — um ato de piedade, dissera o delegado geral, porque o ministro pedira sua expulsão pura e simples da força —, além de arruinar-lhe a vida: no povoado seu trabalho se limita a lidar com ladrões de gado de quinta e, sobretudo, com ladrõezinhos de galinha do bairro novo: nada que lhe traga renda nem lhe ofereça a oportunidade de redimir-se. Depois de quatro anos em Tres Perdices, concluído seu divórcio, o delegado sentia que se acostumara, ou melhor, que se resignara: o que dava no mesmo. Até que a morte do padre Fiorello o fez descobrir que não era assim: na manhã da descoberta macabra notou, para sua grande surpresa, que estava disposto a fazer o impossível para sair daquele buraco, para voltar à vida.

— É o que lhe digo, Zulema, parece que foi mesmo aquele sujeito.

— Não me diga, Beatriz. Conte, ande.

— Como? Mas você não disse que não queria nem saber?

— Conte, Beatriz, não seja chata.

O delegado tem de ser eficiente e, sobretudo, rápido: encontrar o assassino antes que os meios de comunicação e os chefes acabem por perder a paciência ou, o que é pior, o interesse. Para obter resultados reais — resultados reais para ele — o delegado tem de mostrar a seus superiores a importância do caso; para isso, a imprensa é a única opção, e a imprensa não espera. Graças a seus interrogatórios — sempre se considerou muito habilidoso em obter respostas —, o delegado Giulotti consegue determinar que na sexta-feira 13 apresentou-se à missa das sete um indivíduo desconhecido no povoado. Era, segundo declarações dos presentes — que deveríamos chamar, na verdade, das presentes —, um homem de sessenta a setenta anos, raça branca, estatura mediana, cabelo curto e ralo, rosto muito pálido — "de uma palidez um pouco estranha, como se ele não estivesse bem de saúde", disse uma depoente —, vestindo calça marrom e camisa quadriculada: nada especial. A típica indumentária de quem quer passar despercebido, pensou o delegado. Besteiras, pensa depois: o homem não queria passar despercebido; queria ser notado. Se não, não teria feito o que fez.

— Você sabe o que me disseram? Que naquela noite em que foi morto o padre devia estar esperando alguém. Parece que os policiais esses da autópsia disseram que ele tinha comido um negócio estranho, tipo peixe marisco, uma coisa assim.

— Não, tudo besteira. Para mim a Nilda disse que ele comeu como todos os dias, carne com arroz e vinho.

— E então, por que estão dizendo essas coisas?

— Não sei. Você acredita nas histórias dos policiais?

As testemunhas declararam que ninguém o vira chegar à igreja — "com certeza entrou quando a missa já tinha começado, porque do contrário nós o teríamos visto, o senhor sabe, como ele não era daqui e nós éramos uns gatos pingados" —, que ele se sentara na primeira fila à esquerda e que nenhuma prestara atenção nele. O delegado acredita que o homem escolheu a missa de sexta-feira à tarde, à qual vão apenas as beatas mais ferrenhas, porque não queria ficar sozinho com o padre, porque queria testemunhas, mas não muitas. E acredita que talvez ele tenha chegado àquela hora por acaso: seu comportamento não parecia o de alguém que quer passar despercebido. Porque todos tiveram que olhar para ele quando se levantou, logo depois de o padre Fiorello dizer o Kyrie — Senhor, tem piedade de nós pecadores —, e começou a gritar com ele. Para irritação do delegado, as senhoras são unânimes em dizer que nenhuma delas conseguiu entender os primeiros gritos; uma afirma que o velho disse alguma coisa como rancágua ou nicarágua ou aconcágua — "eu, na verdade, não consegui entender; o que me pareceu estranho foi que o padre olhou para ele de um jeito estranho e baixou a cabeça".

— O velho tinha uma cara muito chupada, como se os ossos estivessem forçando a pele querendo sair.

É o que diz outra depoente e, à força de persuasão, o delegado consegue induzi-la a fazer uma descrição mais operativa: aparentemente o velho estava com a barba malfeita, tinha olhos esverdeados meio afundados, boca grande com lábios grossos: a sensação geral era bizarra — "primeiro me assustei, me assustaram os gritos, mas depois, quando o vi, fiquei preocupada com aquele homem; na verdade minha sensação foi de que ele estava à beira de um enfarto". O velho, de acordo com a reconstituição do delegado Giulotti, continuou gritando. Mais devagar, porque já tinha atraído a atenção de todos, e só então conseguiram entender o que dizia. As versões diferem ligeiramente, mas a ideia está clara:

— Era você que acalmava os caras, que os incentivava a continuar matando, seu filho da puta. Foi você que fez eles matarem minha mulher e meu filho, seu filho da puta. Você! E agora está aqui dando lição de moral. Você merecia ser morto dez mil vezes, seu desgraçado filho da puta.

Então, o velho, dizem as senhoras, de repente mudou de tom e pareceu muito mais tranquilo: como se não fosse problema dele, como se fosse um enviado, diz uma; como quem já cumpriu uma obrigação, diz outra. E todas insistem na mesma coisa: em sua surpresa ao ver a atitude triste, resignada, abatida do padre; ora por nós, pecadores, parece que ele disse, e em seguida: aquele que estiver livre do pecado que atire a primeira pedra.

A essa altura, o delegado Giulotti já saboreia sua reivindicação, as delícias da promoção, inclusive os pedidos de desculpas. Mas ainda falta arrancar uma última espinha:

— E por que ninguém me disse nada, por que no povoado não se falava disso?

— E como o senhor queria que a gente falasse, delegado?

É o que lhe diz a primeira depoente, a enfermeira Nilda González, encarregada da Sala de Primeiros Socorros.

— O padre nos disse que o sujeito estava louco, que não devíamos dar atenção a ele. Disse: se querem um conselho, melhor nem falar nisso. São infâmias, e os infames usam a credulidade das pessoas normais, das pessoas como nós, para espalhar suas infâmias; não se deixem enganar, não caiam nesse jogo. Foi isso o que nos disse o padre, delegado. E o senhor queria que não lhe déssemos atenção?

O delegado Giulotti acha que aprendeu alguma coisa e, sem querer, inclina a cabeça em sinal de respeito: fica impressionado com o poder que tinha aquele padre sobre suas paroquianas, o poder de calá-las. Um milagre, diz para si mesmo, um autêntico milagre, e sorri: um milagre em proveito próprio.

— Não, é claro, o padre merecia que o respeitassem até nisso.

O delegado já tem o que precisa, agradece à enfermeira González, autoriza que saia; deve fazer um grande esforço para não gritar ou rir de entusiasmo. No dia seguinte viaja até a central de polícia na cidade, procura a ficha do padre Augusto Fiorello, telefona para alguns conhecidos, investiga sobre sua participação na repressão dos anos setenta. Primeiro acha que deveria descobrir por que o padre saiu do Exército: ali, certamente, existe uma chave. Mas depois, pouco a pouco, vai deixando de lado essa questão. A hipótese de vingança terrorista lhe parece cada vez mais verossímil. E as quatro ou cinco besteiras que tinham sido roubadas da casa do padre serviriam para dissimular, sem dúvida: todos nós sabemos como agem esses caras.

— Mas o senhor tem certeza, delegado?
— Alguma vez entreguei mercadoria estragada?
— Bom, delegado, não assim, que se possa dizer, mas...
— Tenho certeza, Capa, escreva isso sem medo.

O delegado Giulotti tem razão: quando ele resolve recorrer a um velho conhecido que trabalha no jornal local para divulgar a hipótese da vingança, o caso Fiorello, que perdera força, volta à primeira página. O delegado acha que os jornais nacionais que, após o primeiro momento de euforia pela morte do padre, haviam deixado a notícia de lado, voltarão ao povoado: Tres Perdices retomará seu lugar entre as chamadas das oito da noite e, de alguma forma, passará a fazer parte da história pátria: o lugar da vingança mais sacrílega. E ele, Mario Giulotti, será o responsável: o delegado geral irá chamá-lo, pedir-lhe desculpas, oferecer-lhe uma delegacia no centro.

O resto é questão de trabalho — e o delegado nunca rejeitou trabalho, quando era necessário: passados dois dias de investigação, em que cruza a lista de vítimas do Aconcagua com as dos enlutados que ainda vivem na cidade, restam-lhe três opções possíveis: três possíveis vingadores. Somente esses três têm uma esposa — ou "companheira" — desaparecida em Aconcagua: o velho cometera um erro decisivo ao mencionar a mulher. A questão do filho é mais estranha. Nenhum dos três tem um filho desaparecido; talvez tenha dito isso para dissimular a própria identidade. Apesar de o delegado Giulotti estar convencido de que o sujeito queria ser identificado: mais tarde se preocupará com essa questão. De toda forma, basta que veja algumas fotos de arquivo para ter certeza de que o homem que insultara o padre na missa, o principal suspeito de seu inqualificável assassinato, se chama Carlos Hugo Fleitas.

31.

— Pelo menos você conseguiu permanecer puro.

— O que você quer dizer com puro, Juanjo? O que está querendo me dizer?

— Que você não se vendeu, que continua exatamente como era quando tínhamos vinte anos, igualzinho.

Pensei que provavelmente nunca mais voltaria a ouvi-lo; a ideia me aliviou. O problema não era apenas que ele ficasse o tempo todo me aplicando categorias que não tinham nada a ver comigo, preocupações claramente suas. Era, sobretudo, que eu não queria mais perder tempo com alguém incapaz de entender lhufas do que eu dizia. Eu passara anos disfarçando esse inconveniente: às vezes a amizade consiste em sobrepor o peso de passados comuns à evidência do presente inútil; eu já não tinha tempo para essas elegâncias. Não queria me enredar naquela discussão, mas lhe disse que quando tínhamos vinte anos não queríamos ser puros, mas sim purificar tudo e todos, e que eu não estava preocupado em ser ou não ser como antes.

— Vocês é que falam o tempo todo em parecer-se com aqueles companheiros. Esse problema é seu, Juan, não meu.

Daquela vez eu não tivera de esperar por ele; a secretária fora ao meu encontro na entrada do ministério, me poupara dos trâmites da admissão no edifício e me levara até o segundo andar por uma escada secundária: um caminho deserto, um aposento com uma mesa redonda de madeira gasta, quatro cadeiras, um telefone e nenhum quadro nas paredes. Meu velho amigo Juanjo preferia me encontrar sem testemunhas. Ou, talvez, apenas quisesse sair do âmbito oficial. Eu pedira para falar com ele porque queria lhe contar meu encontro com Velarde, mas ele me conduzira, como sempre, por desvios improváveis. Pela primeira vez, inesperadamente, Juanjo parecia prestes a se irritar:

— Quem foi que disse que "nós falamos em parecer-nos com aqueles companheiros"?

— Ninguém me disse, vocês falam deles o tempo todo. A propósito, quando dizem que estão fazendo "o que queriam fazer aqueles companheiros", não sentem um pouco de vergonha? Não têm certa pinta de vaidade?

— Vaidade do quê? Nós nos lembramos deles, reconhecemos o que eles eram.

— Digamos que sim. E lhes dizem rapazes, o que vocês quiseram fazer e não conseguiram, agora nós conseguimos.

— Não, Ruivo, o que você está dizendo? Essa ideia jamais tinha me ocorrido.

— Bom, não é que você tenha o hábito de ter muitas ideias... Mas essa é lógico que não tenha lhe ocorrido: o que vocês estão fazendo não tem nada a ver com "o que queriam fazer nossos companheiros", Juan, e por mais que fiquem falando vocês sabem disso muito bem. Ou será que você vai me dizer que conseguiram se esquecer tão bem do que queriam fazer que são capazes de ir inaugurar uma pavimentação, uma escolinha, e acreditar, como dizem, que com isso realizam o sonho daqueles companheiros que foram mortos porque queriam o socialismo? Você não sente nem um pouco de vergonha, cara?

Juanjo olhou para mim, mordeu os lábios, esfregou as mãos: você queria falar comigo, suponho que tivesse alguma coisa urgente para me dizer. Ele era um político, eu, um idiota; ele, generoso, eu, um encrenqueiro incorrigível.

— Sim, me desculpe. Você sabe como eu sou, me deixo levar por qualquer coisa.

— Não se preocupe, Ruivo. Suponho que a esta altura você não vai mais mudar. Eu estava me referindo a isso.

Disse e sorriu. Não retruquei: melhor que sentisse que tinha ganhado uma.

— Sim, queria vê-lo por outra coisa. Há uns dois dias o sujeito que você mandou falar comigo me ameaçou.

— Como assim ameaçou? Que sujeito?

— Velarde, está lembrado?

— Não, Ruivo. Quem é Velarde?

Havia semanas que eu estava enfiado naquela enrascada porque ele tivera a ideia de articular um encontro meu com Velarde e ele nem se lembrava de quem era o cara. Ou seja: seu gesto decidira minha vida naqueles meses e ocupara não mais de doze minutos da vida dele. Era, supus, uma definição possível do poder.

— Velarde, o tal arrependido com quem me encontrei, graças à intermediação de seu esbirro Giovannini. Lembra?

— Sim, agora lembro. Mas como foi que ele o ameaçou?

— Ameaçou, sem mais poréns. Me abordou na rua à noite, me disse que parasse de encher o saco com o Aconcagua, com o padre, com todas essas coisas.

— Ele disse isso?

— Sim, disse.

— Não, já entendi que foi ele que disse. O que pergunto é de parte de quem, como era a ameaça.

— Não sei, isso ele não falou. Mencionou uns amigos, mas disse que poderia ser qualquer um: governo, serviços, Exército, ex-montoneros, a cúria, qualquer um.

— Metade disso é delírio.

— Sem dúvida. A questão é saber qual metade.

— Não encha, Carlos.

Juanjo baixou a voz: devia ser uma reação instintiva; não acho que houvesse alguém nos escutando. Quase num murmúrio, me disse que era preciso tomar cuidado — não disse "você tem de tomar cuidado"; disse "é preciso tomar cuidado", como se esse cuidado não implicasse apenas a mim — e apoiou uma mão em meu braço, falou ainda mais baixo: diga francamente, Carlos, você continua pensando na vingança?

Por que eu, que nunca fiz nada de verdade, que estou há tanto tempo sem fazer nada de verdade, vou realizar — de fato realizar — uma vingança? Por que supor que eu sim poderei fazê-la?

Eu gostaria de lembrar como foi que decidi contar sobre o Mal para Juanjo: por que o escolhi para saber. Ou talvez não tenha escolhido: é verdade que eu não tinha muitas opções. E também é verdade que o admirava — ou talvez invejasse — tanto quanto o desprezava. Daquela vez ele ficou sem palavras.

— Que merda, Carlos, que merda!

— Você está eloquente.

— O que você quer que eu diga?

— Nada, não quero que diga nada. Sério: não quero que diga nada. Nem sei por que falei.

— Bom, mas é preciso fazer tudo o que for possível, temos de procurar o melhor tratamento para você. Posso conseguir os melhores médicos...

— Você não vai fazer nada, Juan. Nem eu.

Juanjo tentou discutir; eu lhe disse que morrer já era suficientemente ruim para que, ainda por cima, tivesse de dedicar meus últimos meses à morte: ou, pelo menos, lhe disse, à minha — e nesse momento não entendi por que lhe falara. Deve ter soado convincente: eram bravatas de aterrorizado, mas Juanjo as aceitou; depois, seu contra-ataque seria sutil e decisivo. Se eu não tivesse contado a ele, toda esta história teria sido muito diferente.

Suponhamos que eu tivesse decidido que queria matar o padre. Por que, em nome de quê, teria de conseguir fazer isso? Não mataria para homenagear uma vítima — as vítimas — de nosso grande fracasso? Então, seria coerente ou apropriado, respeitoso, que minha missão tivesse êxito? Ou deveria, por respeito, por delicadeza, destiná-la ao fracasso? Não seria mais lógico tratar de matá-lo e não matá-lo, deixar-me prender ao fugir ensanguentado da casa dele, encomendar o crime a um idiota, deixar montes de rastros que me inculpem, fazer-lhe cinco talhos mas nenhum mortal, dar um tiro na minha barriga sem querer, emboscá-lo e permanecer calado, estupefato?

Não esperou que eu respondesse. Olhou em direção à porta, apertou mais meu braço, disse que tivesse muito cuidado para não fazer cagada: que ele, em última instância — disse "em última instância": cada vez usava mais palavras de época —, era capaz de entender que eu quisesse me vingar, que eu já sabia que ele achava muito estranho eu ter tomado essa decisão àquela altura, depois de tantos anos, que entendia que havia circunstâncias — disse "que havia circunstâncias" como se estivesse falando para a imprensa — que podiam me insuflar mas que, bom, se eu quisesse me vingar que pensasse numa forma inteligente, não aquela idiotice de ir dar quatro tiros no outro: isso sim seria um desastre para todos.

— Para todos? De quem você está falando?

— Para todos nós, Ruivo. Se você o matasse, estaria pondo mais uma vez seus interesses pessoais acima dos interesses do coletivo.

— Que linguagem, irmão! Nem imagina há quanto tempo eu não escutava essa história de interesse do coletivo.

— Porque faz muito tempo que você optou por deixar de escutar essas coisas, Ruivo, desculpe lhe dizer isso. Mas outros de nós continuam pensando nesses termos. Por isso é que eu lhe digo que seria um desastre. Ou será que você não se dá conta de que nossa força consiste em sermos as vítimas? Esse é o triunfo de Estela, e você quer arruiná-lo?

Estive a ponto de não mencionar o assunto, mas a dúvida me aturdia: então era verdade o que dissera Velarde sobre o pacto?

— Que pacto, Carlos? Não diga besteiras.

— Não estou dizendo nada, Juanjo, mas isso que você está falando é exatamente o que ele me disse que haviam feito: um acordo de não se vingar e permanecer no papel de vítimas.

— Se alguém fez isso eu não fiquei sabendo, não se preocupe. Mas não é preciso fazer nenhum acordo: a ideia está aí, salta aos olhos. Ruivo, a melhor vingança de Estela é estarmos aqui, fazendo coisas.

Agora sim me calei: Juanjo já sabia o que eu pensava sobre as coisas que faziam, sobre o modo como usavam o sangue dos mortos para enfeitar — pensei "para pintar de vermelho" — um governo que não tentava nenhuma mudança. A figura do padre, o justificador, aquele que mandava sicários matar em nome da bondade, da cruz, do próximo, continuava me repicando na cabeça.

— Esse sujeito tem de morrer.

— E você vai matá-lo? Vai estragar sua vida para sempre.

— Que vida, Juanjo? Agora é você que está dizendo idiotices.

Perguntou-me sobre o Mal, contrafeito, porque não podia não perguntar. Poupei-o dos detalhes e lhe disse que tudo igual, que continuava na doce espera; sorriu, aliviado — pela notícia, porque não o constrangera —, e me disse algo sobre eu ser capaz de rir de realmente qualquer coisa, que nunca ia mudar. Acho que se deu conta do que dissera um segundo tarde demais, arrependeu-se, mas já não podia fazer nada.

Pegou o telefone, pediu dois cafés, me disse que tínhamos de pensar naquilo com mais calma — disse "temos de pensar nisso com mais calma", incluindo-se com autoridade no assunto. Depois ficamos calados por três ou quatro minutos, até que entrou o ordenança com o casaco azul brilhando de tão gasto com a bandeja de alumínio, duas xícaras, envelopes de adoçante. Deixou-a, saiu, Juanjo olhou a porta como para se assegurar de que permanecia ali, fechada, protetora, e só então me disse que se estava bem convencido de que queria me vingar podíamos — disse "podemos", outra vez colocando-se dentro — imaginar outras opções. Não quis lhe dizer que o que eu fizesse ou deixasse de fazer não o incluía em nada; preferi ouvi-lo.

— Olhe, se você quiser eu posso chamar um juiz sério, responsável, um cara nosso, para que ele abra um processo. Se conseguirmos que as testemunhas falem, ele pode ir parar em cana por muito tempo.

— E daí?

— Como e daí? Todos ficarão sabendo quem ele é, quem foi...

— Foi exatamente isso que Velarde me disse.

— Como a mesma coisa?

— Claro, ele me ameaçou de inventar a história da traição de Estela e minha, já lhe contei.

— Bom, isso prova que o sujeito ou os sujeitos que mandaram Velarde lhe dar um recado não são nada idiotas. Mas aqui não é preciso inventar nada. E para completar a gente põe ele na cadeia.

— Na cadeia não: ele vai é para casa.

— Bom, é a maneira de estar preso que corresponde a sua idade.

— E você acha que isso é o suficiente?

— Claro, Ruivo. Pense no que Estela haveria de preferir: um crime sórdido ou um exemplo democrático?

— Democracia, Juan? Estela morreria de rir na sua cara.

Disse isso a ele, mas continuava sem saber de que Estela estava falando: a morta, a desaparecida, a que viveu ao longo desses anos, a que seria agora se tivesse ficado viva desde então?

— Não esteja tão seguro disso, cara, não sei por que você acha que pode se mostrar tão seguro.

Foi o que disse Juanjo. Ele também a conhecera bem. Eu nunca soube quão bem: nunca soube se chegou, digamos, a ir para a cama com ela. Eu nunca quis perguntar-lhe e ele nunca me contou. Tampouco sabia por que aquela me parecera uma medida concludente de sua proximidade. Ou vai ver que sabia, mas o que sabia não me agradava. Juanjo me olhou, fechou os olhos, suspirou, consternado, voltou a apertar meu braço: olhe, no pior dos casos podemos organizar as coisas de outro jeito — me disse "organizar as coisas de outro jeito" com uma entonação estranha, como se estivesse falando de algo que obscuramente nos unisse.

— No pior dos casos podemos organizar as coisas de outro jeito. Você se lembra do que dizia o Cordobês? É possível que haja maneira de armar um acidente, qualquer coisa, um carro, um ladrãozinho que vai assaltá-lo e o mata, teríamos de ver.

Fiquei calado, quase emocionado: se entendera bem, meu velho amigo Juanjo estava se oferecendo para se encarregar daquela morte. Mas talvez não tivesse entendido; se fosse esse o caso, ambíguo, lhe disse que não, que não se preocupasse, que ele não tinha por que se envolver em nada daquilo. Juanjo me disse que seria como eu quisesse mas que insistia em me dizer: não vá fazer cagada, Ruivo, não vá estragar sua vida, logo vamos encontrar uma solução.

— E enquanto isso não se aproxime, nem passe por sua cabeça ir vê-lo. Prometa que não vai fazer nada de grave, Ruivo. Seria um desastre. É muito fácil fazer a relação entre você e nós.

A emoção se dissolveu num segundo. Devo ter parecido infantil quando lhe disse, aborrecido, vingativo:

— Eu já fui a Tres Perdices.

— O que está dizendo?

— Que já fui, que já falei com ele.

— E eles viram você?

— Claro, assisti à missa dele, dei uns gritos com ele. Você precisava ter visto.

— Você é um idiota.

Só então me dei conta. Claro que não deveria ter demorado tanto, mas nunca fui muito rápido nessas coisas. Meu jeito, por outro lado, sempre foi falar sem pensar muito:

— Tudo bem, mas você não precisava ter me mandado aquele sujeito.

Falei isso sem pensar; passou pela minha cabeça e não consegui segurar. Já ia pedindo desculpas quando vi a cara dele. Juanjo tentou ganhar alguns segundos:

— Que sujeito, Carlos, do que você está falando?

— Não se faça de idiota, Juan. Aquele sujeito, Velarde. O que você mandou para me ameaçar.

— O que você está dizendo, Carlos, como pode pensar isso?

— Você é um filho da puta.

Juanjo ficou calado um momento, me olhou de cima — assustadoramente de cima, como se olha para um inseto, com o pé levantado, um momento antes de decidir se vai se dar ao trabalho de esmagá-lo. No fim chegou à conclusão de que era melhor não:

— Você não vê, Carlos, que eu só estava querendo protegê-lo? E proteger a todos nós, veja se consegue entender. Você estava passando dos limites. Estava a ponto de fazer uma cagada enorme.

— Estava? O que o leva a imaginar que estava? De verdade, você acha que pode controlar todo mundo?

Finalmente Juanjo me olhava em silêncio, construindo um silêncio para sempre. Eu também não tinha nada para lhe dizer. Quando estivesse mais tranquilo teria de perguntar-lhe se armara tudo desde o início, se me enviara Velarde da primeira vez para me pôr em marcha. O problema era que eu não entendia seu objetivo: teria de pensar no assunto. A menos que — ocorreu-me — tivesse alguma diferença com a Igreja — algum assunto de orçamento, alguma lei em litígio, um candidato — e fosse útil que Velarde me pusesse na pista daquele padre para ameaçá-los, pressioná-los. Isso me pareceu um delírio, e olhei na cara dele.

32.

E no entanto eu telefonara para ela. Toda vez que ela me dizia que eu era um orgulhoso insuportável e que merda justificava tanto orgulho, eu lhe dizia que era fácil ser orgulhoso quando se tem algo que justifique esse sentimento: aí não se trata de orgulho, trata-se de viver do trabalho acumulado. Orgulho de verdade é o meu, dizia-lhe: o orgulho do sujeito que ninguém respeita porque não vê nada nele que explique sua atitude. Valeria ria. Mas daquela vez não fui orgulhoso: telefonei, pedi que viesse. Você tem certeza? Estou lhe dizendo, não estou? É, mas você tem certeza? Não, não tenho certeza, mas gostaria que você viesse até aqui amanhã. De repente vou. Não encha, Valeria. Está bem, eu vou, me espere amanhã. Está bem, espero; se puder, traga alguma música.

— Preciso lhe perguntar uma coisa.
— Vamos lá, pergunte, tudo bem.
— Sim, mas quero que me responda.

— O que há com você, Carlos?

Ela devia achar que, ao longo daqueles meses, eu tivera todo aquele trabalho — o trabalho de lhe mostrar que não pretendia me dar ao trabalho de agradá-la — porque tinha medo de me envolver com ela: de cair, se me deixasse levar, em águas turvas que me davam medo. Sem dúvida ela achava isso. Não me importava o que ela achasse: só queria não achar a mesma coisa: teria sido uma vulgaridade. Mas pior era a suspeita, renovada por sua ausência daqueles dias, de que, se ela me deixasse — se pusesse em andamento a ameaça de deixar-me —, poderia me seduzir de verdade. Ela se daria conta — estava se dando conta — e, então, sem dúvida faria uso desse poder. Valeria era dessas pessoas — dessas mulheres? — que usam o poder sempre que o têm.

— Qual é o seu nome?
— Como qual é o meu nome?
— Sim, quero saber como você se chama
— Como vou me chamar? Valeria, você sabe.
— Suponhamos que saiba. Mas como é o sobrenome. Você nunca me disse seu sobrenome. Já está na hora de me dizer como você se chama.
— Não pergunte, não conte, não deixe que lhe contem.
— Não seja idiota. Como você se chama?
— Para que você quer saber?
Eu não tinha nenhuma resposta decisiva para sua pergunta: porque seria lógico que soubesse, porque as pessoas em geral sabem essas coisas, porque não fazia sentido eu não saber. Eu não podia dizer a ela que a única razão era justamente o fato de ela não ter me dito — e de repente, depois de tanto tempo sem

pensar no assunto, aquilo me parecera muito estranho, agressivo, preocupante.

Eu sabia — desconfiava — que ela fora criada sem pai, mas nunca permiti que falasse de seu pai. Tinha medo de que tudo se explicasse por algo tão banal.

— Ora. Sério que você não sabe quem era o meu velho?

— Não, como vou saber.

— Supostamente me pareço com ele. Parece que sou mesmo muito parecida com ele.

— Está bem, mas para isso... Enfim, não sei, não faço a menor ideia.

— Verdade que você não sabe?

— Não sei. Quem é ele?

— Quem era, você quer dizer. Não sei. Nunca o conheci.

Então eu realmente teria gostado de que meu apartamento tivesse mais marcas pessoais, alguma coisa que dissesse esta é a casa de Carlos, que viveu aqui por quase quinze anos e foi deixando marcas rastros sinais de sua vida, mas Valeria, sentada no sofá de curvim verdoso, pés sobre o assento, pernas dobradas de encontro ao peito, braços enlaçando as pernas, queixo apoiado nos joelhos, podia olhar em volta sem ver nada que lhe dissesse esta é a casa de Carlos que viveu aqui por quase quinze anos exceto por aquela fina camada de velhice, aquela película, e assim por alguma razão confusa se tornava mais contraditório ainda que eu me decidisse a trair Estela e lhe dissesse — como estava a ponto de dizer-lhe — que tinham me ameaçado ou algo assim — que não sabia muito bem como encarar aquilo mas que sem dúvida era uma espécie de ameaça — porque estava empenhado em tomar conhecimento de um número cada vez maior de dados da história da vida de um padre repressor ou aliviador de repressores ou talvez na verdade porque alguns podiam achar que eu estava querendo me vingar, agora, tantos anos depois, tanta vida depois, tanta história depois e eu não conseguia saber se era verdade mas por momentos suspeitava que sim. Não, não a ameaça, a ameaça acontecera com certeza, o que não consigo saber é se na verdade estou querendo me vingar ou vingá-la, ou melhor, vingar Estela ou a quem quer que seja, a todos nós, vingar a derrota, o fracasso, e então ela apertou ainda mais as pernas de encontro ao peito meio chato, os pés descalços rígidos no curvim do sofá, a boca muito fechada para que fosse mais notório o movimento quando a abriu como para me dizer alguma coisa e não me disse nada e ficou calada por um momento e depois repetiu, sem nenhuma entonação, uma ameaça.

— Uma ameaça? Ameaçaram você de verdade?

— Sim, acho que sim. Pode ser que seja a última oportunidade de fazer o que não fiz, de me transformar em mártir.

Disse, tratando de diminuir com um meio sorriso a extrema verdade do que lhe dizia, e ela não quis me acompanhar naquele jogo e me disse é uma idiotice, isso não pode ser feito a qualquer hora: feito agora seria uma caricatura.

— Feito agora seria uma caricatura. Um morto velho, sem nenhum interesse, que nem mesmo é morto por querer mudar o mundo, mas para não encher o saco dos que conseguiram que o mundo continuasse igual. Isso não é ser mártir, Carlos, isso é uma caricatura. Mas pode ser que você tenha mesmo de fazer alguma coisa. Quer dizer: você, em vez de deixar que lhe façam.

— Como assim? Você acha que eu teria de fazer alguma coisa?

— Não sei, você deve saber.

Devo saber? Eu não sabia, disse a ela que não sabia, mas que ela parecia muito convencida de que eu sabia e ela me disse que não, que estava só perguntando, que quem era ela para me dizer o que eu sabia ou deixava de saber, que eu sabia ou não sabia mas que claro, se eu achava que devia fazer alguma coisa não podia deixar de fazê-la, muito menos agora:

— Muito menos agora.

— Muito menos agora o quê?

— Que principalmente agora você não podia deixar de fazê-la.

— Como principalmente agora? Por que principalmente agora?

— Isso você é que sabe.

Disse-me isso como se dissesse que também sabia. E que eu tinha de fazer alguma coisa que claramente não a incluía de maneira alguma: que tão claramente não a incluía que era melhor eu não lhe dizer.

— Mas, se você precisa fazer, então precisa fazer.

— Não é que você tem razão?

Disse-lhe, e ela desenrolou os braços das pernas, alisou a saia preta comprida enrugada, espreguiçou-se de braços para cima, apoiou os braços e as costas no curvim do encosto. Eu estava em pé ao lado — todo o tempo estivera ali em pé — e olhei-a e vi uma coisa.

Havia uma música. Ouvi uma música, mas não vinha do meu gravador. Devia ser a música de outra pessoa.

Foi um momento de fraqueza ou confusão ou extrema audácia ou sabe lá como chamar aquilo: por um instante pensei que talvez houvesse uma saída — essa foi a palavra, pensei "uma saída" —: que talvez pudesse viver com ela, oferecer-lhe um filho, esquecer de uma vez e para sempre aquela história, fazer-me de idiota, morrer em outro mundo. Então fui buscar vinho branco na geladeira, fiquei aliviado com o fato de ela continuar fazendo barulho, enchi dois copos, entreguei um a ela, tentei falar com meu tom mais descomprometido:

— E se a gente vivesse junto?

Seu gesto não foi nem sequer de surpresa ou recusa; Valeria torceu um pouco o rosto, como quem sente a picada de um mosquito. E tratou de reprimir um sorriso intolerável:

— Você e quem mais, meu querido?

— Eu e minhas lembranças, é claro. A quem mais você acha que eu conseguiria tolerar?

— Não sei, mas que bom que você se aguente, ou que pelo menos diga isso. Não é fácil.

— Não, eu sei. Por isso treino com você. É uma vantagem: quem aguenta você sabe que pode aguentar qualquer um.

Falei isso e rimos aliviados.

33.

— Você está sabendo da notícia?

— Não sei. Que notícia?

— Como que notícia? A do padre.

— Claro que sei que o padre morreu. Como é que eu não ia saber?

— Está vendo como você nunca escuta o que eu digo? Estou falando da notícia de que prenderam a pessoa que matou o padre.

— Sério?

A sra. Irene se regala e sorri. Por uma vez na vida vai poder contar uma novidade ao marido. Só espera — só agora se dá conta disso — que ele não pergunte como foi que ficou sabendo.

Julio Villalba, o homem mais rico — ou o segundo homem mais rico — de Tres Perdices pede mais uísque na confeitaria Bombom's e diz que esta noite o delegado não poderá vir porque está ocupadíssimo: que desde a morte do padre teve muito trabalho, mas que esta noite, justamente esta noite, está acabando de solucionar todo o assunto — diz, com uma voz segura e grave que dá a impressão de que o delegado está fazendo aquilo porque ele ordenou ou, pelo menos, para seu benefício pessoal. Mas seus três interlocutores sabem que não devem imaginar nada disso: que é apenas o estilo presunçoso de Villalba.

— Vocês não falem nada. Nem uma palavra.

Disse-lhes, sabendo que é inútil — que, se fizessem isso, seu relato não teria sentido. Que não digam nada, diz, mas que ele vai lhes contar o que aconteceu: que na noite anterior, pouco antes das nove horas, o delegado achou que o caso estava escapando de suas mãos.

— Como assim, escapando?

Perguntou-lhe Alberto Iniesta, dono da única farmácia, que sabe desempenhar o papel cortesão diante de Villalba: como era possível que o caso escapasse das mãos dele se faltava apenas agarrar o tal velho que queria se vingar? Julio Villalba sente grande prazer com aqueles serões no Bombom's: fazem-no sentir-se poderoso, respeitado e, por instantes, fazem-no mesmo esquecer de que toda vez que quis ampliar seu poder para além dos limites estreitos de Tres Perdices — até a cidade, sem ir mais longe — fracassou: algo ou alguém o pôs em seu lugar.

— Homem, você deve saber de alguma coisa de que ninguém desconfia.

— Claro que sei, Beto, imagine se não vou saber. E quem nem desconfia são vocês.

Diz, repetindo, reafirmando o conceito sem necessidade: que nem desconfiam porque aquela história da vingança do velho não cola mais.

— O quê?

Dizem os outros três, de forma muito adequada — mas dizem sem intenção de adular ou puxar o saco, dizem por puro espanto:

— Como?

Foi a pior surpresa recebida em muitos anos, quase comparável àquela reunião com o delegado geral. Mas dessa vez o assunto tivera a aparência cansativa de um trâmite administrativo: quando o delegado Giulotti ligou para o cartório para solicitar o endereço de Carlos Hugo Fleitas — com a intenção, que evidentemente não detalhou, de proceder à sua detenção —, a funcionária lhe disse que seu último endereço conhecido era calle Piedras, 735.

— Bem, o penúltimo.

Foi o que disse a funcionária, deixando um espaço de silêncio. O delegado não lhe dirigiu a pergunta lógica e ela prosseguiu, decepcionada:

— O último deve ser em algum cemitério.

Disse, e explicou que o sr. Fleitas constava como falecido na data do último 23 de julho. O delegado teve um momento de silêncio aturdido; depois pensou que poderia haver um erro:

— Desculpe, mas a senhora tem certeza de que estamos falando da mesma pessoa?

— Sim, claro, Carlos Hugo Fleitas, Carteira de Identidade 9257587. Não foi isso o que falou?

— Foi, foi isso. E a senhora tem certeza de que ele está morto?

— Olhe, aqui diz que foi enterrado. Se não morreu, deve estar passando por um mau pedaço.

— Senhorita...

— Senhora, delegado, e desculpe alguma coisa. Mas é isso mesmo, estou segura, tão segura quanto é possível estar nesses casos.

O delegado Giulotti murmurou um agradecimento, desligou, ficou contemplando uma parede branca onde tampouco viu nada que o consolasse.

— O que aconteceu, amor, me conte.
— Nada, é que pegaram o cara.
— E como você sabe?

A pergunta não era aquela, pensa Irene: por que será que nunca diz o que deveria dizer? Ou será que está mesmo desconfiando de alguma coisa?

Alberto Iniesta, dono da única farmácia de Tres Perdices, se dá conta de que Julio Villalba quer um pouco mais de adulação — e não custa nada dar-lhe:

— Ande, Julio, conte o que aconteceu. Ande, não nos deixe assim, agoniados.

É o que diz Iniesta, e Kowalski olha para eles, sentado um pouco mais adiante, como à margem da reunião que os reúne. Joaquín Kowalski é o administrador dos caminhões de Villalba — depois de ter sido, durante vinte anos, caminhoneiro autônomo com duas unidades em serviço, e de ter se afundado na penúltima crise. Kowalski conhece a história — sua esposa lhe contou pouco antes de sair de casa e se fez de boba quando ele lhe perguntou como ela sabia —, mas sabe que não seria prudente estragar o suspense do chefe.

— Afinal o assassino não era aquele velho.
— Como não? Tínhamos tanta certeza!

É o que diz Iniesta, e Kowalski lhe pergunta quem é que tinha certeza: há vezes em que realmente não o suporta. Iniesta não se dá por achado e Villalba prossegue: não era, que coisa impressionante, tudo apontava para aquele sujeito, o delegado estava convencido de que tinha sido ele, por isso quando ficou sabendo que era impossível não conseguia acreditar. Como impossível? Pois é, vocês não vão acreditar no que aconteceu. Kowalski está a ponto de explodir: farto do show do patrão. Mas fica calado e engole; Villalba aproveita a ocasião — com Iniesta exagerando no soerguimento de sobrancelhas e Bunder, gerente do Banco da Província, perguntando quê, o que foi que aconteceu, conte — e demora uma eternidade para dizer que foi incrível, que afinal de contas o sujeito tinha morrido, olhem só como ele enganou todo mundo, que droga. Bunder o interrompe com um ligeiro excesso:

— Morto? Sério que ele morreu?

— Por quê? Era amigo seu? Era sua prima?

Diz Kowalski, já chegando ao limite.

— Rapazes, isso não interessa. O importante é que a história do velho foi uma confusão, o coitado do sujeito não tinha nada a ver. Vai saber o que aconteceu, que justamente naquele dia ele tivesse inventado de vir até aqui insultar o padre, e depois teve o azar de matarem o padre, confundindo a gente.

É o que diz Villalba, um pouco acelerado: como quem teme que a vitória escape de suas mãos quando já está bem certo dela.

— Que coisa, não? Quer dizer que o coitado do velho não tinha nada a ver.

— E quem era o cara?

— Ah, então você não sabe?

— Não, claro que não sei, querida. Se soubesse não estaria perguntando. E ande logo que preciso ir encontrar os rapazes.

— Bom, vá de uma vez então.

— Diga, não seja assim.

— Nada, não era nada. Um pivete, um ladrãozinho comum e trivial.

— Como assim um ladrãozinho comum e trivial?

— Você nunca escuta o que te digo?

— No entanto, o delegado não demorou nem um dia para encontrar o culpado, o verdadeiro. Dizem que o ministro telefonou para ele e o apressou, sugeriu que ele investigasse a hipótese de roubo comum. Sei lá, é o que andam dizendo. Deve ser por isso que ele anda tão ocupado agora, não é?

É o que diz Kowalski: não conseguiu se segurar. Villalba lhe dirige um olhar assassino.

— Ande, Joaquín. Se está sabendo de alguma coisa, cale a boca, que o Julio está nos contando.

É o que diz Bunder, e Kowalski vacila, acaba calando a boca. Julio Villalba olha para ele como quem faz contas: isso acabou de custar-lhe tanto mais tanto. Depois respira ruidosamente, engole um trago, condescende em explicar:

— Não, não demorou nem um dia. Bom, na verdade não foi bem assim. Demorou. Acontece que alguém tinha falado a ele do verdadeiro assassino, só que ele estava tão enfurnado na pista do velho que nem deu bola para essa outra. Por sorte, em seguida encontrou o tal pivete. Na verdade o delegado foi brilhante. Amanhã vocês vão ver, quando chegarem todos os jornalistas.

Diz, e pergunta a Kowalski por que o terceiro caminhão não estava rodando esta manhã. Kowalski fala de um problema no carburador; Villalba olha para ele como quem diz estou pensando se acredito nessa história.

34.

Esse cheiro, Estela, não seria o seu? Seria o da sua derrota?

Digo: sua derrota.
Tão diferente da minha.

Sempre tive em mim a dor — esse rancor, o ódio — de não terem deixado que nos despedíssemos. E no entanto nos despedimos tantas vezes, naqueles dias. Despedíamo-nos toda que vez que precisávamos nos separar por algumas horas, toda vez que eu saía ou que você saía e, mesmo sem nos fazermos perguntas — não podíamos contar-nos essas coisas —, nós dois sabíamos que o outro devia ir fazer alguma coisa que podia terminar mal. Nós dois sabíamos: naqueles dias só saíamos para fazer esse tipo de coisa, e então nos despedíamos toda vez como se fosse a última: um beijo às vezes demorado, muito demorado, outras quase furtivo de medo que se notasse que era uma despedida ou pelo medo de que acentuar a despedida a transformasse numa verdadeira despedida, outras um olhar ou uma frase para dizer estou com você, vá tranquila, não vou encher seu saco; uma vez — me lembro — até tentei dizer-lhe o quanto você era importante para mim, mas não encontrei o jeito. E outra vez foi você que me disse, ou pelo menos foi o que achei. Tantas vezes nos despedimos que no fim já não conseguíamos levar aquilo a sério, mesmo sabendo que estava ficando cada vez mais sério. E depois nos despedimos tantas vezes mais: depois, quando você já não estava. Passei a vida me despedindo de você. Mas agora temos de nos despedir de uma vez por todas.

— Mas antes, já que você está me contando tudo, você vai me contar o que aconteceu com nosso filho?

Estela fingiu, mais uma vez, que não me escutava.

Você não sabe quanto me arrependi de não ter acreditado que você estava grávida. Quando você me dizia que estava, que tinha certeza, que até tinha certeza de que era um menino, e eu lhe dizia que era pura sugestão, o medo, a onda de gravidezes. Você se lembra de quantas companheiras engravidaram naqueles dias? Como se tivessem tido um ataque de desespero, de querer fazer tudo rápido, enquanto ainda era possível, de querer deixar algo para trás quando tudo acabasse — e eu, sério, pensei que você tinha se deixado sugestionar por tudo aquilo e não acreditei em você. Não sabe quanto me arrependo. Você nunca vai me contar o que aconteceu de fato? Vai continuar se vingando de mim, vai continuar se fazendo de boba para se vingar do fato de eu não ter querido acreditar em você daquela vez?

* * *

Não olhei para ela quando lhe disse que não eram tempos para ter um filho. Ela me perguntou como eu podia saber quando eram tempos para ter um filho. Estava na cama ao meu lado, os dois deitados de costas, sem nos tocar, a vinte, trinta centímetros um do outro, uma distância interminável.

— Quero dizer que é uma época difícil, muito complicada.

— Você costumava dizer que era uma época de nascimentos.

Eu quase lhe disse que era uma metáfora, mas por uma vez me calei: eu sempre perdia a pose com sua capacidade de não entender — ou de fingir que não entendia — que determinada coisa era uma metáfora.

— O que você quer dizer com são tempos difíceis?

— Ai, magra, tudo o que já sabemos.

— O quê? Que podem nos agarrar amanhã? Que podem nos matar amanhã se não tomarmos cuidado, se não tivermos sorte?

Pus a mão em minha bola esquerda e lhe disse que não dissesse aquelas coisas nem de brincadeira, como se dizer ou não dizer pudesse fazer alguma diferença: como se acreditássemos que não dizer o que podia acontecer pudesse contribuir para que não acontecesse, e ela riu: sempre ria quando me flagrava supersticioso. Ria, mas atendia ao que eu dizia. Perguntou de novo, daquela vez, o que eu estava querendo dizer com aquilo de que eram tempos difíceis. Eu lhe disse o óbvio:

— Estou querendo dizer que não é o momento de trazer uma criança ao mundo, que seria injusto com ela, com você, conosco.

— Você está dizendo para abortarmos?

— Mas se você nem mesmo sabe se está grávida.

— Eu sei, Galego, as mulheres sacam essas coisas.

308

— Sacam?

— A gente saca, sim.

Eu era tão jovem, tão bobo: disse a ela que sim, vocês acham que sacam e se enganam, e olhei para ela como se séculos de pensamento racional se erguessem firmes ao meu lado, me apoiando, rindo dela.

— Nisto eu não estou enganada. Sei que estou grávida.

— Você não tem como saber, não seja ignorante. Vamos esperar a confirmação e aí a gente discute o que fazer, está bem?

— Não há o que discutir, Galego.

Seja lá o que for, me diga o que pensou quando agarraram você, quando estavam agarrando você, quando apareceram e a agarraram: me diga, por favor, no que pensou.

Fazia anos que eu não passava por aquele quarteirão da calle Matheu onde vivi os últimos meses com Estela: aonde cheguei ligeiramente tarde, naquela tarde. No outro dia, quando passei, como por acaso — foi um engano menor, eu sabia muito bem aonde ia —, descobri que não passar por lá fora uma precaução desnecessária: tudo estava tão diferente. O velho edifício de três andares onde vivíamos já não existia; o bar da esquina não estava mais lá, a caixa de correio vermelha da esquina não estava, as árvores estavam mais altas e frondosas, a rua agora asfaltada, um cibercafé com cartaz luminoso, um posto de gasolina no lugar do clube do bairro. Tudo parecia mais comercial, impessoal. Outro dos cartazes do Banco parecia explicar: "É preciso redistribuir". E mais embaixo: "Faça seu capital trabalhar. Distribua seu dinheiro entre suas contas-correntes, seus investimentos e seus prazos fixos do Banco de la Nación".

* * *

Diga-me ao menos que não pensou em mim, que não disse aonde andará aquele filho da puta que me ferrou, me traiu, diga-me que não pensou essas coisas, por favor, diga-me que sabia que eu não tinha feito nada disso. Mas sobretudo me diga que não disse ainda bem que o Galego não está aqui, que não chegou, diga-me que naquele momento aterrador confuso decisivo você não teve esse gesto de amor insuportável, Estela, por favor, me diga que não fez isso.

E lembrei da época em que a cidade era nosso campo de batalha: um espaço onde nos movimentávamos — onde acreditávamos que nos movimentávamos — como peixes na água ou cachorros na lama. Já a havíamos povoado com itinerários, cafés, cinemas, livrarias, colégios, empregos, faculdades, casas que nos permitiam apropriar-nos dela pouco a pouco, e estávamos decididos a fazer daquele território a sede do triunfo. Cada esquina da cidade tinha um sentido, era um conjunto de sinais que nos falavam de como a estávamos ocupando, conquistando: aqui houve aquela manifestação, aqui aquela operação, olhe como aquela pichação está durando. Ganhar a rua era ganhar poder. Precisávamos lutar por aquelas ruas, enchê-las de pessoas, obrigar a polícia, que também queria ocupá-las, a retroceder, disputá-las uma a uma — conquistá-las às vezes, abandoná-las outras —, mas também ganhá-las em silêncio toda vez que algum vizinho nos abrisse suas portas. Minha vida — sua vida, Estela, nossas vidas — estava gravada nas ruas da cidade: a cidade era minha página em branco, a moldura de nossas fotos sempre cheias de rostos, fotos ligeiramente tremidas. E agora ela se tornou um espaço sem sentido, o lugar onde nada que me diz respeito acontece. Eu andava — inclusive por esse quarteirão da calle Matheu, para me despedir — e me desesperava ver tanta gente estranha. Tanta gente desesperadamente estranha. O que eram, quem eram, por que tantos? Por que tinham de ser tantos? O que faziam com a cidade? Por que a enchiam? A cidade era o cenário de suas vidas sem fim, sem outro objetivo senão prosseguir, o cenário de sua sobrevivência. A cidade não me servia para nada.

— E agora vejo que você já está velha para ter um filho, muito velha, dá para ver em seu rosto. Tanto tempo tentando ver seu rosto como se ele continuasse igual àquele, mas não consigo mais continuar me fazendo de idiota: você está velha, Estela, você é uma velha como eu.

— Você não está nada bem, Galego.

Mas eu só teria desejado perguntar a ela se conseguira fazer alguma coisa com sua morte, alguma coisa que lhe desse condições de atravessar com alguma calma o momento de sua morte. Alguma coisa que tivesse gostado que a vissem fazer, alguma coisa de que pudesse se orgulhar? Alguma coisa que a reconfortasse no momento em que entendeu que agora era inevitável? Alguma esperança a que se aferrar ao ver que estava partindo? Alguma ideia do futuro, do passado? Alguma cena que lembrasse aquelas mortes que nos haviam nutrido, o herói pronunciando suas últimas palavras carregadas de esperança, a heroína escrevendo aquela carta de despedida triste mas corajosa, acreditando no futuro? Alguma mensagem que nunca chegaria? E também, de alguma forma, sem dizer: a expectativa de uma vingança, minha vingança? Agora, depois de tanto tempo, eu teria querido perguntar a ela como fora morrer — já supondo que sim, que morrera, que estava morta havia tantos anos — uma morte tão pública: uma morte que outros veem, só que todos esses que olham para ela são seus inimigos, os que a estão matando. Perguntar-lhe como é morrer em mãos tão estranhas.

Embora seja verdade que nunca como agora teria sido tão útil para mim acreditar em algo mais: não estar tão aterradoramente sozinho e desprotegido diante do fim. O problema era o preço: se eu acreditasse, se tivesse certeza de que teria de responder por meus atos diante de algum tribunal, talvez não tivesse pensado em fazer o que estava pensando fazer. O preço era este: se não existe final, se tudo prossegue, a responsabilidade não acaba. E, ao mesmo tempo, esse era o freio. Se, naqueles anos, tivéssemos mesmo acreditado em algum céu, em algum deus, certamente não teria sido tão importante para nós fazer alguma coisa decisiva nesta terra, nesta vida. Mas acreditávamos que não havia outra e tínhamos o entusiasmo desesperado de quem sabe que aposta sua única ficha. Com o auxílio de imaginar que havia outra forma de vida eterna, outro modo de céu: viveríamos no coração de um povo agradecido, nos manuais, nos livros de história, porque teríamos morrido para lhes dar uma pátria nova — ou algo do tipo. Como era mais fácil morrer então, como fazia sentido.

Mas sempre me lembro de que no final ela queria que fôssemos embora. Ou pelo menos foi o que ela disse, alguns dias antes daquela história da gravidez. Estava cansada, estava assustada, e tinha razão: a organização caminhava direto para o desastre. Estava tão cansada que me propôs que fizéssemos o que havia de mais condenável: que partíssemos, que abandonássemos a todos e partíssemos. E eu lhe disse — você se lembra, Estela, de quando eu lhe disse? — que sim, que estava bem, mas que eu precisava de alguns dias para fazer "uma retirada organizada" — essa merda de metáfora militar. Achava que tínhamos de partir com certos cuidados, explicar tudo a Marcos, justificar-nos, dar à organização a oportunidade de cobrir as lacunas que pudéssemos deixar atrás de nós. Nunca consegui decidir, depois, se minha ideia fora estúpida ou apenas ingênua. Discutimos, convenci-a, ela aceitou aquela mínima postergação, não se preocupe, só quatro ou cinco dias.

— E então, o que vai fazer com esse tal padre, Galego? Vai matá-lo ou não vai matá-lo?

— Você quer que eu o mate, não é isso?

— Não jogue a responsabilidade para cima de mim, Galego, cuide disso você.

Talvez você tenha razão, Estela: montar sua história pode ser pura besteira — ou, melhor dizendo: uma dissimulação. Sua história é uma banalidade: pastor de assassinos quer se reciclar por medo/ culpa/ arrependimento/ esperteza/ inquietação e se transformar num padre de aldeia tão bom ou melhor do que a Lassie. Qual é a vantagem? É mais ou menos o mesmo que fizeram todos os argentinos que puderam, depois da ditadura militar. Alguns poucos não conseguiram — e são os que estão pagando, e suas histórias nos inundaram e já não têm o menor destaque: transbordamos da história deles, da pornografia deles, quem se importa com eles. Você tem razão, Estela.

* * *

— Mas quem é que eu vou matar? Se não sou capaz, nunca consegui matar ninguém. Você acredita mesmo que eu conseguiria? Obrigado, Estela. Agradeço de verdade.

Achei que tivesse de tomar conta do assunto: o médico me dissera que seria logo. Eu não quisera perguntar quanto seria logo, mas logo tentaria erguer o braço e o braço não se ergueria. Minha cabeça daria a ordem — sem pensar no assunto, como qualquer cabeça dá a um de seus braços a ordem de erguer-se, como sempre minha cabeça deu ordens imperceptíveis — e meu braço não se ergueria. Ou se ergueria até certo ponto, talvez — eu não quisera perguntar —, mas deixando bem claro para mim que não obedeceria por completo a ordem de minha cabeça: meu corpo começaria a me mostrar com atos aleivosos que minha cabeça — que eu — já não o dominava, que estava entregue à sua rebeldia final, definitiva. E então eu teria de começar a pensar como passaria aqueles últimos prazos — tampouco quisera pedir detalhes, mas ouvira, quase sem querer, que o prazo não seria longo, que a partir daquele primeiro momento de desobediência tudo, "tudo" talvez levasse uns dias, umas duas semanas — e começar a pensar se me apresentaria em algum hospital e me internaria ou se me entrincheiraria em minha casa ou se iria ao encontro da rebeldia ameaçando-a, retendo-a, abreviando. Tratei de repelir, por enquanto, um redemoinho de terror em algum lugar do estômago — precisava repeli-lo, não sabia por quanto tempo ainda seria capaz de repeli-lo —, e me perguntei se queria vingar Estela a todos nós a derrota agora porque depois já não poderia fazer isso para evitar pensar em que depois já não poderia — nada, não poderia — e decidi evitar por enquanto — sempre por enquanto — as estúpidas perguntas adversas. De todo modo precisava apressar-me: não sabia quando seria logo. Estiquei o braço para o copo: o braço se esticou. Levantei o braço com o copo: ele se levantou. Tomei um gole, aliviado, aterrorizado: tinha de me apressar.

— Eu não pretendia lhe dizer, Estela, mas se não disser a coisa não tem sentido. Tenho uma ideia. Sim, finalmente tive uma ideia. Você vai me ouvir sem dizer nada?

Eu pensara nesta possibilidade: talvez por impotência ou falta de imaginação pensara na possibilidade de matá-lo para ficar quite. Mas quando fui à sua igreja e o vi, no centro de seu cenário, diante da cruz com o morto pregado, aquela imagem de são Sebastião crivado de flechas, seus fiéis a reverenciá-lo, aquelas palavras antigas que todos repetiam, pensei que matá-lo era uma mesquinharia: que meu objetivo não devia ser ele, mas sua igreja. E então, finalmente, tive uma ideia.

Minha ideia foi, como quase todas, produto do temor. Assustei-me porque, quando o vi na sua igreja, quando o escutei responder aos meus insultos com suas frases feitas pastorais, entendi: se eu o matasse porque ele, o padre Augusto Fiorello, um padre capelão, apoiara as tropas que limparam a Argentina do demônio marxista, estaria lhe fazendo um favor pavoroso. Sua igreja — a galeria dos melhores de sua igreja — se compõe daqueles senhores e daquelas senhoras: os fiéis que alguém matou porque foram fiéis a sua missão cristã. Sua igreja é isso; os edifícios dessa igreja foram construídos como relicários para guardar os ossos daqueles mártires santificados: se eu o matasse, iria transformá-lo num daqueles mártires. E, com o tempo, sua igreja poderia beatificá-lo e, mais tarde, inclusive, transformá-lo em santo: em lugar de vingar-me estaria fazendo um favor extraordinário a ele, levaria o padre ao lugar onde ele sempre desejara estar. Senti, de repente, um leve arrepio.

Até que me dei conta de que era isso — precisamente isso — que deveria fazer: conseguir que sua igreja o consagrasse, que santificasse um pastor de assassinos. Seria essa a minha vingança: se alcançasse o meu objetivo não atingiria um padre sanguinário, mas toda a sua igreja. Estava exaltado, pura vertigem: de repente, todas as peças caíam em seus lugares. Era fantástico. Por fim voltara, estava ali. De repente, a claridade total: uma voz, como se fosse outra voz, que me sussurrava os detalhes, cada uma das peças de meu plano. Eu havia compreendido.

Meu plano era incrível. Mas, para alcançá-lo, precisava montar uma obra mais detalhada. Porque talvez a Igreja católica tivesse vergonha de beatificar um capelão de torturadores morto pela mão do ente querido de uma vítima. Seria lógico; aquela igreja fizera o mesmo que os ricos argentinos; depois de usá-los, abominou os que se encarregaram do serviço sujo, jogou-os aos leões. Talvez não se atrevesse a consagrar seu pastor se a relação com aquela guerra ficasse clara demais. Mas, em compensação, se o sacrifício fosse mais limpo, mais apresentável, talvez se convencesse.

Levei alguns minutos para descobrir a maneira. Não podia matá-lo eu mesmo: seria fácil descobrir meus motivos. Tinha de conseguir alguém que o sacrificasse num ritual claramente diabólico, que o transformasse ipso facto num mártir cristão. E, sem perder tempo, precisava reunir e organizar todas as informações sobre o padre Fiorello e procurar um jornalista combativo jovem para entregar o material a ele. Teria de convencê-lo a esperar vinte ou trinta anos, o que fosse necessário: se tiver paciência, meu caro, estes papéis vão lhe dar a melhor reportagem de sua vida. Ele me perguntaria até quando deveria esperar, e eu lhe diria que até o dia em que os católicos se decidissem a canonizar o padre Fiorello. Canonizar o padre Fiorello? Aquele que mataram um dia desses com uns rituais estranhos? É, aquele mesmo, você vai ver: daqui a uns anos ele vai se transformar em são Augusto e você poderá contar toda a verdade sobre a história dele. Mas não antes, porque nesse caso tudo seria inútil. Você precisa esperar que o canonizem, ou pelo menos que o beatifiquem: então poderá mostrar que ele era um tremendo filho da puta, e assim desmascarar todo o sistema da Igreja, entende? Mostrará que estão querendo vender como santo um assassino torturador filho da puta. Assim quem perde é a instituição, ficam de bunda de fora. É um golpe de mestre, Estela. Vamos atingir a fé católica. Com uma morte, como deve ser; eles começaram com uma e vão terminar com outra. Outro desses assassinatos de que gostam tanto.

Não seria fácil conseguir o jornalista — e ele era uma peça-chave. Mas apareceria. Conferi os detalhes do plano: me pareceu perfeito. Ri ao dar-me conta de que seria uma última tentativa de trabalhar no futuro: continuar pensando com a lógica de então. Só precisava procurar um carrasco.

Você precisava ter me visto, Estela. Você nem imagina o que eu fiz. No dia seguinte fui falar com aquele sujeito da garagem, Paredes, levei uma garrafa de genebra para ele, contei que uns moleques da vila 14, aqui na cidade, tinham me roubado um anel de muita estimação, o anel de meu falecido pai, se ele sabia como eu poderia falar com algum bandido da pesada do lugar para que me levasse até os ladrões. Que eu queria oferecer um resgate pelo anel. Dois dias depois ele me passou um número de celular, marquei um encontro num ponto de ônibus na entrada da vila. O cara estava me esperando com um pulôver verde, como combinado, e uma expressão desconfiada.

— Você é o Teca?

— É, sou eu. Você é o Galego?

— Isso. Quero lhe fazer uma proposta.

O Teca era um quarentão tingido raivosamente de louro. Tinha olheiras profundas, um corte na bochecha, uma tatuagem de sepultura no pulso esquerdo. Era baixote, forte, os tênis pareciam espaçonaves. De cara fingiu que não queria ouvir minha proposta; mas queria sim. Falei que tinha um trabalho para ele, um trabalho fácil e lucrativo, e ele me perguntou o que era. Você sabe de onde venho? Sei, foi o Paredes que o mandou; deve ser alguém da turma dele, me disse, e não respondi. Em troca falei-lhe que numa casa em Tres Perdices havia muita grana, que um padre corrupto estava ficando com a grana da igreja e havia escondido tudo lá, no quarto dele. Muita grana é quanto? Deve ter uns cinco paus, falei, e que para mim a grana não interessava, que ele podia ficar com tudo, e que além disso se ele fizesse tudo direitinho do jeito que eu ia lhe dizer ainda ganharia mais três, dados por mim.

— E que jeito seria esse?

Eu disse que não era nada complicado: que ele precisava levar uns desenhos de Satanás que eu ia lhe dar, que precisava quebrar todos os santos e crucifixos que encontrasse, que precisava matá-lo a facadas, como se fosse um verdadeiro diabo. O Teca ria: você não está meio pirado? Eu ri, disse que não se preocupasse com isso. Mas que se ele estava com medo que deixasse para lá, que eu encontraria outro pra fazer o serviço. O Teca pulou: não, o que você está pensando? Eu me banco.

— Tem certeza da história da grana?

— Sim, cem por cento.

— Tudo bem. Passe os dados.

— Galego, você pirou.

— Não, magra, que é isso? O que está dizendo?

— Que você pirou.

— Não, você não está entendendo, o plano é bom. E tem até um toque de justiça poética: primeiro vão achar que ele foi morto por um ladrão, um marginal, um produto deste país que ele mesmo contribuiu para fundar quando trabalhava para os militares assassinos. Você não acha que é um detalhe extraordinário?

— Tudo isso que você está me contando é um delírio, sério mesmo. Tome cuidado, Galego, você está pirando.

35.

— Deixe ver, sargento, afrouxe um pouco. Vamos recapitular desde o princípio.

— Sim, meu delegado.

— Quando pegamos aquele negro de merda ele quis nos convencer de que não tinha nada a ver. Depois quis nos enganar, o putinho, queria que pensássemos que não tinha nada a ver.

— E o que queria que eu fizesse, chefe? Eu falei a verdade.

— Cale a boca, idiota, ninguém disse que você podia falar.

— Mas eu estou falando a verdade, delegado.

— Deixe ver, diga a verdade. Por que caralho fez isso, seu pentelho de merda?

— Como, por que fiz o quê?

— Por que matou o padre, imbecil, não venha bancar o idiota para cima de mim.

— Não matei ninguém, chefe, juro.

— Quem você acha que eu sou, seu tarado?

— Não esquenta, chefe.

— Como você quer que eu não esquente se você é um criminoso de merda, a puta que o pariu? Aqui quem diz o que eu sou ou o que deixo de ser sou eu, imbecil.

— Sim, chefe.

— Pare de dizer sim chefe. Você sabe como é que tudo isso acaba, não é?

— Sei, chefe.

— A puta que o pariu. Sabe mesmo como é que acaba? Acho que você não sabe como acaba.

— Sei, senhor, sei: vai me botar em cana.

— Bem que você gostaria, idiota. Você já está em cana. Isso não é o pior, você vai ver.

— O que o senhor quer dizer com isso, chefe?

— Nada, imbecil, nada que você precise saber. Vamos lá, vamos começar de novo, tudo desde o começo. A que hora você disse que chegou?

— Que cheguei aonde?

— Na casa do padre, imbecil, onde ia ser.

— Mas, chefe, por favor...

— Pare de me chamar de chefe, seu merda. Para você eu sou senhor delegado.

— Sim, chefe.

— Vamos lá, de novo. Diga onde estão as coisas que você roubou.

— Não roubei nada, chefe.

— Sargento, quanto foi que confiscamos deste moleque?

— Seiscentos pesos, chefe. Seiscentos pesos e algumas moedas.

— Ou seja, você já tinha vendido tudo.

— Não, chefe, por favor. Uns dias atrás fiz alguns bicos na cidade, se quiser pode verificar.

— Não é você que vai me dizer o que eu posso verificar, desgraçado. E se não me chamar de senhor delegado vamos começar de novo com o baile, a puta que o pariu. Falando na puta que o pariu, sua velha não está metida nisso, está? Porque quando o encontramos com a camiseta manchada de sangue foi ela que nos disse que você tinha matado uma galinha.

— Não, delegado, deixe a velha fora dessa história.

— Ela entrou sozinha, imbecil. A velha mentiu para livrar a sua. Ou você nos conta tudo ou ela vai em cana. Sabe quantos anos ela pode pegar por ser cúmplice de um assassinato?

— Não, delegado, o senhor não vai fazer isso.

— Não? Vamos lá sargento, mostre o que fazemos.

— Façam o que quiserem, senhor delegado, mas deixem a velha fora dessa história.

— Ah é? Então você vai ter de nos contar como foi que matou o padre, negro filho da puta.

— Eu, matei o padre?

— Pare de bancar o idiota. Ou você quer que comam sua velha quatro vezes por dia na prisão, imbecil.

O rapaz grita que não, que vai dizer o que eles quiserem. O rapaz tem menos de vinte anos, cabelo preto comprido, rosto muito machucado.

— Vamos logo. Conte como foi que você matou o padre.

— O padre?

— Não encha o saco. Aqui está a confissão. Se souber ler, pode ler, se não souber, dá no mesmo. Assine e fim de papo.

— Mas, delegado...

— Que caralho está acontecendo aqui? Vamos ter de começar tudo de novo?

36.

Demorei mais um dia para me dar conta: quem precisava cuidar do assunto era eu. Meu plano era bom — eu continuava achando que era bom —, mas só funcionaria a longuíssimo prazo — e a longuíssimo prazo tudo pode não funcionar. Dentro de vinte ou trinta anos ou acontece uma revolução e a Igreja não significa mais nada e não vale a pena atacá-la, ou tudo continua como está e a Igreja não vai se comover por um ataque desse tipo. Mas além disso não posso usar outra vez o futuro como um presente falso, evitar minhas obrigações sob o pretexto de que o amanhã me absolverá de alguma forma. Vou telefonar para o jornalista para lhe dizer que faça o que quiser com os papéis que entreguei a ele. Não, magra, você tinha razão: se alguém vai fazer, tem de ser eu. Eu é que tenho de me responsabilizar pelo assunto: isso porque não suporto que essa gente continue por aí, que depois do que fizeram possam se disfarçar de padrecos bonzinhos, empresários bem-sucedidos, intelectuais perspicazes, governantes preocupados. Telefonei para o Teca, Estela, para dizer a ele que suspenda a operação. O Teca me disse que agora não era mais possível. Eu disse a ele que não ia dar em nada. Ele respondeu que não estava nem aí, que com os cinco paus dava e sobrava. Mas olhe que talvez a grana não esteja lá. Qual é a sua, seu filho da puta, quer fazer tudo sozinho? Não, irmão, estou falando sério, não faça nada. Vá para a puta que o pariu — ele disse, e desligou. Nunca mais me atendeu no telefone. Sei que eu é que tenho de me encarregar, não se preocupe: ninguém pode fazer por mim. Vou esperar mais uns dias para pensar como, de que forma vou fazer, mas vou fazer. O cheiro voltou e está fortíssimo, os braços pesam, de vez em quando as ideias se confundem, mas vou fazer a coisa. Você vai ver, Estela, não se preocupe: desta vez não vou desapontá-la.

Nota da editora

Os dois devem ter morrido no mesmo dia. Não fiz as contas — me parecia obsceno fazê-las —, mas tenho quase certeza de que morreram no mesmo dia. Dia 24, na manhã seguinte à morte do padre, o porteiro do edifício de Carlos se preocupou porque não o via havia dois dias. Tocou a campainha, não responderam, sentiu um cheiro intenso — ele mesmo diria "intenso" —, foi buscar sua chave. Encontrou-o morto na cama, "o rosto tranquilo como se estivesse dormindo". A autópsia determinou uma "parada cardiorrespiratória por causas naturais" — o que significa que não encontraram indícios de nenhuma outra coisa, mas tampouco procuraram. Tomei conhecimento naquela mesma tarde, por acaso: apesar de ser terça-feira, resolvi ir até a casa dele porque ouvi na televisão que haviam matado o padre Fiorello e achei que a notícia justificava que rompesse nossas regras. Estava na hora da sesta; passei algum tempo tocando a campainha de baixo até que o porteiro apareceu com cara de sono e me perguntou se eu não soubera da notícia. Estive a ponto dizer-lhe que sim, que por isso mesmo estava ali, e me contive: o homem não tinha por que comentar comigo a morte do padre. Perguntei-lhe que notícia, e seu rosto mudou: se deu conta de que havia falado demais e que, pior, teria de continuar falando. Então me contou como o encontrara, o alvoroço policial, as fotos, a ambulância. A televisão, me disse, ainda não tinha chegado — me disse "ainda". Parecia decepcionado.

Subi. O apartamento estava igual à última quinta-feira: um pouco frio, um pouco vazio — como se estivesse habitado havia muito tempo por um morto. Os papéis estavam sobre a mesa: talvez Carlos estivesse trabalhando neles quando teve a parada — se é que teve uma parada. Comecei a lê-los e não consegui parar; acho que foi naquele momento — já naquele momento — que decidi organizá-los.

Primeiro fui a Tres Perdices para tomar conhecimento dos detalhes da morte do padre. Depois voltei a seus papéis: passei um par de semanas corrigindo sua sintaxe, sua prosa — de uma dureza estranha. Agora me parece que, mais que se vingar, o que ele queria era escrever sua história. E, como tudo aquilo que tentou, saiu errado. Não cabe a mim julgá-lo. Procurei manter o essencial de seu relato; só omiti alguns detalhes de nossa relação que não dizem respeito a ninguém.

É evidente que ele nunca me entendeu. Talvez tenha intuído alguma coisa quando observou que meu piercing não combinava com o resto: apesar de que não tinha como sabê-lo, eu só o punha quando ia me encontrar com ele. Nunca pensei, tampouco, que pudesse me entender, mas suas notas — o diminuto espaço que me dedicou em suas notas — me mostram que nem mesmo tentou: preferiu, suponho, inventar-me, como costumam fazer os homens. Mas me surpreende, ainda, que acreditasse que eu não sabia que estava tão doente.

Coisa dele. Eu também poderia ter feito o que quisesse com sua história, mas preferi deixá-la como estava. Afinal, quem se importa.

Buenos Aires, julho de 2007.

ESTA OBRA FOI COMPOSTA EM ELECTRA PELO ACQUA ESTÚDIO E IMPRESSA
PELA GRÁFICA BARTIRA EM OFSETE SOBRE PAPEL PÓLEN SOFT DA SUZANO PAPEL
E CELULOSE PARA A EDITORA SCHWARCZ EM ABRIL DE 2011